「국어 종합 비타민 A」를 읽고

국어에 눈을 뜨자

우리 몸에 꼭 필요한 영양소인 비타민, 그중 비타민 A가 부족하면 눈에 이상이 오죠. 전문용어로는 야맹증이라고 하는데요, 그 주요 증상은 어둠 속에서 물건을 보는 능력이 낮아지는 것이에요. 비타민 A가 우리 몸에 참 중요하단 걸 실감할 수 있겠죠! 그렇다면 우리가 국어 공부하는 데도 국어 비타민 A가 부족하다면 똑같은 현상이 일어나겠죠? 「국어 종합 비타민 A」는 이렇듯 여러분이 국어 공부를 할 때 여러분의 눈을 맑게 해주고, 국어에 눈을 뜰 수 있도록 도와주는 역할을 한답니다.

중학생을 위한 국어 종합 비타민

중학생을 위한 국어 종합 비타민 A

중학생을 위한 **국어 종합 비타민** Ⓐ

펴낸날 | 2003년 3월 25일 초판 1쇄
      2011년 6월 15일 중판 1쇄

엮은이 | 서종택
펴낸이 | 이태권
펴낸곳 | (주)태일소담
       서울시 성북구 성북동 178-2 (우)136-020
       전화 | 745-8566 팩스 | 747-3238
       E-mail | sodam@dreamsodam.co.kr
       등록번호 | 제2-42호(1979년 11월 14일)
       홈페이지 | www.dreamsodam.co.kr

ISBN 978-89-7381-688-0 44810
      978-89-7381-691-0(세트)

중학생을 위한 **국어 종합 비타민** Ⓐ

서종택 엮음 및 해설

소담출판사

책을 펴내며

『중학생을 위한 국어 종합 비타민』은 오늘을 살아가는 우리들에게 삶의 지혜와 용기를 주는 것들로만 묶은 우리 문학의 주옥편이라 할 수 있습니다. 여기에 실린 작품들은 멀리는 일제 식민지시대 것에서부터 가깝게는 오늘의 생존 작가들에 이르기까지 내용과 형식이 다양하고 시대적 의미나 문학적 가치를 고루 갖춘 것들입니다.

우리가 문학작품을 읽는 즐거움이란 우선 읽는 재미와 생각할 수 있는 시간을 한꺼번에 맛볼 수 있다는 점에 있습니다. 소설은 이야기로 꾸며져 있고, 그 이야기는 작가의 뛰어난 상상력을 밑받침으로 하고 있다는 점에서 다른 논설문이나 설명문과는 다르다 할 수 있을 것입니다. 그럴 듯한 이야기, 있음직한 이야기, 꾸며낸 이야기에서 우리가 느끼는 재미와 감동은 어디에서 오는 것일까요? 소설은 꾸며낸 이야기지만 거기에는 우리가 수긍할 수밖에 없는 세상의 아름다움과 삶의 진실을 담고 있기 때문입니다. 있었던 사실을 기록한 역사보다 없었던 이야기를 꾸며낸 소설이 더 보편적인 삶의 모습을 담고 있는 이유가 여기에 있는 것입니다.

우리가 소설을 읽는 것은 이러한 삶의 지혜와 용기를 얻을 뿐만 아니라 주인공

들이 살았던 시대의 사회 모습이나 풍속을 공부할 수 있기 때문입니다. 또한 그 주인공들의 행위를 통해 자신이 앞으로 살아가야 할 세상을 그려보고 마음속으로 준비할 수도 있습니다. 이것이 독서의 진정한 효험이겠지요. 그리고 작가들의 뛰어난 표현이나 문장을 감상하고 익히는 것 또한 문학작품을 읽는 학생들이 놓쳐서는 안 될 소중한 가치입니다.

　따라서 이번에 펴낸 『중학생을 위한 국어 종합 비타민』은 우리의 역사 · 사회에 대한 이해를 넓히고 논리적 사고력과 표현력을 기르는 한편, 진정한 문학의 가치가 어디에 있는가를 깨닫게 되는, 이른바 다목적적이고 종합 비타민 같은 정신의 영양소 역할을 하게 될 것이라 믿습니다.

2003년, 엮은이

이 책의 특징

사람 몸에 비타민이 하나라도 부족하면 몸에 이상이 생기듯, 중학생들이 공부하는 국어에도 비타민이 필요합니다. 중학생들의 국어 공부에 꼭 필요한 『중학생을 위한 국어 종합 비타민』은 중학생들에게 부족한 국어 비타민을 채워줍니다.

『중학생을 위한 국어 종합 비타민』은 이렇게 다릅니다.

하나, 국어가 재미있어집니다. 선생님과 함께 대화를 나누는 것 같은 친절한 설명은 공부를 하고 싶은 기분이 저절로 들게 합니다.

둘, 억지로 머리에 지식을 주입시키려 하지 않습니다. 술술 읽다 보면 어느새 지식이 꽉 차 있음을 깨닫게 됩니다.

셋, 스스로 생각의 힘을 키울 수 있도록 도와줍니다. 정확한 답을 알려주지 않고, 여러 가지 경우의 수를 제시함으로써 사고력을 키울 수 있도록 하였습니다.

넷, 내신성적과 글쓰기 능력을 향상시켜 줍니다. 문학성이 뛰어난 글을 반복해서 읽고 이해하다 보면 글을 볼 줄 아는 능력이 길러집니다.

다섯, 수준 높은 중학생이 되기 위한 지식과 세상을 넓게 볼 수 있는 지혜가 담겨 있습니다.

작가 소개 │ 단순한 작가 생애 나열이 아닙니다. 한 나라의 역사를 파악하듯 작가의 생애를 자세하게 서술하였습니다. 작가의 인생관이나 세계관을 알고 나면 작품을 이해하기가 훨씬 쉬워집니다.

문학사적 위치 │ 작가가 작품을 집필한 데는 시대적 · 문학사적 요구가 있었기 때문입니다. 작가가 이 작품을 왜 집필하게 되었는지 궁금하시죠? 그럼 한번 꼼꼼하게 읽어보세요. '아하!' 하고 탄성이 저절로 나오게 될 테니까요.

읽기 전에 생각하기 │ 잠깐! 작품을 읽기 전에 어떤 점에 주의하면서 읽어야 하는지, 어느 부분을 깊이 생각하고 이해해야 하는지 친절하게 설명되어 있습니다. 그럼 이제부터 작품을 감상해 볼까요?

작품 줄거리 │ 작품을 잘 읽어 보았나요? 스스로가 한번 줄거리를 만들어 보세요. 그리고 나서 선생님이 쓰신 내용과 어떻게 다른지, 빠진 내용은 없는지 살펴보세요. 자꾸 반복하다 보면 글쓰기 능력이 눈에 띄게 좋아진답니다.

작품 해설 │ 작품을 읽다가 혹시 이해가 안 되는 부분이 있었나요? 그런 부분을 시원하게 긁어 준답니다.

더 알아 두기 │ 본문의 내용과 연관되거나 작품을 이해하는 데 꼭 필요한 단어나 문장을 설명해 줍니다. 어휘력을 기르는 데도 도움이 되겠죠?

Open Book Test │ 서두르지 말고 자유롭게 자신의 생각을 말해 봅시다. 내용이 생각나지 않는다고요? 그럼 찬찬히 작품을 다시 읽어 보세요.

작품의 마지막 점검 │ 이제 작품을 완전히 이해했나요? 스스로가 불충분하다고 생각된다면 마지막으로 점검해 볼 필요가 있겠죠? 글을 쓴 작가가 아닌 이상 작품을 완벽하게 이해할 수는 없지만 작품을 알고 작가를 이해하기 위한 마지막 관문입니다.

중학생을 위한

국어 종합 비타민

Contents

사랑 손님과 어머니

● 주요섭 朱耀燮

그러나 가끔가끔 그 독창은 소리 없는 울음으로

끝을 맺는 때가 많은데 그런 때면 나도 따라서 울

었습니다. 그러면 어머니는 나를 안고 내 얼굴에

돌아가면서 무수히 입을 맞추어 주면서 "엄마는

옥희 하나문 그뿐이야, 응, 그렇지……."

주요섭은 1902년 평양에서 태어나, 1972년 서울에서 사망했습니다. 호는 여심餘心입니다.

1918년 일본으로 건너가 도쿄 아오야마 학원 중학부에 편입하였으나, 이듬해 3·1운동 이후 귀국하여 지하 신문을 발간하다가 10개월 간 옥고를 치렀습니다.

그 후 1920년 중국으로 건너가 상해의 호강대를 졸업했으며, 1929년에는 미국 스탠퍼드 대학에서 교육학을 전공해 석사학위를 취득했습니다. 1934년부터 1946년까지 북경의 보인대학輔仁大學에서 교수로 재직했으며, 해방 후에 귀국해 경희대 교수, 국제 펜클럽 한국본부 회장과 한국문학번역협회 회장 등을 역임했습니다.

그는 1921년 《매일신보》에 단편 「깨어진 항아리」가 입선되면서 작품 활동을 시작했습니다.

이후 1920년대에는 「인력거꾼」·「살인」·「개밥」 등을 발표했고, 1930년대에 들어서는 「구름을 잡으려고」·「사랑 손님과 어머니」·「아네모네의 마담」·「추물」 등 애정 심리를 섬세하게 다룬 작품을 주로 써 왔습니다. 소설집으로 『사랑 손님과 어머니』가 있습니다.

소설가이자 영문학자인 주요섭은 인간의 내면 세계와 시대의 아픔을 그리는 작품을 주로 집필하였다 (1902~1972)

주요섭은 주로 가난하고 못난 사람들을 소설 속 인물들로 내세웠습니다. 그런 인물들은 바로 우리 주변에서 흔히 볼 수 있는 이웃들로, 그들의 어려움과 아픔을 동시대적 문제로 인식하는 것이 중요하다는 것을 말하고 싶었는가 봅니다. 그런 의미에서 주요섭의 작품들은 삶의 문제를 중심에 놓고서 냉정하게 인식하게 만드는 사회적 효능을 지니고 있다고 말할 수 있겠지요. 이러한 측면에서 몇몇 작품을 살펴볼까요.

1921년 《개벽》지에 발표된 「추운 밤」은 술에 정신이 팔린 아버지에게 반발하는 어린 소년이 주인공으로 나오는데, 어머니는 병들었고 누구의 보살핌도 없이 추운 겨울밤에 죽습니다. 그러자 소년이 아버지가 계시는 술집에 찾아가 술독을 깨뜨린 뒤 집으로 돌아와 어머니와 같이 동사凍死한다는 내용입니다. 작품에 설정된 추운 겨울은 1920년대 한국인의 일반적인 삶과 사회적 환경을 암시한 것입니다.

1925년 4월에 발표된 「인력거꾼」은 그의 현실에 대한 보다 적극적인 관심을 보여주고 있습니다. 이 작품은 인력거꾼이라는 최하층 근로자의 어려운 삶을 추적하면서, 그와는 다른 계층의 삶과 대비해 삶의 격차를 보여준 작품입니다.

1935년 11월 《조광》 창간호에 발표된 『사랑 손님과 어머니』

이 밖에도 현실인식을 보여준 작품들로는 「살인」·「개밥」 등이 있고, 이러한 작품들은 신경향파의 한 주조를 이루고 있습니다. 그러나 카프(KAPF)가 일제에 의해 강제로 해체된 다음, 그의 소설에 관한 인식도 바뀌어 「사랑 손님과 어머니」·「아네모네의 사랑」과 같은 애정소설을 발표하기에 이릅니다.

읽기 전에 생각하기

1935년은 일제의 문화정책이 심한 탄압정책으로 바뀐 시기였습니다. 작가들은 창작 활동을 중단하거나, 계속하더라도 작품 내용을 바꾸어 다루는 수밖에 없었던 시기였지요. 「사랑 손님과 어머니」는 바로 이때에 나온 작품입니다.

이 소설은 어린 소녀를 작중 화자로 내세워 성인 사이에 오고가는 복잡한 감정을 천박하지 않고 아름답게 승화시키는 효과를 낳고 있습니다. 만일 이 작품이 옥희의 시선으로 포착되지 않고 옥희의 할머니나 돌아가신 옥희 아버지의 측근의 시선으로 제시되었다면, 이와 같이 우아한 정서를 보일 수 없었을 것입니다. 이처럼 하나의 사태와 감정은 바라보는 자의 입장에 따라 그 의미가 사뭇 달라진다 할 수 있습니다.

나는 금년 여섯 살 난 처녀애입니다. 내 이름은 박옥
희구요. 우리 집 식구라고는 세상에서 제일 이쁜 우리 어머니와 단 두 식구뿐
이랍니다. 아차 큰일났군. 외삼촌을 빼놓을 뻔했으니.

지금 중학교에 다니는 외삼촌은 어디를 그렇게 싸돌아다니는지 집에는 끼
니때나 외에는 별로 붙어 있지를 않으니까 어떤 때는 한 주일씩 가도 외삼촌
코빼기도 못 보는 때가 많으니까요, 깜빡 잊어버리기도 예사지요, 무얼.

우리 어머니는, 그야말로 세상에서 둘도 없이 곱게 생긴 우리 어머니는, 금
년 나이 스물네 살인데 과부랍니다. 과부가 무엇인지 나는 잘 몰라도 하여튼
동리 사람들이 날더러 '과부딸' 이라고들 부르니까 우리 어머니가 과부인 줄
을 알지요. 남들은 다 아버지가 있는데 나만은 아버지가 없지요. 아버지가 없
다고 아마 '과부딸' 이라나 봐요.

외할머니 말씀을 들으면 우리 아버지는 내가 이 세상에 나오기 한 달 전에 돌아가셨대요. 우리 어머니하고 결혼한 지는 일 년 만이고요. 우리 아버지의 본집은 어디 멀리 있는데 마침 이 동리 학교에 교사로 오게 되기 때문에 결혼 후에도 우리 어머니는 시집으로 가지 않고 여기 이 집을 사고(바로 이 집은 우리 외할머니댁 옆집이지요) 여기서 살다가 일 년이 못 되어 갑자기 돌아가셨대요. 내가 세상에 나오기도 전에 아버지는 돌아가셨다니까 나는 아버지 얼굴도 못 뵈었지요. 그러기에 아무리 생각해 보아도 아버지 생각은 안 나요. 아버지 사진이라는 사진은 나두 한두 번 보았지요. 참말로 훌륭한 얼굴이야요. 아버지가 살아 계시다면 참말로 이 세상에서 제일가는 잘난 아버지일 거야요. 그런 아버지를 보지도 못한 것은 참으로 분한 일이야요. 그 사진도 본 지가 퍽 오래 되었는데, 이전에는 그 사진을 늘 어머니 책상 위에 놓아두시더니 외할머니가 오시면 오실 때마다 그 사진을 치우라고 늘 말씀하셨는데, 지금은 그 사진이 어디 있는지 없어졌어요. 언젠가 한번 어머니가 나 없는 동안에 몰래 장롱 속에서 무엇을 꺼내 보시다가 내가 들어오니까 얼른 장롱 속에 감추는 것을 내가 보았는데 그게 아마 아버지 사진인 것 같았어요.

아버지가 돌아가시기 전에 우리가 먹고 살 것을 남겨 놓고 가셨대요. 작년 여름에, 아니로군, 가을이 다 되어서군요. 하루는 어머니를 따라서 저 여기서 한 십 리나 가서 조그만 산이 있는 데를 가서 거기서 밤도 따먹고 또 그 산 밑에 초가집에 가서 닭고깃국을 먹고 왔는데, 거기 있는 땅이 우리 땅이래요. 거기서 나는 추수로 밥이나 굶지 않게 된다고요. 그래도 반찬 사고 과자 사고 할 돈은 없대요. 그래서 어머니가 다른 사람의 바느질을 맡아서 해주지요. 바느질을 해서 돈을 벌어서 그걸로 청어도 사고 달걀도 사고 내가 먹을 사탕도 사고 한다고요.

그리고 우리 집 정말 식구는 어머니와 나와 단둘뿐인데 아버지가 계시던 사랑방이 비어 있으니까 그 방도 쓸 겸 또 어머니의 잔심부름도 좀 해줄 겸 해서 우리 외삼촌이 사랑방에 와 있게 되었대요.

금년 봄에는 나를 유치원에 보내 준다고 해서 나는 너무나 좋아서 동무 아이들한테 실컷 자랑을 하고 나서 집으로 돌아오노라니까 사랑에서 큰외삼촌이(우리 집 사랑에 와 있는 외삼촌의 형님 말이야요) 웬 한 낯선 사람 하나와 앉아서 이야기를 하고 있었습니다. 큰외삼촌이 나를 보더니 '옥희야' 하고 부르겠지요.

"옥희야, 이리 온. 와서 이 아저씨께 인사드려라."

나는 어째 부끄러워서 비슬비슬하니까, 그 낯선 손님이,

"아, 그 애기 참 곱다. 자네 조카딸인가?"

하고 큰외삼촌더러 묻겠지요. 그러니까 큰외삼촌은,

"응, 내 누이의 딸…… 경선 군의 유복녀 외딸일세."

하고 대답합니다.

"옥희야, 이리 온, 응! 그 눈은 꼭 아버지를 닮았네그려."

하고 낯선 손님이 말합니다.

"자, 옥희야 커단 처녀가 왜 저 모양이야. 어서 어서 이 아저씨께 인사해여. 너의 아버지의 옛날 친구신데 오늘부터 이 사랑에 계실 텐데 인사 여쭙고 친

해 두어야지."

　나는 이 낯선 손님이 사랑방에 계시게 된다는 말을 듣고 갑자기 즐거워졌습니다. 그래서 그 아저씨 앞에 가서 사붓이 절을 하고는 그만 안마당으로 뛰어들어왔지요. 그 낯선 아저씨와 큰외삼촌은 소리를 내서 크게 웃더군요.

　나는 안방으로 들어오는 나름으로 어머니를 붙들고,

　"엄마, 사랑방에 큰삼촌이 아저씨를 하나 데리구 왔는데에, 그 아저씨가아, 이제 사랑에 있는대."

하고 법석을 하니까,

　"응, 그래."

하고 어머니는 벌써 안다는 듯이 대수롭잖게 대답을 하더군요. 그래서 나는,

　"언제부터 와 있나?"

하고 물으니까,

　"오늘부텀."

　"애구 좋아."

하고 내가 손뼉을 치니까 어머니는 내 손을 꼭 붙잡으면서,

　"왜 이리 수선이야."

　"그럼 작은외삼촌은 어디루 가나?"

　"외삼촌도 사랑에 계시지."

　"그럼 둘이 있나?"

　"응."

　"한방에 둘이 있어?"

"왜 장지문 닫고 외삼촌은 아랫방에 계시구 그 아저씨는 윗방에 계시구, 그 러지."

　　　나는 그 아저씨가 어떠한 사람인지는 몰랐으나 첫날 부터 내게는 퍽 고맙게 굴고 나도 그 아저씨가 꼭 마음에 들었어요. 어른들이 저희끼리 말하는 것을 들으니까 그 아저씨는 돌아가신 우리 아버지와 어렸을 적 친구라고요. 어디 먼 데 가서 공부를 하다가 요새 돌아왔는데 우리 동리 학 교 교사로 오게 되었대요. 또 우리 큰외삼촌과도 동무인데, 이 동리에는 하숙 도 별로 깨끗한 곳이 없고 해서 우리 사랑으로 와 계시게 되었다고요. 또 우리 도 그 아저씨한테서 밥값을 받으면 살림에 보탬도 좀 되고 한다고요.

　그 아저씨는 그림책들이 얼마든지 있어요. 내가 사랑방으로 나가면 그 아 저씨는 나를 무릎에 앉히고 그림책들을 보여 줍니다. 또 가끔 과자도 주고요.

　어느 날은 점심을 먹고 이내 살그머니 사랑에 나가 보니까 아저씨는 그때 에야 점심을 잡수셔요. 그래 가만히 앉아서 점심 잡숫는 걸 구경하고 있노라 니까, 아저씨가,

　"옥희는 어떤 반찬을 제일 좋아하누?"

하고 묻겠지요. 그래 삶은 달걀을 좋아한다고 했더니 마침 상에 놓인 삶은 달걀 을 한 알 집어 주면서 나더러 먹으라고 합니다. 나는 그 달걀을 벗겨 먹으면서,

　"아저씨는 무슨 반찬이 제일 맛나우?"

하고 물으니까 그는 한참이나 빙그레 웃고 있더니,

　"나두 삶은 달걀."

하겠지요. 나는 좋아서 손뼉을 짤깍짤깍 치고,

"아, 나와 같네. 그럼, 가서 어머니한테 알려야지."

하면서 일어서니까 아저씨가 꼭 붙들면서,

"그러지 말어."

그러시겠지요. 그래도 나는 한번 맘을 먹은 다음엔 꼭 그대로 하고야마는 성미지요. 그래 안마당으로 뛰쳐 들어가면서,

"엄마, 엄마, 사랑 아저씨두 나처럼 삶은 달걀을 좋아한대."

하고 소리를 질렀지요.

"떠들지 말어."

하고 어머니는 눈을 흘기십니다.

그러나 사랑 아저씨가 달걀을 좋아하는 것이 내게는 썩 좋게 되었어요. 그것은 그 다음부터는 어머니가 달걀을 많이씩 사게 되었으니까요. 달걀 장수 노파가 오면 한꺼번에 열 알도 사고 스무 알도 사고 그래선 두고두고 삶아서 아저씨 상에도 놓고 으레 나도 한 알씩 주고 그래요. 그뿐만 아니라 아저씨한테 놀러 나가면 가끔 아저씨가 책상 서랍 속에서 달걀을 한두 알 꺼내서 먹으라고 주지요. 그래 그 담부터는 나는 아주 실컷 달걀을 많이 먹었어요.

나는 아저씨가 아주 좋았어요마는 외삼촌은 가끔 툴툴하는 때가 있었어요. 아마 아저씨가 마음에 안 드나 봐요. 아니, 그것보다도 아저씨 상 심부름을 꼭 외삼촌이 하게 되니까 그것이 싫어서 그러나 봐요. 한번은 어머니와 외삼촌이 말다툼하는 것까지 내가 들었어요. 어머니가,

"야, 또 어디 나가지 말구 사랑에 있다가 선생님 들어오시거든 상 내가야지."

하고 말씀하시니까, 외삼촌은 얼굴을 찡그리면서,

"제길, 남 어디 좀 볼일이 있는 날은 으레 끼니때에 안 들어오고 늦어지니……."

하고 툴툴하겠지요. 그러니까 어머니는,

"그러니 어짜갔니? 너밖에 사랑 출입할 사람이 어디 있니?"

"누님이 좀 상 들고 나가구려. 요새 세상에 내외합니까!"

어머니는 갑자기 얼굴이 발개지시고 아무 대답도 없이 그냥 외삼촌에게 향하여 눈을 흘기셨습니다. 그러니까 외삼촌은 홍홍 웃으면서 사랑으로 나갔지요.

나는 유치원에 가서 창가도 배우고 댄스도 배우고 하였습니다. 유치원 여자 선생님이 풍금을 아주 썩 잘 타요. 그런데 우리 유치원에 있는 풍금은 우리 예배당에 있는 풍금과는 아주 다른데 퍽 조그마한 것이지마는 소리는 썩 좋아요. 그런데 우리 집 윗간에도 유치원 풍금과 꼭 같이 생긴 것이 놓여 있는 것이 갑자기 생각났어요. 그래 그날 나는 집으로 오는 길로 어머니를 끌고 윗간으로 가서,

"엄마, 이거 풍금 아니우?"

하고 물으니까 어머니는 빙그레 웃으시면서,

"그렇단다. 그건 어찌 알았니?"

"우리 유치원에 있는 풍금이 이것과 꼭 같은데 무얼. 그럼 엄마두 풍금 탈 줄 아우?"

하고 나는 다시 물었습니다. 그것은 내가 이때껏 한 번도 어머니가 이 풍금 앞

에 앉은 것을 본 일이 없기 때문입니다.

　어머니는 아무 대답도 아니하십니다.

　"엄마, 이 풍금 좀 타 봐!"

하고 재촉하니까, 어머니 얼굴은 약간 흐려지면서,

　"그 풍금은 너의 아버지가 날 사다 주신 거란다. 너의 아버지 돌아가신 후
에는 그 풍금은 이때까지 뚜껑두 한번 안 열어 보았다……."

　이렇게 말씀하시는 어머니 얼굴을 보니까 금방 또 울음보가 터질 것만 같
이 보여서 나는 그만,

　"엄마, 나 사탕 주어."

하면서 아랫방으로 끌고 내려왔습니다.

　　　　　아저씨가 사랑방에 와 계신 지 벌써 여러 밤을 잔 뒤
입니다. 아마 한 달이나 되었지요. 나는 거의 매일 아저씨 방에 놀러 갔습니
다. 어머니는 나더러 그렇게 가서 귀찮게 굴면 못쓴다고 가끔 꾸지람을 하시
지만 정말인즉 나는 조금도 아저씨를 귀찮게 굴지는 않았습니다. 도리어 아저
씨가 나를 귀찮게 굴었지요.

　"옥희 눈은 아버지를 닮았다. 그 고운 코는 아마 어머니를 닮았지, 고 입하
고! 응, 그러냐, 안 그러냐? 어머니도 옥희처럼 곱지, 응?"

　이렇게 여러 가지로 물을 적도 있었습니다. 그래서 나는,

　"아저씨, 입때 우리 엄마 못 봤수?"

하고 물었더니 아저씨는 잠잠합니다. 그래 나는,

"우리 엄마 보러 들어갈까?"

하면서 아저씨 소매를 잡아당겼더니, 아저씨는 펄쩍 뛰면서,

"아니, 아니 안 돼. 난 지금 분주해서."

하면서 나를 잡아끌었습니다. 그러나 정말로는 무슨 그리 분주하지도 않은 모양이었어요. 그러기에 나더러 가란 말도 않고 그냥 나를 붙들고 앉아서 머리도 쓰다듬어 주고 뺨에 입도 맞추고 하면서,

"요 저고리 누가 해 주지……? 밤에 엄마하구 한자리에서 자니?"

하는 둥 쓸데없는 말을 자꾸만 물었지요!

그러나 웬일인지 나를 그렇게도 귀애해 주던 아저씨도 아랫방에 외삼촌이 들어오면 갑자기 태도가 달라지지요. 이것저것 묻지도 않고 나를 꼭 껴안지도 않고 점잖게 앉아서 그림책이나 보여주고 그러지요. 아마 아저씨가 우리 외삼촌을 무서워하나 봐요.

하여튼 어머니는 나더러 너무 아저씨를 귀찮게 한다고 어떤 때는 저녁 먹고 나서 나를 방 안에 가두어 두고 못 나가게 하는 때도 더러 있었습니다. 그러나 조금 있다가 어머니가 바느질에 정신이 팔리어서 골몰하고 있을 때 몰래 가만히 일어나서 나오지요. 그런 때에는 어머니는 내가 문 여는 소리를 듣고서야 퍼뜩 정신을 차려서 쫓아와 나를 붙들지요. 그러나 그런 때는 어머니는 골은 아니 내시고,

"이리 온, 이리 와서 머리 빗고……."

하고 끌어다가 머리를 다시 곱게 땋아 주시지요.

"머리를 곱게 땋고 가야지. 그렇게 되는 대루 하구 가문 아저씨가 숭 보시

지 않니?"

하시면서, 또 어떤 때에는 머리를 다 땋아 주시고는,

　　"응, 저고리가 이게 무어야?"

하시면서 새 저고리를 내어주시는 때도 있습니다.

　　　　　　　어떤 토요일 오후였습니다. 아저씨는 나더러 뒷동산에

올라가자고 하셨습니다. 나는 너무나 좋아서 가자고 그러니까 아저씨가,

　　"들어가서 어머니께 허락 맡고 온."

하십니다. 참 그렇습니다. 나는 뛰쳐 들어가서 어머니께 허락을 맡았습니다.

어머니는 내 얼굴을 다시 세수시켜 주고 머리도 다시 땋고 그리고 나서는 나

를 아스러지도록 한번 몹시 껴안았다가 놓아주었습니다.

　　"너무 오래 있지 말고, 응."

하고 어머니는 크게 소리치셨습니다. 아마 사랑 아저씨도 그 소리를 들었을

거야요.

　　뒷동산에 올라가서는 정거장을 한참 내려다보았으나 기차는 안 지나갔습

니다. 나는 풀잎을 쑥쑥 뽑아 보기도 하고 땅에 누운 아저씨의 다리를 꼬집어

보기도 하면서 놀았습니다. 한참 후에 아저씨가 손목을 잡고 내려오는데 유치

원 동무들을 만났습니다.

　　"옥희가 아빠하구 어디 갔다 온다, 응."

하고 한 동무가 말하였습니다. 그 아이는 우리 아버지가 돌아가신 줄을 모르

는 아이였습니다. 나는 얼굴이 빨개졌습니다. 그때 나는 얼마나 이 아저씨가

정말 우리 아버지였더라면 하고 생각했는지 모릅니다. 나는 정말로 한 번만이라도, '아빠!' 하고 불러 보고 싶었습니다. 그러고 그날 그렇게 아저씨하고 손목을 잡고 골목골목을 지나오는 것이 어찌도 재미가 좋았는지요.

나는 대문까지 와서,

"난 아저씨가 우리 아빠래문 좋겠다."

하고 불쑥 말해 버렸습니다. 그랬더니 아저씨는 얼굴이 홍당무처럼 빨개져서 나를 몹시 흔들면서,

"그런 소리 하문 못써."

하고 말하는데, 그 목소리가 몹시도 떨렸습니다. 나는 아저씨가 몹시 성이 난 것처럼 보여서 아무 말도 못하고 안으로 뛰어들어갔습니다. 어머니가,

"어디까지 갔던?"

하고 나와 안으며 묻는데, 나는 대답도 못하고 그만 훌쩍훌쩍 울었습니다. 어머니는 놀라서,

"옥희야, 왜 그러니? 응?"

하고 자꾸만 물었으나 나는 아무 대답도 못하고 울기만 했습니다.

이튿날은 일요일인 고로 나는 어머니와 함께 예배당에를 가려고 차리고 나서 어머니가 옷을 갈아입는 동안 잠깐 사랑에를 나가 보았습니다. '아저씨가 아직도 성이 났나?' 하고 가만히 방 안을 들여다보았더니 책상에 앉아서 무엇을 쓰고 있던 아저씨가 내다보면서 빙그레 웃었습니다. 그 웃음을 보고 나는 마음을 놓았습니다. 아저씨가 지금은 성이 풀린 것이

확실하니까요. 아저씨는 나를 이리 보고 저리 보고 훑어보더니,

"옥희, 오늘 어디 가노? 저렇게 곱게 채리구."

하고 물었습니다.

"엄마하구 예배당에 가."

"예배당에?"

하고 나서 아저씨는 잠시 나를 멍하니 바라보더니,

"어느 예배당에?"

하고 물었습니다.

"요 앞에 예배당에 가지 뭐."

"응? 요 앞이라니?"

이때 안에서,

"옥희야."

하고 부드럽게 부르는 어머니의 목소리가 들리었습니다. 나는 얼른 방으로 뛰어들어오면서 돌아다보니까 아저씨는 또 얼굴이 빨갛게 성이 났겠지요. 내 원, 참으로 무슨 일로 요새는 아저씨가 그렇게 성을 잘 내는지 알 수 없었습니다.

예배당에 가서 찬미하고 기도하다가 기도하는 중간 갑자기 나는, '혹시 아저씨두 예배당에 오지 않았나?' 하는 생각이 나서 눈을 뜨고 고개를 들어 남자석을 바라다보았습니다. 그랬더니 하, 바로 거기에 아저씨가 와 앉아 있겠지요. 그런데 아저씨는 어른이면서도 눈 감고 기도하지 않고 우리 아이들처럼 눈을 번히 뜨고 여기저기 두리번두리번 바라봅니다. 나는 얼른 아저씨를 알아보았는데 아저씨는 나를 못 알아보았는지 내가 빙그레 웃어 보여도 웃지도 않

고 멀거니 보고만 있겠지요. 그래 나는 손을 흔들었지요. 그러니까 아저씨는 얼른 고개를 숙이고 말더군요. 그때에 어머니가 내가 팔 흔드는 것을 깨닫고 두 손으로 나를 붙들고 끌어당기더군요. 나는 어머니 귀에다 입을 대고,

"저기 아저씨도 왔어."

하고 속삭이니까 어머니는 흠칫하면서 내 입을 손으로 막고 막 끌어잡아다가 앞에 앉히고 고개를 누르더군요. 보니까 어머니도 얼굴이 홍당무처럼 빨개졌더군요.

그날 예배는 아주 젬병이었어요. 웬일인지 예배 다 끝날 때까지 어머니는 성이 나서 강대만 향하여 앞으로 바라보고 앉았고 이전 모양으로 가끔 나를 내려다보고 웃는 일이 없었어요. 그리고 아저씨를 보려고 남자석을 바라다보아도 아저씨도 한번도 바라다보아 주지도 않고 성이 나서 앉아 있고, 어머니는 나를 보지도 않고 공연히 꽉꽉 잡아당기지요. 왜 모두들 그리 성이 났는지……. 나는 그만 으아 하고 한번 울고 싶었어요. 그러나 바로 멀지 않은 곳에 우리 유치원 선생님이 앉아 있는 고로 울고 싶은 것을 아주 억지로 참았답니다.

내가 유치원에 입학한 후 처음 얼마 동안은 유치원에 갈 때나 올 때나 외삼촌이 바래다주었습니다. 그러나 여러 밤을 자고 난 뒤에는 나 혼자서도 넉넉히 다니게 되었어요. 그러나 언제나 내가 유치원에서 돌아오는 때이면 어머니가 옆대문(우리 집에는 대문이 사랑대문과 옆대문 둘이 있어서 어머니는 늘 이 옆대문으로만 출입하시는 것이었습니다) 밖에 기다리고

섰다가 내가 달음질쳐 가면, 안고 집 안으로 들어가곤 하는 것이었습니다.

그런데 하루는 어쩐 일인지 어머니가 대문간에 보이지를 않겠지요.

어떻게도 화가 나던지요. 물론 머리 속으로는, '아마 외할머니 댁에 가셨나 부다' 하고 생각했지마는 하여튼 내가 돌아왔는데 문간에서 기다리지 않고 집을 떠났다는 것이 몹시 나쁘게 생각되더군요. 그래서 속으로, '오늘 엄마를 좀 곯려야겠다' 하고 생각하고 있는데 옆대문 밖에서,

"아이고, 애가 원 벌써 왔나?"

하는 어머니 목소리가 들리더군요. 그 순간 나는 얼른 신을 벗어 들고 안방으로 뛰어들어가서 벽장문을 열고 그 속에 들어가서 숨어 버렸습니다.

"옥희야, 옥희 너 여태 안 왔니?"

하는 어머니 목소리가 바로 뜰에서 나더니,

"여태 안 왔군."

하면서 밖으로 나가는·모양이었습니다. 나는 재미가 나서 혼자 흐흥흐흥 웃었습니다.

한참을 있더니 집에서는 온통 야단이 났습니다. 어머니 목소리도 들리고 외할머니 목소리도 들리고 외삼촌 목소리도 들리고……

"글쎄, 하루 종일 집이라군 안 떠났다가 옥희 유치원 파하구 오문 멕일 과자가 없기에 어머님댁에 잠깐 갔다 왔는데 고 동안에 이런 변이 생긴걸……"

하는 것은 어머니 목소리.

"글쎄 유치원에서 벌써 이십 분 전에 떠났다는데 원 중간에서……"

하는 것은 외할머니 목소리.

"여하튼 내 나가서 돌아댕겨 볼 테다. 원 고것이 어델 갔담?"

하는 것은 외삼촌의 목소리.

이윽고 어머니의 울음소리가 가늘게 들렸습니다. 외할머니는 무어라고 중얼중얼 이야기하는 모양이었습니다. '이젠 그만하고 나갈까?' 하고도 생각했으나 '지난 주일날 예배당에서 성내었던 앙갚음을 해야지' 하는 생각이 나서 나는 그냥 벽장 안에 누워 있었습니다. 벽장 안은 답답하고 더웠습니다. 그래서 이윽고 부지중에 나는 슬며시 잠이 들고 말았습니다.

얼마 동안이나 잤는지요? 이윽고 잠을 깨어 보니 아까 내가 벽장 안으로 들어왔던 것은 잊어버리고 참 이상스러운 데에 내가 누워 있거든요. 어두컴컴하고 좁고 덥고…… 나는 갑자기 무서운 생각이 나서 엉엉 울기 시작했지요. 그러자 갑자기 어디 가까운 데서 어머니의 외마디 소리가 나더니 벽장문이 벌컥 열리고 어머니가 달려들어서 나를 안아 내렸습니다.

"요 망할 것아."

하면서 어머니는 내 엉덩이를 댓 번 때렸습니다. 나는 더욱더 소리를 내서 울었습니다. 그때 어머니는 나를 끌어안고 어머니도 따라 울었습니다.

"옥희야, 옥희야, 응, 이젠 괜찮다. 엄마 여기 있지 않니, 응. 울지 마라, 옥희야. 엄마는 옥희 하나문 그뿐이다. 옥희 하나만 바라구 산다. 난 너 하나문 그뿐이야. 세상 다 일이 없다. 옥희만 있으문 바라고 산다. 옥희야 응, 울지 마라. 응, 울지 마라."

이렇게 어머니는 나더러 자꾸 울지 말라고 하면서도 어머니는 그치지 않고 그냥 자꾸자꾸 울었습니다. 외할머니는,

"원 고것이 도깨비가 들렸단 말인가, 벽장 속엔 왜 숨는담."

하고 앉아 있고 외삼촌은,

"에, 재수, 메유다."

하면서 밖으로 나갔습니다.

이튿날 유치원을 파하고 집으로 오게 된 때 나는 갑자기 어제 벽장 속에 숨었다가 어머니를 몹시 울게 했던 생각이 나서 집으로 돌아가기가 어쩐지 부끄러워졌습니다. '오늘은 어머니를 좀 기쁘게 해 드려야 텐데…… 무엇을 갖다 드리면 기뻐할까?' 하고 생각하였습니다. 그러자 문득 유치원 안에 선생님 책상 위에 놓여 있던 꽃병 생각이 났습니다. 그 꽃병에는 나는 이름도 모르나 곱고 빨간 꽃이 꽂히어 있었습니다. 그 꽃은 개나리도 아니고 진달래도 아니었습니다. 그런 꽃은 나도 잘 알고 또 그런 꽃은 벌써 피었다가 져 버린 후였습니다. 무슨 서양꽃이려니 하고 나는 생각하였습니다. 나는 우리 어머니가 꽃을 사랑하는 줄을 잘 압니다. 그래서 그 꽃을 갖다가 드리면 어머니가 몹시 기뻐하려니 하고 생각하였습니다.

그래서 나는 도로 유치원 방 안으로 들어갔습니다. 마침 방 안에는 아무도 없었습니다. 선생님도 잠깐 어디를 가셨는지 보이지 않았습니다. 그래 나는 그 꽃을 두어 개 얼른 빼들고 달음질쳐 나왔지요.

집에 오니 어머니는 문간에서 기다리고 있다가 나를 안고 들어왔습니다.

"그 꽃은 어디서 났니? 퍽 곱구나."

하고 어머니가 말씀하셨습니다. 그러나 나는 갑자기 말문이 막혔습니다. '이

걸 엄마 드릴라구 유치원에서 가져 왔어' 하고 말하기가 어째 몹시 부끄러운 생각이 들었습니다. 그래 잠깐 망설이다가,

"응, 이 꽃! 저, 사랑 아저씨가 엄마 갖다 주라고 줘."

하고 불쑥 말했습니다. 그런 거짓말이 어디서 그렇게 툭 튀어나왔는지 나도 모르지요.

꽃을 들고 냄새를 맡고 있던 어머니는 내 말이 끝나기가 무섭게 무엇에 몹시 놀란 사람처럼 화닥닥하였습니다. 그러고는 금시에 어머니 얼굴이 그 꽃보다 더 빨갛게 되었습니다. 그 꽃을 든 어머니 손가락이 파르르 떠는 것을 나는 보았습니다. 어머니는 무슨 무서운 것을 생각하는 듯이 방안을 휘 한번 둘러보시더니,

"옥희야, 그런 걸 받아 오문 안 돼."

하고 말하는 목소리는 몹시 떨렸습니다. 나는 꽃을 그렇게도 좋아하는 어머니가 이 꽃을 받고 그처럼 성을 낼 줄은 참으로 뜻밖이었습니다. 어머니가 그렇게도 성을 내는 것을 보니까 그 꽃을 내가 가져왔다고 그러지 않고 아저씨가 주더라고 거짓말을 한 것이 참 잘되었다고 나는 속으로 생각했습니다. 어머니가 성을 내는 까닭을 나는 모르지만 하여튼 성을 낼 바에는 내게 내는 것보다 아저씨에게 내는 것이 내게는 나았기 때문입니다. 한참 있더니 어머니는 나를 방 안으로 데리고 들어와서,

"옥희야, 너 이 꽃 이얘기 아무 보구두 하지 말아라, 응."

하고 타일러 주었습니다. 나는,

"응."

하고 대답하면서 고개를 여러 번 까닥까닥했습니다.

　어머니가 그 꽃을 곧 내버릴 줄로 나는 생각했습니다마는 내버리지 않고 꽃병에 꽂아서 풍금 위에 놓아두었습니다. 아마 퍽 여러 밤 자도록 그 꽃은 거기 놓여 있어서 마지막에는 시들었습니다. 꽃이 다 시들자 어머니는 가위로 그 대는 잘라 내버리고 꽃만은 찬송가 갈피에 곱게 끼워 두었습니다.

　내가 어머니께 꽃을 갖다 주던 날 밤에 나는 또 사랑에 놀러 나가서 아저씨 무릎에 앉아서 그림책을 보고 있었습니다. 갑자기 아저씨 몸이 흠칫하였습니다. 그러고는 귀를 기울입니다. 나도 귀를 기울였습니다.

　풍금 소리!

　그 풍금 소리는 분명 안방에서 흘러나오는 것이었습니다.

　"엄마가 풍금 타나 부다."

하고 나는 벌떡 일어나 안으로 뛰어들어갔습니다. 안방에는 불을 켜지 않았었습니다. 그러나 그때는 음력으로 보름께나 되어서 달이 낮같이 밝은데 은빛 같은 흰 달빛이 방 안 절반 가득히 차 있었습니다. 나는 그 흰옷을 입은 어머니가 풍금 앞에 앉아서 고요히 풍금을 타는 것을 보았습니다.

　나는 나이 지금 여섯 살밖에 안 되었지마는 하여튼 어머니가 풍금을 타시는 것을 보는 것은 오늘이 처음이었습니다. 어머니는 유치원 선생님보다도 풍금을 더 잘 타시는 것이었습니다. 나는 어머니 곁으로 갔습니다마는 어머니는 내가 곁에 온 것도 깨닫지 못하는지 그냥 까딱 아니하고 앉아서 풍금을 탔습니다. 조금 있더니 어머니는 풍금 곡조에 맞추어서 노래를 부르기 시작하였습니다. 어머니의 목소리가 그렇게 아름다운 것도 나는 이때까지 모르고 있었습니다. 어머니는 참으로 우리 유치원 선생님보다도 목소리가 훨씬 더 곱고 또 노래도 훨씬 더 잘 부르시는 것이었습니다. 나는 가만히 서서 어머님 노래를 들었습니다. 그 노래는 마치도 은실을 타고 별나라에서 내려오는 노래처럼 아름다웠습니다. 그러나 얼마 오래지 않아 목소리는 약간 떨리기 시작하였습니다. 가늘게 떨리는 노랫소리, 그에 따라 풍금의 가는 소리도 바르르 떠는 듯했습니다. 노랫소리는 차차 가늘어지더니 마지막에는 사르르 없어져 버렸습니다. 풍금 소리도 사르르 없어졌습니다. 어머니는 고요히 일어나시더니 옆에 섰는 내 머리를 쓰다듬었습니다. 그 다음 순간 어머니는 나를 안고 마루로 나오셨습니다. 어머니는 아무 말씀도 없이 그냥 꼭꼭 껴안는 것이었습니다. 달빛을 함빡 받은 내 어머니 얼굴은 몹시도 새하얗다고 생각되었습니다. 우리 어머니는 참으로 천사 같다고 생각하였습니다. 우리 어머니의 새하얀 두 뺨 위로는 쉴 새 없이 두 줄기 눈물이 줄줄 흘러내리고 있는 것을 난 보았습니다. 그것을 보니 나도 갑자기 울고 싶어졌습니다.

"엄마, 왜 울어?"

하고 나도 훌쩍거리면서 물었습니다.

"옥희야."

"응?"

한참 동안 어머니는 아무 말씀도 없었습니다. 그러나 한참 후에,

"옥희야, 너 하나믄 그뿐이다."

"엄마."

어머니는 다시 대답이 없으셨습니다.

하루는 밤에 아저씨 방에서 놀다가 졸려서 안방으로 들어오려고 일어서니까 아저씨가 하아얀 봉투를 서랍에서 꺼내어 내게 주었습니다.

"옥희, 이것 갖다 엄마 드리고 지나간 달 밥값이라구, 응."

나는 그 봉투를 갖다가 어머니께 드렸습니다. 어머니는 그 봉투를 받아들자 갑자기 얼굴이 파랗게 질렸습니다. 그 전날 달밤에 마루에 앉았을 때보다 더 새하얗다고 생각되었습니다. 어머니는 그 봉투를 들고 어쩔 줄을 모르는 듯이 초조한 빛이 나타났습니다. 나는,

"그거 지나간 달 밥값이래."

하고 말을 하니까 어머니는 갑자기 잠자다 깨나는 사람처럼 '응?' 하고 놀라더니 또 금시에 백지장같이 새하얗던 얼굴이 발갛게 물들었습니다. 봉투 속으로 들어갔던 어머니의 파들파들 떨리는 손가락이 지전을 몇 장 끌고 나왔습니다. 어머니는 입술에 약간 웃음을 띠면서 후 하고 한숨을 내쉬었습니다. 그러나 그것도 잠깐, 다시 어머니는 무엇에 놀랐는지 흠칫하더니 금시에 얼굴이 다시 새하얘지고 입술이 바르르 떨렸습니다. 어머니의 손을 바라다보니 거기에는 지전 몇 장 외에 네모로 접은 하얀 종이가 한 장 접혀 있는 것이었습니다.

어머니는 한참을 망설이는 모양이었습니다. 그러더니 무슨 결심을 한 듯이 입술을 악물고 그 종이를 차근차근 펴들고 그 안에 쓰인 글을 읽었습니다. 나는 그 안에 무슨 글이 씌어 있는지 알 도리가 없었으나 어머니는 그 글을 읽으면서 금시에 얼굴이 파랬다 발갰다 하고 그 종이를 든 손은 이제는 바들바들이 아니라 와들와들 떨리어서 그 종이가 부석부석 소리를 내게 되었습니다.

한참 후에 어머니는 그 종이를 아까 모양으로 네모지게 접어서 돈과 함께 봉투에 도로 넣어 반짇고리에 던졌습니다. 그러고는 정신나간 사람처럼 멀거니 앉아서 전등만 치어다보는데 어머니 가슴이 불룩불룩합니다. 나는 어머니가 혹시 병이 나지 않았나 하고 염려가 되어서 얼른 가서 무릎에 안기면서,

　　"엄마, 잘까?"

하고 말했습니다.

　　엄마는 내 뺨에 입을 맞추어 주었습니다. 그런데 어머니의 입술이 어쩌면 그리도 뜨거운지요. 마치 불에 달군 돌이 볼에 와닿는 것 같았습니다.

　　한참을 자고 나서 잠이 채 깨지는 않았으나 어렴풋한 정신으로 옆을 쓸어보니 어머니가 없었습니다. 가끔 가다간 나는 그런 버릇이 있어요. 어렴풋한 정신으로 옆을 쓸면 어머니의 보드라운 살이 만져지지요. 그러면 다시 나는 잠이 들어 버리곤 하는 것이었습니다. 어머니가 자리에 없다는 것을 알게 되자 나는 갑자기 무서워졌습니다. 그래서 잠은 다 달아나고 눈을 번쩍 뜨고 고개를 돌려보았습니다. 방 안에는 불은 껐지만 어슴푸레하게 밝습니다. 뜰로 하나 가득한 달빛이 방 안에까지 희미한 밝음을 던져 주는 것이었습니다. 윗목을 보니 우리 아버지의 옷을 넣어두고 가끔 어머니가 꺼내서 쓸어 보시는 그 장롱문이 열려 있고, 그 아래 방바닥에는 흰옷이 한 무더기 널려 있습니다.

　　그리고 그 옆에는 장롱을 반쯤 기대고 자리옷만 입은 어머니가 주춤하고 앉아서 고개를 위로 쳐들고 눈은 감고 무엇이라고 입술로 소곤소곤 외우고 있는 것이 보였습니다. 아마 기도를 하나 보다 하고 생각했습니다. 나는 자리에서 일어나 기어가서 어머니 무릎을 뻐개고 기어들어갔습니다.

"엄마, 무얼 해?"

어머니는 소곤거리기를 그치고 눈을 떠서 나를 한참이나 물끄러미 들여다 보십니다.

"옥희야."

"응?"

"가서 자자."

"엄마두 같이 자."

"응, 그래 엄마두 같이 자."

그 목소리가 어째 싸늘하다고 내게 생각되었습니다.

어머니는 돌아가신 아버지의 옷들을 한 가지씩 들고는 가만히 손바닥으로 쓸어 보고는 장롱 안에 넣었습니다. 하나씩 하나씩 쓸어 보고는 장롱에 넣곤 하여 그 옷을 다 넣은 때 장롱문을 닫고 쇠를 채우고 그러고 나서 나를 안고 자리로 돌아왔습니다.

"엄마, 우리 기도하고 자?"

하고 나는 물었습니다. 어머니는 나를 밤마다 재워 줄 때마다 반드시 기도를 하는 것이었습니다. 내가 할 줄 아는 기도는 주기도문뿐이었습니다. 그 뜻은 하나도 모르지만 어머니를 따라서 자꾸자꾸 해보아서 지금에는 나도 주기도 문을 잘 외웁니다. 그런데 웬일인지 어젯밤 잘 때에는 어머니가 기도할 것을 잊어버리고 그냥 잤던 것이 지금 생각이 났기 때문에 나는 그렇게 물었던 것 입니다. 어젯밤 자리에 들 때 내가,

"기도할까?"

하고 말하고 싶었으나 어머니가 너무도 슬픈 빛을 띠고 있는 고로 그만 나도 가만히 아무 소리도 없이 잠이 들고 말았던 것입니다.

"응, 기도하자."

하고 어머니가 고요히 대답했습니다.

"엄마가 기도해."

하고 나는 갑자기 어머니의 기도하는 보드라운 음성이 듣고 싶어져서 말했습니다.

"하늘에 계신 우리 아버지시여."

어머니는 고요히 기도를 시작하였습니다.

"이름을 거룩하게 하옵시며 나라이 임하옵시며 뜻이 하늘에서 이루어진 것처럼 땅에서도 이루어지이다. 오늘날 우리에게 일용할 양식을 주옵시고 우리가 우리에게 죄 지은 자를 용서하여 준 것처럼 우리 죄를 사하여 주옵시고, 우리를 시험에 들지 말게 하옵시고…… 우리를 시험에 들지 말게 하옵시고…… 시험에 들지 말게…… 시험에 들지 말게……."

이렇게 어머니는 자꾸 되풀이하였습니다. 나도 지금은 막히지 않고 줄줄 외우는 주기도문을 글쎄 어머니가 막히다니 참으로 우스운 일이었습니다.

"시험에 들지 말게…… 시험에 들지 말게……."

하고 자꾸만 되풀이하는 것을 나는 참다못해서,

"엄마 내 마저 할게."

하고,

"다만 악에서 구하옵소서. 대개 나라와 권세와 영광이 아버지께 영원히 있사옵니다."

하고 내가 끝을 마쳤습니다. 어머니는 한참이나 가만 있다가 오랜 후에야 겨우,

　"아멘."

하고 속삭이었습니다.

　　　　요새 와서 어머니의 하는 일이란 참으로 알 수가 없는 노릇입니다. 어떤 때는 어머니도 퍽 유쾌하셨습니다. 밤에 때로는 풍금도 타고 또 때로는 찬송가도 부르고 그러실 때에는 나도 너무도 좋아서 가만히 어머니 옆에 앉아서 듣습니다. 그러나 가끔가끔 그 독창은 소리 없는 울음으로 끝을 맺는 때가 많은데 그런 때면 나도 따라서 울었습니다. 그러면 어머니는 나를 안고 내 얼굴에 돌아가면서 무수히 입을 맞추어 주면서,

　"엄마는 옥희 하나문 그뿐이야, 응, 그렇지……."

하시며 언제까지나 언제까지나 우시는 것이었습니다.

　어떤 일요일날, 그렇지요, 그것은 유치원 방학하고 난 그 이튿날이었요. 그날 어머니는 갑자기 머리가 아프시다고 예배당에를 그만두었습니다. 사랑에서는 아저씨도 어디 나가고 외삼촌도 나가고 집에는 어머니와 나와 단둘이 있었는데 머리가 아프다고 누워 계시던 어머니가 갑자기 나를 부르시더니,

　"옥희야, 너 아빠가 보고 싶니?"

하고 물으십니다.

　"응, 우리두 아빠가 하나 있으문."

　나는 혀를 까불고 어리광을 좀 부려 가면서 대답을 했습니다. 한참 동안을

어머니는 아무 말씀도 아니하시고 천장만 바라보시더니,

"옥희야, 옥희 아버지는 옥희가 세상에 나오기도 전에 돌아가셨단다. 옥희두 아빠가 없는 건 아니지. 그저 일찍 돌아가셨지. 옥희가 이제 아버지를 새로 또 가지면 세상이 욕을 한단다. 옥희는 아직 철이 없어서 모르지만 세상이 욕을 한단다. 사람들이 욕을 해. 옥희 어머니는 화냥년 '서방질을 하는 여자'를 욕해 이르는 말이다, 이러구 세상이 욕을 해. 옥희 아버지는 죽었는데 옥희는 아버지가 또 하나 생겼대, 참 망측두 하지. 이러구 세상이 욕을 한단다. 그리 되문 옥희는 언제나 손가락질받구. 옥희는 커두 시집두 훌륭한 데 못 가구. 옥희가 공부를 해서 훌륭하게 돼두, 에 그까짓 화냥년의 딸이라구 남들이 욕을 한단다."

이렇게 어머니는 혼잣말하시듯 드문드문 말씀하셨습니다. 그러고는 한참 있더니,

"옥희야."

하고 또 부르십니다.

"응?"

"옥희는 언제나 내 곁을 안 떠나지. 옥희는 언제나 언제나 엄마하구 같이 살자. 옥희는 엄마가 늙어서 꼬부랑할미가 되어두 그래두 옥희는 엄마하구 같이 살지. 옥희가 유치원 졸업하구, 또 소학교 졸업하구, 또 중학교 졸업하구, 또 대학교 졸업하구, 옥희가 조선서 제일 훌륭한 사람이 돼두 그래두 옥희는 엄마하구 같이 살지. 응! 옥희는 엄마를 얼만큼 사랑하나?"

"이만큼."

하고 나는 두 팔을 짝 벌리어 보였습니다.

"응? 얼만큼? 응! 그만큼! 언제나 언제나, 옥희는 엄마만 사랑하지. 그리구 공부두 잘하구, 그리구 훌륭한 사람이 되구……"

나는 어머니의 목소리가 떨리는 것으로 보아 어머니가 또 울까 봐 겁이 나서,

"엄마, 이만큼, 이만큼."

하면서 두 팔을 짝짝 벌리었습니다.

어머니는 울지 않으셨습니다.

"응, 그래. 옥희 엄마는 옥희 하나문 그뿐이야. 세상 다른 건 다 소용없어. 우리 옥희 하나문 그만이야. 그렇지, 옥희야."

"응!"

어머니는 나를 당기어서 꼭 껴안고 가슴이 막혀 들어올 때까지 자꾸만 껴안아 주었습니다.

그날 밤 저녁밥 먹고 나니까 어머니는 나를 불러 앉히고 머리를 새로 빗겨 주었습니다. 댕기도 새 댕기를 드려 주고, 바지, 저고리, 치마, 모두 새것을 꺼내 입혀 주었습니다.

"엄마, 어디 가?"

하고 물으니까,

"아니."

하고 웃음을 띠면서 대답합니다. 그러더니 새로 다린 하얀 손수건을 내리어 내 손에 쥐어 주면서,

"이 손수건, 저 사랑 아저씨 손수건인데, 이것 아저씨 갖다 드리구 와, 응. 오래 있지 말구 손수건만 갖다 드리구 이내 와, 응."

하고 말씀하셨습니다.

　손수건을 들고 사랑으로 나가면서 나는 접어진 손수건 속에 무슨 발각발각하는 종이가 들어 있는 것처럼 생각되었습니다마는 그것을 펴 보지 않고 그냥 갖다가 아저씨에게 주었습니다.

　아저씨는 방에 누워 있다가 벌떡 일어나서 손수건을 받는데 웬일인지 아저씨는 이전처럼 나보고 빙그레 웃지도 않고 얼굴이 몹시 파래졌습니다. 그리고는 입술을 질근질근 깨물면서 말 한마디 아니하고 그 수건을 받더군요.

　나는 어째 이상한 기분이 들어서 아저씨 방에 들어가 앉지도 못하고 그냥 되돌아서 안방으로 도로 왔지요. 어머니는 풍금 앞에 앉아서 무엇을 그리 생각하는지 가만히 있더군요. 나는 풍금 옆으로 가서 가만히 그 옆에 앉아 있었습니다. 이윽고 어머니는 조용조용히 풍금을 타십니다. 무슨 곡조인지를 몰라도 어째 구슬프고 고즈넉한 곡조야요.

　밤이 늦도록 어머니는 풍금을 타셨습니다. 그 구슬프고 고즈넉한 곡조를 계속하고 또 계속하면서.

　　　　여러 밤을 자고 난 어떤 날 오후에 나는 오래간만에 아저씨 방엘 나가 보았더니 아저씨가 짐을 싸느라고 분주하겠지요. 내가 아저씨에게 손수건을 갖다 드린 다음부터는 웬일인지 아저씨가 나를 보아도 언제나 퍽 슬픈 사람, 무슨 근심이 있는 사람처럼 아무 말도 없이 나를 물끄러미 바라다만 보고 있는 고로 나도 그리 자주 놀러 나오지 않았던 것입니다. 그랬었는데 이렇게 갑자기 짐을 꾸리는 것을 보고 나는 놀랐습니다.

"아저씨 어데 가우?"

"응, 멀리루 간다."

"언제?"

"오늘."

"기차 타구?"

"응, 기차 타구."

"갔다가 언제 또 오우?"

아저씨는 아무 대답도 없이 서랍에서 이쁜 인형을 하나 꺼내서 내게 주었습니다.

"옥희, 이것 가져, 응. 옥희는 아저씨 가구 나문 아저씨 이내 잊어버리구 말겠지!"

"아니."

하고 얼른 대답하고 인형을 안고 안으로 들어왔습니다.

"엄마, 이것 봐. 아저씨가 이것 나 줬다우. 아저씨가 오늘 기차 타구 먼 데루 간대."

하고 내가 말했으나 어머니는 대답이 없으십니다.

"엄마, 아저씨 왜 가우?"

"학교 방학했으니깐 가지."

"어디루 가우?"

"아저씨 집으로 가지 어디루 가."

"갔다가 또 오우?"

어머니는 대답이 없으십니다.

"난 아저씨 가는 거 나쁘다."

하고 입을 쫑긋했으나 어머니는 그 말에 대답 않고,

"옥희야, 벽장에 가서 달걀 몇 알 남았나 보아라."

하고 말씀하셨습니다.

나는 깡충깡충 방 안으로 들어갔습니다. 달걀은 여섯 알이 있었습니다.

"여스 알."

하고 나는 소리쳤습니다.

"응, 다 가지고 이리 나오너라."

어머니는 그 달걀 여섯 알을 다 삶았습니다. 그 삶은 달걀 여섯 알을 손수
건에 싸놓고 또 반지 ^{일본 종이의 일종으로 얇다} 에 소금을 조금 싸서 한 귀퉁이에 넣었습니
다.

"옥희야, 너 이것 갖다 아저씨 드리구, 가시다가 찻간에서 잡수시랜다구, 응."

그날 오후에 아저씨가 떠나간 다음 나는 방에서 아저
씨가 준 인형을 업고 자장자장 잠을 재우고 있었습니다. 어머니가 부엌에서
들어오시더니,

"옥희야, 우리 뒷동산에 바람이나 쐬러 올라갈까?"

하십니다.

"응, 가, 가."

하면서 나는 좋아 덤비었습니다.

잠깐 다녀올 터이니 집을 보고 있으라고 외삼촌에게 이르고 어머니는 내 손목을 잡고 나섰습니다.

"엄마, 나 저, 아저씨가 준 인형 가지고 가?"

"그러렴."

나는 인형을 안고 어머니 손목을 잡고 뒷동산으로 올라갔습니다. 뒷동산에 올라가면 정거장이 뻔히 내려다보입니다.

"엄마, 저 정거장 봐. 기차는 없군."

어머니는 아무 말씀도 없이 가만히 서 계십니다. 사르르 바람이 와서 어머니 모시 치맛자락을 산들산들 흔들어 주었습니다. 그렇게 산 위에 가만히 서 있는 어머니는 다른 때보다도 더 한층 이쁘게 보였습니다.

저편 산모퉁이에서 기차가 나타났습니다.

"아, 저기 기차 온다."

하고 나는 좋아서 소리쳤습니다.

기차는 정거장에서 잠시 머물더니 금시에 뺵 하고 소리를 지르면서 움직였습니다.

"기차 떠난다."

하면서 나는 손뼉을 쳤습니다. 기차가 저편 산모퉁이 뒤로 사라질 때까지, 그리고 그 굴뚝에서 나는 연기가 하늘 위로 모두 흩어져 없어질 때까지, 어머니는 가만히 서서 그것을 바라다보았습니다.

뒷동산에서 내려오자 어머니는 방으로 들어가시더니 이때까지 뚜껑을 늘 열어 두었던 풍금 뚜껑을 닫으십니다. 그러고는 거기 쇠를 채우고 그 위에다가 이전 모양으로 반짇고리를 얹어 놓으십니다. 그러고는 그 옆에 있는 찬송가를 맥없이 들고 뒤적뒤적하시더니 빼빼 마른 꽃송이를 그 갈피에서 집어내시더니,

"옥희야, 이것 내다버려라."

하고 그 마른 꽃을 내게 주었습니다. 그 꽃은 내가 유치원에서 갖다가 어머니께 드렸던 그 꽃입니다. 그러자 옆 대문이 삐걱하더니,

"달걀 사소."

하고 매일 오는 달걀장사 노파가 달걀 광주리를 이고 들어왔습니다.

"이젠 우리 달걀 안 사요. 달걀 먹는 이가 없어요."

하시는 어머니 목소리는 맥이 한푼어치도 없었습니다.

나는 어머니의 이 말씀에 놀라서 떼를 좀 써 보려 했으나 석양에 빨히 비치는 어머니 얼굴을 볼 때 그 용기가 없어지고 말았습니다. 그래서 아저씨가 주신 인형 귀에다가 내 입을 갖다 대고 가만히 속삭이었습니다.

"애, 우리 엄마가 거짓부리 썩 잘하누나. 내가 달걀 좋아하는 줄 잘 알문서 생 먹을 사람이 없대누나. 떼를 좀 쓰구 싶다만 저 우리 엄마 얼굴을 좀 봐라. 어쩌문 저리두 새파래졌을까? 아마 어데가 아픈가 보다."

라고요.

미망인인 어머니와 단둘이 살고 있는 옥희네 집에 아버지의 생전의 친구였다는 아저씨가 하숙을 들어온다. 아저씨는 그 동리 학교 교사로 온 것이었다. 옥희의 아버지가 쓰던 사랑에 기거하게 된 아저씨는 '옥희'와 금방 친해진다.

아버지가 없는 옥희로서는 아저씨가 아버지가 되어 주었으면 좋겠다는 생각도 가지게 된다.

그래서 어느 날, 아저씨에게 불쑥 그런 말을 꺼냈더니 아저씨는 이유 없이 얼굴을 붉히며 그런 말을 하면 못쓴다고 나무랐지만 그 목소리가 무척이나 떨리는 것이었다. 또 어머니도 옥희가 유치원에서 몰래 가져온 꽃을 아저씨가 주었다고 거짓말을 하자 얼굴이 빨개진다.

이런 일이 있은 후 아저씨는 어머니에게 전하라고 옥희에게 봉투를 준다. 그것을 받은 어머니는 몹시 당황해하며 봉투를 연다. 거기에는 밥값과 함께 종이 쪽지가 들어 있었다.

그날 밤, 어머니는 아버지의 옷을 장롱 속에서 꺼내 보고 있었다. 아저씨나 어머니나 옥희로서는 이해할 수 없는 깊은 시름에 잠겨 있었던 것이다. 종이가 든 아저씨의 손수건을 어머니가 옥희를 통해 전한 며칠 뒤, 아저씨는 옥희에게 예쁜 인형을 하나 선물로 주고는 집을 나가 버렸다. 어머니는 옥희의 손을 잡고 뒷동산에 올라가 아저씨가 탔을 기차를 멀리서 바라본다.

그 후 어머니가 가끔 치던 풍금은 뚜껑이 도로 닫히고, 찬송가 갈피에 끼워져 있던 마른 꽃송이도 버려진다.

매일 사던 달걀도 더 이상 사지 않는다.

작품 해설

「사랑 손님과 어머니」는 지금으로부터 꼭 1935년에 씌어진 소설이니까, 정말 재미있게 읽었다고 말하기는 좀 힘들 겁니다. 인물들이 사는 집이나 하는 말들부터가 지금의 모습과는 무척 다르니까요. 하지만 이 소설의 화자인 옥희가 지금도 살아 있다면 73세의 할머니이실 테니까, 이 소설을 박옥희 할머니가 들려주시는 당신의 어릴 적 이야기로 생각하고 읽는다면 조금은 흥미롭지 않을까요? 그러니까 「사랑 손님과 어머니」는 박옥희 할머니가 여섯 살일 때 듣고 보았던 당신의 어머니와 일찍 돌아가신 아버지 친구 분과의 이루지 못한 사랑 이야기라고 할 수 있습니다.

여러분은 여섯 살 때의 기억을 얼마나 가지고 계시나요? 소설 속의 옥희처럼 유치원에 다니고 있었다면, 그 당시의 선생님이나 친구들 얼굴을 얼마나 기억하고 있을지 궁금하군요. 또한 당시 부모님이 하셨던 말씀이나 나누던 대화 중에 이 소설 속의 표현들처럼 얼굴을 붉히시거나 성이 난 듯 보이셨던 일들이 어떤 의미인가를 헤아릴 수 있었는지도요. 사람에 따라 조금씩 차이는 있겠지만, 여섯 살의 나이라고 하면 남녀간의 성적性的인 차이조차 제대로 깨닫기 힘든 때라고 할 수 있을 거예요. 하물며 지금처럼 성에 대한 정보도 많지 않았던 때이니까요.

그렇게 따지고 보면, 당시 어른들 또한 성에 대해 완전히 알고 있다고 할 수도 없겠지요. 지금도 학교에서 제대로 된 성교육을 받지 못하고 있는데, 그때는 오죽했겠어요? 게다가 책이나 대중 매체를 통한 간접 체험의 기회도 거의 없었을 테니, 인터넷 시대를 살고 있는 우리와는 사뭇 달랐으리라 생각되네요. 성에 대한 정보가 부족했다는 것은 그만큼 당시 사회가 성에 대해 폐쇄적이고 보수적인 사고방식을 지니고 있었음을 짐작하게 해줍니다. 그러한 사고방식은 곧 남녀간의 사랑, 연애하는 방식까지를 결정짓게 했겠지요.

여러분의 부모님은 연애 결혼을 하셨나요, 중매 결혼을 하셨나요? 연애 결혼을 하셨을 수도, 아니면 중매 결혼을 하셨을 수도 있을 거예요. 그렇지만 이 작품이 씌어진 1930년대에는 대부분 중매로 배우자를 만났습니다. 중매 결혼이 대부분이었다는 것은 그만큼 남녀간의 만남이 개인의 의지보다는 가족들의 의사에 더 큰 영향을 받았다는 뜻이겠지요.

지극히 사적이고 감정적인 관계인 애정 문제가 당사자들이 아닌 제3자들의 간섭에 의해 좌우된다는 것에 대해 여러분은 어떻게 생각하세요? 여러분이 읽은 「사랑 손님과 어머니」의 '어머니'와 '아저씨'야말로 자신들의 감정을 솔직히 드러내지 못한 채 가슴앓이를 했던 가여운 사람들이라고 말할 수 있지 않을까요?

두 주인공인 어머니와 아저씨는 이 소설에서 한 번도 얼굴을 마주치지 않습니다. 아저씨의 밥상은 중학교에 다니는 옥희의 외삼촌이 나르고, 아저씨의 이런저런 작은 심부름들도 옥희가 모두 도맡아하기 때문이지요. 그렇다고 어머니와 아저씨가 서로 얼굴도 모르는 사이라고 생각하시는 건 아니지요? 두 사람은 옥희의 아버지를 사이에 두고, 죽은 친구의 아내, 죽은 남편의 친구라는 관계를 이루고 있습니다. 그러니까 적어도 두 사람은 이미 오래 전부터 서로를 알고 있는 사이라고 짐작할 수 있다는 뜻이지요. 즉, 두 사람만이 가질 수 있는 연애 감정은 이미 예전부터 시작된 것이라고 추측해 볼 수도 있다는 말입니다.

그래요, 사실 그런 감정이 언제부터 시작된 것이냐가 중요한 것은 아닐 거예요. 중요한 것은 그런 그들의 감정이 자꾸만 억눌려진다는 사실이겠지요. 그럼 왜 그들은 자신들의 감정을 그렇게 애써 억누르기만 하는 것일까요? 옥희의 어머니가 아저씨의 용기 어린 쪽지를 받아 읽고 나서 옥희에게 한 말을 들어보기로 하죠.

"옥희가 이제 아버지를 새로 또 가지면 세상이 욕을 한다. 옥희는 아직 철이 없어서 모르지만 세상이 욕을 한다. 사람들이 욕을 해. 옥희 어머니는 화냥년이다, 이러구 세상이 욕을 해. 옥희 아버지는 죽었는데 옥희는 아버지가 또 하나 생겼대, 참 망측두 하지. 이러구 세상이 욕을 한다. 그리 되문 옥희는 언제나 손가락질받구. 옥희는 커두 시집두 훌륭한 데 못 가구. 옥희가 공부를 해서 훌륭하게 돼두, 에 그까짓 화냥년의 딸이라구 남들이 욕을 한다."

그러니까 옥희의 어머니가 아저씨의 구애를 받아들이지 못하는 까닭은 옥희 때문인 셈이지요. 더 정확하게 말하자면, 옥희가 받을 세상 사람들의 좋지 않은 시선 때문이겠지요. 여기서 우리는 이 소설 속에 감추어져 있는 당시의 의식을 발견하게 됩니다. 그것은 바로 유교적인 사고방식이지요. 재가再嫁하는 여자를 두고 화냥년이라고 욕하는 것은 일부종사一夫從事(한 남편만 섬긴다는 뜻이죠)를 강요하는 유교적 사고가 당시에 큰 힘을 발휘하고 있었다는 증거입니다.

그 힘은 다른 신앙까지 영향을 미치는 것처럼 보이죠. 옥희가 어머니와 함께 예배당에 간 대목, 기억나요? 저 만치 떨어져 앉아 있는 아저씨를 옥희가 발견하고 손을 흔드는 대목 말예요. 그 대목은, 본문에도 나오지만, 남자석과 여자석으로 구분되어 있는 당시 교회 안 풍경을 아주 잘 보여줍니다. 즉, 지금은 그렇게 심하지 않지만, 당시만 하더라도 흔히 남녀칠세부동석男女七歲不同席(남녀가 일곱 살만 되어

 **더 알아두기**

신경향파 新傾向派 신경향파는 1924년 이후 백조파와 창조파의 낭만주의 및 자연주의 경향을 비판하고 일어난 사회주의 경향의 새로운 문학 유파를 말한다. 카프 (KAPF)가 성립되기 전후 수년 간 나타난 한국문학의 새로운 경향으로, 곧 그것은 프롤레타리아 문학 이전의 현상이라 할 수 있다. 원래 경향문학이라고 하면 작품을 통해 종교적·도덕적·정치적인 사상을 주장하고 민중을 일정한 방향으로 유도하려는 목적을 가진 문학을 뜻한다. 곧 예술적 표현을 통해 정치적·사회적·도덕적 주장을 강력히 내세우는 문학인데 여기에다가 '새롭다'라는 의미의 '신新'을 덧붙여 보다 차별화된 경향문학의 의미를 지니게 되는 것이다. 구체적으로 신경향파라는 용어가 새롭게 등장한 것은 박영희가 《개벽》에 '신경향파 문학과 그 문단적 지위'라는 문학론을 발표했을 때부터이다. 이러한 신경향파에 드는 주요 작품들을 살펴보면 다음과 같다.

소설 김기진의 「붉은 쥐」(개벽, 1924년 11월), 박영희의 「전투」(개벽, 1925년 1월), 「사냥개」(개벽, 1925년 4월), 이익상의 「광란」(개벽, 1925년 3월), 최학송의 「탈출기」(조선문단, 1925년 3월), 이기영의 「농부 정도룡」(개벽, 1926년 1월), 주요섭의 「살인」(개벽, 1925년 6월)

시 김기진의 「백수의 탄식」(개벽, 1924년 6월), 이상화의 「가상」(개벽, 1925년 5월), 「빼앗긴 들에도 봄은 오는가」(개벽, 1926년 6월), 김창술의 「촛불」(개벽, 1925년 5월)

도 같이 앉지 않는다)이라 하는 유교적 사고방식의 영향이 사회 전반에 가득했었다는 걸 보여주는 대목이죠. 아마 옥희 어머니가 믿고 있는 기독교 신앙 안의 교리 중에 나오는 일부일처제一夫一妻制(한 남자가 한 아내와 결혼하는 제도로서, 창세기 2장 18절과 24절에 이 말이 나옵니다. 마태복음 19장 4절에서 6절에는 일부일처제만이 정당한 결혼이라고 적혀 있기도 하죠)도 우리의 유교적 사고방식에 의해 훨씬 더 강화되었을 거예요.

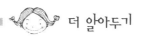

인물 인물이란 소설에서 행위나 사건을 따라 행하는 인물과 그 인물이 지닌 성격을 모두 포함하는 의미를 지닌다. 따라서 그것은 소설 전반에 걸쳐 변하지 않을 수도 있고 어떠한 극적 위기의 결과에 따라 근본적인 변화를 보여줄 수도 있다. 특히 전통적 사실 주의 소설에서는 인물의 성격이 변하지 않고 일관되어 나타나고 있는데 그것은 인물이 돌변하여 이미 우리가 알고 있는 그의 기질에 바탕을 둔 어떤 일이 일어날 수 있는 가 능성의 정도에서 크게 벗어나는 행동을 해서는 안 되기 때문이다.

사랑의 감정이라는 게 동서고금을 막론하고 큰 차이가 없는 것일 텐데, 그것을 이렇게 제도와 의식으로 간섭하고 억압하다니, 여러분은 이 점을 어떻게 생각하시나요? 사랑에 실패한 어머니는 옥희에게 이렇게 말합니다.

"옥희는 언제나 내 곁을 안 떠나지. 옥희는 언제나 언제나 엄마하구 같이 살자. 옥희는 엄마가 늙어서 꼬부랑할미가 되어두 그래두 옥희는 엄마하구 같이 살지. 옥희가 유치원 졸업하구, 또 소학교 졸업하구, 또 중학교 졸업하구, 또 대학교 졸업하구, 옥희가 조선서 제일 훌륭한 사람이 돼두 그래두 옥희는 엄마하구 같이 살지. 응!"

이와 같은 어머니의 말을 들어보면 부모 자식간의 혈연 관계가 단순한 유대 관계라기보다 어떤 종속 관계처럼 느껴지기도 해요. 성姓이 다른 새아버지를 들이지 못하게 만드는 유교적 사고방식은 어머니와 딸의 관계를 지나치게 속박하는 역할도 하고 있지요. 이렇게 보면, 「사랑 손님과 어머니」는 애틋한 사랑 이야기로 읽힐 수도 있겠지만, 지금의 시각으로 본다면, 남녀간의 사랑에 지나치게 엄격했던 1930년대의 시대 분위기를 짐작할 수 있게도 해주는 작품이라고 말할 수 있겠지요.

이 말은 곧 지금 여러분이 살아가면서 겪는, 당연하게 느껴지는 여러 가지 일들도 오랜 세월이 흐른 뒤에 뒤돌아보면 새로운 의미로 해석될 수 있다는 뜻이기도 합니다.

여러분이 지금 가지고 있는 고민이나 갈등들도 6,70년쯤 후 여러분의 손자·손녀가 보기엔 정말 우습지도 않은 일들로 비춰질지 누가 알겠어요? 사건도, 인물도 답답하게만 느껴지는 옛날 소설을 우리가 굳이 찾아 읽는 것도 이렇게 어느 한 시절, 한 가지 생각이 절대적으로, 영원히 옳을 수는 없다는 것을 깨닫기 위함인지도 모르죠. 그렇다면 무엇보다도 지금 우리가 옳다고 믿고 있는 여러 가지 생각들이 사실은 그렇게 완전하지 않다는 점을 깨닫는 것이 중요하다고 할 수 있을 거예요.

1 작가가 어른들의 사랑 이야기를 여섯 살 난 아이의 눈을 통해 보여준 이유는 무엇일까요?

2 사랑의 감정을 표현하는 방식이 시대마다 달라지는 이유는 무엇일까요?

3 「사랑 손님과 어머니」에서 어머니와 아저씨는 왜 사랑을 이루지 못하는 것일까요?

4 개인의 욕망이 사회적 통념에 의해 제약받을 수 있는 한계는 어디까지일까요?

5 여러분은 가족이나 사회가 반대하는 사랑을 할 수 있나요?

구성

발단	어머니와 '나'가 살고 있는 집에 아버지의 생전의 친구였다는 아저씨가 하숙을 든다.
전개	'나'는 아저씨와 친해진다. 좋은 반찬과 달걀을 마음껏 먹을 수 있어서 좋다.
위기	아저씨가 어머니에게 관심을 보이나 어머니는 항상 조심하는 모습이다.
절정	'나'가 거짓말로 건넨 꽃에 어머니는 마음이 흔들린다.
결말	어머니의 단호한 편지에 아저씨는 결국 마음을 접고 집을 떠난다. 어머니도 꽃을 버리고 마음을 정리한다.

핵심 정리

갈래	단편소설
배경	1930년대 시골 소읍
주제	애정 심리와 유교적 사고방식 사이의 갈등
시점	1인칭 관찰자 시점
구성	결말에 강조가 있는 순행법
문체	우유체

작중인물의 성격

어머니	젊은 미망인으로 남편의 친구에게 연정을 품으나, 사별한 남편에 대한 죄책감, 아이에 대한 책임감, 당대의 인습과 사고방식 및 타인의 시선 때문에 끝내 자신의 마음을 거둬들이고마는 여자.
옥희(나)	여섯 살 난 유치원생 여자아이. 이 소설을 이끌어 가는 화자 역할을 맡고 있다. 어머니와 아저씨와의 애정을 순진무구한 마음으로 전해 준다.
아저씨	죽은 옥희 아버지의 친구로 옥희네에 하숙생으로 들어온다. 옥희 어머니를 사모하지만, 그녀가 힘들어하는 것을 알고는 결국 단념하고 떠나간다.

국어 공부를 위한 제안

초등학교 국어 엿보기 식상한 이야기지만,

우리가 국어를 공부하는 데 있어 가장 중요한 것이 기초입니다. 실력은 기본에 충실했을 때 쌓이기 때문이죠.

우리에게 월드컵 4강 신화를 보여주었던 히딩크 감독의 비밀도 이와 다르지 않습니다. 그 역시 모든 운동의 기본인 체력 단련에 힘을 쏟은 것!

모든 학과가 마찬가지겠지만, 특히 국어는 기초가 튼튼하지 않으면 좀처럼 실력이 늘지 않습니다. 그 기초를 위해 초등학교 국어 교과서를 잠깐 엿볼까요?

초등학교 국어 교과서는 세 개의 영역으로 나누어져 있습니다. 그 중 가장 먼저 나오는 것이 말하기·듣기입니다. 그리고 나머지 두 개는 읽기와 쓰기 영역이고요.

말을 잘하기 위해서는 생각이 바르게 정리되어 있어야 하고, 생각이 바르게 정리되어 있으면 글을 쓸 때도 논리적이죠. 또 듣기를 잘해야 선생님이 이야기하는 것을 정확히 알아들을 수 있고, 자신의 생각을 넓혀 나갈 수 있습니다. 읽기와 쓰기 역시 초등학교 저학년에서 완성되어야 고학년이 순조롭습니다.

결론, 초등학생 때 국어의 기초인 말하기·듣기·읽기·쓰기가 완성되지 않으면 중학교와 고등학교에 가서 국어는 고달픈 과목이 됩니다.

여러분은 위의 기초 중에서 어느 부분에 가장 약한가요? 자신이 취약한 부분에 집중적으로 투자하세요. 좋은 결과가 나올 거예요.

메밀꽃 필 무렵

● 이효석 李孝石

밤중을 지난 무렵인지 죽은 듯이 고요한 속에서 짐

승 같은 달의 숨소리가 손에 잡힐 듯이 들리며, 콩

포기와 옥수수 잎새가 한층 달에 푸르게 젖었다. 산

허리는 온통 메밀밭이어서 피기 시작한 꽃이 소금

을 뿌린 듯이 흐뭇한 달빛에 숨이 막힐 지경이다.

이효석은 1907년 강원도 평창군 봉평면 창동리 273번지에서 1남 3녀 중 장남으로 태어나, 1942년 뇌막염으로 서울에서 사망했습니다. 1919년 평창보통학교를 졸업한 그 이듬해 경성제일보통학교를 거쳐 경성제국대학 예과에 입학을 한 뒤 1927년 예과를 거쳐 법문학부 영문학과에 진학하였습니다.

그의 아호는 가산可山이고, 필명은 아세아亞細亞, 효석曉晳 등이며, 본격적으로 글을 쓴 것은 1928년 「도시와 유령」을 《조선지광》에 발표하면서부터입니다. 이후 개혁이념을 강하게 드러내는 동반자적 작가의식을 보여주게 됩니다. 하지만 「행진곡」, 「기우」 등을 발표하면서 동반작가를 청산하고, 구인회에 참여하여 「돈」, 「수탉」 등을 발표하면서 초기의 경향성 짙은 문학 세계에서 벗어나 자연주의와 심미주의적인 문학세계로 전환하게 됩니다.

이후 효석은 1934년 평양숭실전문학교 교수로 부임하여 생활의 안정을 찾으면서 왕성한 작품활동을 보여주었는데, 「메밀꽃 필 무렵」이 발표된 것도 이 시기입니다. 그 후 「장미 병들다」, 「화분」 등을 지속적으로 발표하면서 성적인 본능과 자유로움을 추구한 새로운 작품 경향으로 주목을 끌었습니다.

가산 이효석은 자연의 신비와 아름다움을 수필적인 문체로 생동감 있고 감각적으로 표현하였다
(1907~1942)

1920년대와 1930년대 한국 지식인의 의식구조에 따른 문학 활동은 다음과 같이 세 가지로 분류될 수 있습니다.

첫째는 이른바 민족주의로 대표되는 유형이고, 둘째는 소위 이데올로기라는 신을 상정한 프로문학이며, 세 번째는 광의의 모더니즘입니다.

이 같은 분류 중에서 이효석은 두 번째 유형에 근접한 동반자 작가에서 세 번째 유형인 신감각적 모더니즘으로 전향한 작가라고 보면 됩니다. 그의 작품은 근본적으로 글쓰는 행위라는 포괄적인 개념으로써만 접근 가능하며, 소설이라는 장르의 힘이나 그 존재 의의를 철저히 거부하고 있습니다.

이처럼 장르 자체의 힘을 부인할 때 남는 것은 구성과 문체의 멋, 미묘함 등뿐입니다. 따라서 그의 심미 의식은 과거로부터 변천하고 발전해 온 과정을 염두에 두지 않고, 자연으로 돌아가고자 하는 의식과 아름다움과 추함을 살려서 미의 본질에 한 걸음 더 가까이 다가가고자 하는 특성이 있다는 사실을 기억해야겠지요.

●

「메밀꽃 필 무렵」에 등장하는 바로 그 '충주집'은 아니지만, 평창군 봉평면에서 '충주집'을 본떠서 만든 집이 작품에서 가장 인상적인 부분은 소금을 뿌린 듯한 달밤의 메밀꽃밭입니다. 다시 말해, 작가는 인물들의 기구하고 애절한 삶의 애환보다 숨막힐 듯 아름다운 메밀꽃의 색깔과 그것이 풍기는 분위기를 부각시키려고 한 것이죠.

따라서 작중인물들 역시 사물의 차원으로 해석될 수 있습니다.

이 작품은 흐릿하고 아득하며 몽롱한 세계를 시적으로 담고 있습니다. 이러한 세계가 바로 이효석이 지향한 세련미 넘치는 모던함의 한 경지였을 뿐만 아니라 아련한 향수(옛 사랑)와 이어지는 배경이자 현실의 고단함을 잊게 해주는 매개였을 것입니다.

작품의 사건과 줄거리, 인물들이 부차적인 것으로 밀려나고 생활이 배제되어 있는 것도 그런 이유에서입니다.

또한 이 작품에서 시간과 공간이 모두 사실적이라는 데 주목할 필요가 있습니다. 따라서 자연히 소설 속 공간인 '길'도 여기서는 좋은 주제가 된답니다. 앞서 말한 이 작품의 가장 인상적인 부분을 묘사하는 문장의 주어가 인물이 아닌 사물, 곧 '길'인 것도 이러한 이유 때문이죠.

여름 장이란 애시당초에 글러서, 해는 아직 중천에 있건만 장판은 벌써 쓸쓸하고 더운 햇발이 벌여 놓은 전 휘장 밑으로 등줄기를 훅훅 볶는다. 마을 사람들은 거지반 돌아간 뒤요, 팔리지 못한 나무꾼패가 길거리에 궁싯거리고들 _{별 할 일이 없이 머뭇거리고들} 있으나 석유병이나 받고 고기 마리나 사면 족할 이 축들을 바라고 언제까지든지 버티고 있을 법은 없다. 춥춥스럽게 _{매우 귀찮게} 날아드는 파리 떼도 장난꾼 각다귀 _{남의 것을 빼앗는 악당, 괴롭히는 사람}들도 귀찮다. 얼금뱅이요, 왼손잡이인 드팀전 _{옷감 시장}의 허 생원은 기어이 동업의 조 선달을 낚아 보았다.

"그만 걷을까."

"잘 생각했네. 봉평장에서 한번이나 흐뭇하게 사 본 일 있었을까. 내일 대화장에서나 한몫 벌어야겠네."

"오늘밤은 밤을 새서 걸어야 될걸."

"달이 뜨렸다."

절렁절렁 소리를 내며 조 선달이 그날 산 돈을 따지는 것을 보고 허 생원은 말뚝에서 넓은 휘장을 걷고 벌여 놓았던 물건을 거두기 시작하였다. 무명 필과 주단 바리가 두 고리짝에 꼭 찼다. 멍석 위에는 찬 조각이 어수선하게 남았다.

다른 축들도 벌써 거진 전들을 걷고 있었다. 약빠르게 떠나는 패도 있었다. 어물장수도 땜장이도 엿장수도 생강장수도 꼴들이 보이지 않았다. 내일은 진부와 대화에 장이 선다. 축들은 그 어느 쪽으로든지 밤을 새며 육칠십 리 밤길을 타박거리지 않으면 안 된다. 장판은 잔치 뒷마당같이 어수선하게 벌어지고 술집에서는 싸움이 터져 있었다. 주정꾼 욕지거리에 섞여 계집의 앙칼진 목소리가 찢어졌다. 장날 저녁은 정해 놓고 계집의 고함 소리가 시작되는 것이다.

"생원, 시침을 떼두 다 아네……. 충주집 말야."

계집 목소리로 문득 생각난 듯이 조 선달은 비죽이 웃는다.

"화중지병이지. 면소패들을 적수로 하구야 대거리가 돼야 말이지."

"그렇지도 않을걸. 축들이 사족을 못쓰는 것도 사실은 사실이나, 아무리 그렇다곤 해두 왜 그 동이 말일세. 감쪽같이 충주집을 후린 눈치거든."

"무어 그 애숭이가? 물건 가지고 낚었나 부지. 착실한 녀석인 줄 알았더니."

"그 길만은 알 수 있나……. 궁리 말구 가 보세나그려. 내 한턱 씀세."

그다지 마음이 당기지 않는 것을 쫓아갔다. 허 생원은 계집과는 연분이 멀었다. 얽금뱅이 상판을 쳐들고 대어설 숫기도 없었으나, 계집 편에서 정을 보낸 적도 없었고, 쓸쓸하고 뒤틀린 반생이었다. 충주집을 생각만 하여도 철없이 얼굴이 붉어지고 발 밑이 떨리고 그 자리에 소스라쳐 버린다. 충주집 문을 들어서 술좌석에서 짜장 동이를 만났을 때에는 어찌 된 서슬엔지 발끈 화가 나 버렸다. 상 위에 붉은 얼굴을 처들고 제법 계집과 농탕치는 것을 보고서야 견딜 수 없었던 것이다. 녀석이 제법 난질꾼인데 꼴사납다. 머리에 피도 안 마른 녀석이 낮부터 술 처먹고 계집과 농탕이야. 장돌뱅이 망신만 시키고 돌아다니누나. 그 꼴에 우리들과 한몫 보자는 셈이지. 동이 앞에 막아서면서부터 책망이었다. 걱정두 팔자요 하는 듯이 빤히 처다보는 상기된 눈망울에 부딪칠 때 결 김에 따귀를 하나 갈겨 주지 않고는 배길 수 없었다. 동이도 화를 쓰고 팩하게 일어서기는 하였으나 허 생원은 조금도 동색하는 법 없이 마음먹은 대로는 다 지껄였다.

"어디서 주워먹은 선머슴인지는 모르겠으나 네게도 아비 어미가 있겠지. 그 사나운 꼴 보면 맘 좋겠다. 장사란 탐탁하게 해야 되지. 계집이 다 무어야. 나가거라, 냉큼 꼴 치워."

그러나 한마디도 대거리하지 않고 하염없이 나가는 꼴을 보려니, 도리어 측은히 여겨졌다. 아직도 서름서름한 사인데 너무 과하지 않았을까 하고 마음이 섬뜩해졌다.

"주제도 넘지. 같은 술손님이면서도 아무리 젊다고 자식 낳게 되는 것을 붙들고 치고 닦아셀 것은 무어야 원."

충주집은 입술을 쫑긋하고 술 붓는 솜씨도 거칠었으나, 젊은애들한테는 그것이 약이 된다나 하고 그 자리는 조 선달이 얼버무려 넘겼다.

"너 녀석한테 반했지? 애송이를 빼면 죄 된다."

한참 법석을 친 후이다. 담도 생긴데다가 웬일인지 흠뻑 취해 보고 싶은 생각도 있어서 허 생원은 주는 술잔이면 거의 다 들이켰다. 거나해짐을 따라 계집 생각보다도 동이의 뒷일이 한결같이 궁금해졌다. 내 꼴에 계집을 가로채서는 어떡헐 작정이었누 하고 어리석은 꼬락서니를 모질게 책망하는 마음도 한편에 있었다. 그러기 때문에 얼마나 지난 뒤인지 동이가 헐레벌떡거리며 황급히 부르러 왔을 때에는, 마시던 잔을 그 자리에 던지고 정신없이 허덕이며 충주집을 뛰어나간 것이었다.

"생원 당나귀가 바를 끊구 야단이에요."

"각다귀들 장난이지 필연코."

짐승도 짐승이려니와 동이의 마음씨가 가슴을 울렸다. 뒤를 따라 장판을 달음질하려니 게슴츠레한 눈이 뜨거워질 것 같다.

"부락스런 녀석들이라 어쩌는 수 있어야죠."

"나귀를 몹시 구는 녀석들은 그냥 두지는 않는걸."

반평생을 같이 지내 온 짐승이었다. 같은 주막에서 잠자고, 같은 달빛에 젖으면서 장에서 장으로 걸어다니는 동안에 20년의 세월이 사람과 짐승을 함께 늙게 하였다. 가스러진 목 뒤 털은 주인의 머리털과도 같이 바스러지고, 개진개진 젖은 눈은 주인의 눈과 같이 눈곱을 흘렸다. 몽당비처럼 짧게 슬린 꼬리는 파리를 쫓으려고 기껏 휘저어 보아야 벌써 다리까지는 닿지 않았다. 닳아 없어진 굽을 몇 번이나 도려내고 새 철을 신겼는지 모른다. 굽은 벌써 더 자라나기는 틀렸고 닳아 버린 철 사이로는 피가 빼짓이 흘렀다. 냄새만 맡고도 주인을 분간하였다. 호소하는 목소리로 야단스럽게 울며 반겨한다.

어린아이를 달래듯이 목덜미를 어루만져 주니 나귀는 코를 벌름거리고 입을 투루루거렸다. 콧물이 튀었다. 허 생원은 짐승 때문에 속도 무던히는 썩였다. 아이들의 장난이 심한 눈치여서 땀 밴 몸뚱어리가 부들부들 떨리고 좀체 흥분이 식지 않는 모양이었다. 굴레가 벗어지고 안장도 떨어졌다. 요 몹쓸 자식들, 하고 허 생원은 호령을 하였으나 패들은 먼저 줄행랑을 논 뒤요, 몇 남지 않은 아이들이 호령에 놀래 비슬비슬 멀어졌다.

"우리들 장난이 아니우, 암놈을 보고 저 혼자 발광이지."

코흘리개 한 녀석이 멀리서 소리를 쳤다.

"고 녀석 말투가."

"김 첨지 당나귀가 가 버리니까 온통 흙을 차고 거품을 흘리면서 미친 소같이 날뛰는걸. 꼴이 우스워 우리는 보고만 있었다우. 배를 좀 보지."

아이는 앵돌아진 투로 소리를 치며 깔깔 웃었다. 허 생원은 모르는 결에 낯이 뜨거워졌다. 뭇시선을 막으려고 그는 짐승의 배 앞을 가리어 서지 않으면 안 되었다.

"늙은 주제에 암생을 내는 셈야. 저놈의 짐승이."

아이의 웃음소리에 허 생원은 주춤하면서도 기어이 견딜 수 없어 채찍을 들더니 아이를 쫓았다.

"쫓으려거든 쫓아 보지. 왼손잡이가 사람을 때려."

줄달음에 달아나는 각다귀에는 당하는 재주가 없었다. 왼손잡이는 아이 하나도 후릴 수 없다. 그만 채찍을 던졌다. 술기가 돌아 몸이 유난스럽게 화끈거렸다.

"그만 떠나세. 녀석들과 어울리다가는 한이 없어. 장판의 각다귀들이란 어른보다도 더 무서운 것들인걸."

조 선달과 동이는 각각 제 나귀에 안장을 얹고 짐을 싣기 시작하였다. 해가 꽤 많이 기울어진 모양이었다.

드팀전^{여러 가지의 피륙을 팔던 가게} 장돌이를 시작한 지 20년이나 되어도 허 생원은 봉평장을 빼논 적은 드물었다. 충주 제천 등의 이웃 군에도 가고 멀리 영남 지방도 헤매기는 하였으나, 강릉쯤에 물건 하러 가는 외에는 처음부터 끝까지 군내를 돌아다녔다. 닷새만큼씩의 장날에는 달보다도 확실하게 면에서 면으로 건너간다. 고향이 청주라고 자랑삼아 말하였으나 고향에 돌보러 간 일도 있는 것 같지는 않았다. 장에서 장으로 가는 길의 아름다운 강산이 그대로 그에게는 그리운 고향이었다. 반날 동안이나 뚜벅뚜벅 걷고 장터 있는 마을에 거의 가까웠을 때, 거친 나귀가 한바탕 우렁차게 울면…… 더구나 그것이 저녁녘이어서 등불들이 어둠 속에 깜박거릴 무렵이면, 늘 당하는 것이건만 허 생원은 변하지 않고 언제든지 가슴이 뛰놀았다.

젊은 시절에는 알뜰하게 벌어 돈푼이나 모아 본 적도 있기는 있었으나, 읍내에 백중이 열린 해 호탕스럽게 놀고 투전을 하고 하여 사흘 동안에 다 털어 버렸다. 나귀까지 팔게 된 판이었으나 애끊는 정분에 그것만은 이를 물고 단념하였다. 결국 도로아미타불로 장돌이를 다시 시작할 수밖에는 없었다. 짐승을 데리고 읍내를 도망해 나왔을 때에는 너를 팔지 않기 다행이었다고 길가에서 울면서 짐승의 등을 어루만졌던 것이다. 빚을 지기 시작하니 재산을 모을 염은 당초에 틀리고 간신히 입에 풀칠을 하러 장에서 장으로 돌아다니게 되었다.

호탕스럽게 놀았다고는 하여도 계집 하나 후려 보지는 못하였다. 계집이란 쌀쌀하고 매정한 것이었다. 평생 인연이 없는 것이라고 신세가 서글퍼졌다. 일신에 가까운 것이라고는 언제나 변함없는 한 필의 당나귀였다.

그렇다고는 하여도 꼭 한 번의 첫 일을 잊을 수는 없었다. 뒤에도 처음에도 없는 단 한 번의 괴이한 인연! 봉평에 다니기 시작한 젊은 시절의 일이었으나 그것을 생각할 적만은 그도 산 보람을 느꼈다.

"달밤이었으나 어떻게 해서 그렇게 됐는지 지금 생각해두 도무지 알 수 없어."

허 생원은 오늘밤도 또 그 이야기를 끄집어내려는 것이다. 조 선달은 친구가 된 이래 귀에 못이 박이도록 들어 왔다. 그렇다고 싫증을 낼 수도 없었으나, 허 생원은 시치미를 떼고 되풀이할 대로는 되풀이하고야 말았다.

"달밤에는 그런 이야기가 격에 맞거든."

조 선달 편을 바라는 보았으나 물론 미안해서가 아니라 달빛에 감동하여서였다. 이지러는 졌으나 보름을 갓 지난달은 부드러운 빛을 흐뭇이 흘리고 있다. 대화까지는 80리의 밤길, 고개를 둘이나 넘고 개울을 하나 건너고 벌판과 산길을 걸어야 된다. 길은 지금 긴 산허리에 걸려 있다. 밤중을 지난 무렵인지 죽은 듯이 고요한 속에서 짐승 같은 달의 숨소리가 손에 잡힐 듯이 들리며, 콩 포기와 옥수수 잎새가 한층 달에 푸르게 젖었다. 산허리는 온통 메밀밭이어서 피기 시작한 꽃이 소금을 뿌린 듯이 흐뭇한 달빛에 숨이 막힐 지경이다. 붉은 대궁이 향기같이 애잔하고 나귀들의 걸음도 시원하다. 길이 좁은 까닭에 세 사람은 나귀를 타고 외줄로 늘어섰다. 방울 소리가 시원스럽게 딸랑딸랑 메밀밭께로 흘러간다. 앞장선 허 생원의 이야기 소리는 꽁무니에 선 동이에게는 확적히는 안 들렸으나, 그는 그대로 개운한 제멋에 적적하지는 않았다.

"장선 꼭 이런 날 밤이었네. 객줏집 토방이란 무더워서 잠이 들어야지. 밤중은 돼서 혼자 일어나 개울가에 목욕하러 나갔지. 봉평은 지금이나 그제나 마찬가지나 보이는 곳마다 메밀밭이어서 개울가가 어디 없이 하얀 꽃이야. 돌밭에 벗어도 좋을 것을 달이 너무도 밝은 까닭에 옷을 벗으러 물방앗간으로 들어가지 않았나. 이상한 일도 많지. 거기서 난데없는 성 서방네 처녀와 마주쳤단 말이네. 봉평서야 제일 가는 일색이었지."

"……팔자에 있었나 부지."

아무렴 하고 응답하면서 말머리를 아끼는 듯이 한참이나 담배를 빨 뿐이었다. 구수한 자줏빛 연기가 밤기운 속에 흘러서는 녹았다.

"날 기다린 것은 아니었으나 그렇다고 달리 기다리는 놈팽이가 있는 것두 아니었네. 처녀는 울고 있단 말야. 짐작은 대고 있었으나 성 서방네는 한창 어려워서 들고날 판인 때였지. 한집안 일이니 딸에겐들 걱정이 없을 리 있겠나? 좋은 데만 있으면 시집도 보내련만 시집은 죽어도 싫다지……. 그러나 처녀란 울 때같이 정을 끄는 때가 있을까. 처음에는 놀라기도 한 눈치였으나 걱정 있을 때는 누그러지기도 쉬운 듯해서 이럭저럭 이야기가 되었네……. 생각하면 무섭고도 기막힌 밤이었어."

"제천 연지로 줄행랑을 놓은 건 그 다음날이렷다."

"다음 장도막 장날과 다음 장날 사이를 말한다 에는 벌써 왼 집안이 사라진 뒤였네. 장판은 소문에 발끈 뒤집혀 오죽해야 술집에 팔려 가기가 상수라고 처녀의 뒷공론이 자자들 하단 말야. 제천 장판을 몇 번이나 뒤졌겠나. 하나 처녀의 꼴은 꿩 귀먹은 자리야. 첫날밤이 마지막 밤이었지. 그때부터 봉평이 마음에 든 것이 반평생을 두고 다니게 되었네. 평생인들 잊을 수 있겠나."

"수 좋았지. 그렇게 신통한 일이란 쉽지 않아. 항용 못난 것 얻어 새끼 낳고 걱정 늘고 생각만 해두 진저리 나지…… 그러나 늘그막바지까지 장돌뱅이로 지내기도 힘드는 노릇 아닌가. 난 가을까지만 하구 이 생애와도 하직하려네. 대화쯤에 조그만 전방이나 하나 벌이구 식구들을 부르겠어. 사시장천 뚜벅뚜벅 걷기란 여간이래야지."

"옛 처녀나 만나면 같이나 살까……. 난 거꾸러질 때까지 이 길 걷고 저 달 볼 테야."

산길을 벗어나니 큰길로 틔어졌다. 꽁무니의 동이도 앞으로 나서 나귀들은 가로 늘어섰다.

"총각두 젊겠다 지금이 한창 시절이렷다. 충주집에서는 그만 실수를 해서 그 꼴이 되었으나 섭게 생각 말게."

"처, 천만에요, 되려 부끄러워요. 계집이란 지금 웬 제격인가요. 자나깨나 어머니 생각뿐인데요."

허 생원의 이야기로 실심해한 끝이라 동이의 어조는 한풀 수그러진 것이었다.

"아비 어미란 말에 가슴이 터지는 것도 같았으나 제겐 아버지가 없어요. 피붙이라고는 어머니 하나뿐인걸요."

"돌아가셨나?"

"당초부터 없어요."

"그런 법이 세상에……."

생원과 선달이 야단스럽게 껄껄들 웃으니 동이는 정색하고 우길 수밖에는 없었다.

"부끄러워서 말하지 않으려 했으나 정말예요. 제천 촌에서 달도 차지 않은 아이를 낳고 어머니는 집을 쫓겨났죠. 우스운 이야기나 그러기 때문에 지금까지 아버지 얼굴도 본 적 없고, 있는 고장도 모르고 지내 와요."

고개가 앞에 놓인 까닭에 세 사람은 나귀를 내렸다. 둔덕은 험하고 입을 벌리기도 대근하여 이야기는 한동안 끊겼다. 나귀는 건듯하면 미끄러졌다. 허생원은 숨이 차 몇 번이고 다리를 쉬지 않으면 안 되었다. 고개를 넘을 때마다 나이가 알렸다. 동이 같은 젊은 축이 끝이 없이 부러웠다. 땀이 등을 한바탕 쪽 씻어 내렸다.

고개 너머는 바로 개울이었다. 장마에 흘러버린 널다리가 아직도 걸리지 않은 채로 있는 까닭에 벗고 건너야 되었다. 고의를 벗어 띠로 등에 얽어매고 반벌거숭이의 우스꽝스런 꼴로 물 속에 뛰어들었다. 금방 땀을 흘린 뒤였으나 밤 물은 뼈를 쩔렀다.

"그래, 대체 기르긴 누가 기르구?"

"어머니는 하는 수 없이 의부를 얻어 가서 술장수를 시작했죠. 술이 고주래서 의부라고 전 망나니예요. 철들어서부터 맞기 시작한 것이 하룬들 편할 날 있었을까. 어머니는 말리다가 채고 맞고 칼부림을 당하곤 하니 집 꼴이 무어겠소. 열여덟 살 때 집을 뛰쳐나와서부터 이 짓이죠."

"총각 낫세론 동이 무던하다고 생각했더니 듣고 보니 딱한 신세로군."

물은 깊어 허리까지 채었다. 속 물살도 어지간히 센데다가 발에 차이는 돌멩이도 미끄러워 금시에 훌칠 듯하였다. 나귀와 조 선달은 재빨리 거의 건넜으나 동이는 허 생원을 붙드느라고 두 사람은 훨씬 떨어졌다.

"모친의 친정은 원래부터 제천이었던가?"

"웬걸요, 시원스리 말은 안 해 주나 봉평이라는 것은 들었죠."

"봉평? 그래 그 아비 성은 무엇이구?"

"알 수 있나요. 도무지 듣지를 못했으니까."

"그, 그렇겠지."

하고 중얼거리며 흐려지는 눈을 까물까물하다가 허 생원은 경망하게도 발을 빗디뎠다. 앞으로 고꾸라지기가 바쁘게 몸째 풍덩 빠져 버렸다. 허우적거릴수록 몸을 걷잡을 수 없어 동이가 소리를 치며 가까이 왔을 때는 벌써 퍽으나 흘렀었다. 옷째 쫄딱 젖으니 물에 젖은 개보다도 더 참혹한 꼴이었다. 동이는 물속에서 어른을 해깝게 업을 수 있었다. 젖었다고는 하여도 여윈 몸이라 장정 등에는 오히려 가벼웠다.

"이렇게까지 해서 안됐네. 내 오늘은 정신이 빠진 모양이야."

"염려하실 것 없어요."

"그래 모친은 아비를 찾지 않는 눈치지?"

"늘 한번 만나고 싶다고는 하는데요."

"지금 어디 계신가?"

"의부와도 갈라져서 제천에 있죠. 가을에는 봉평에 모셔 오려고 생각중인데요. 이를 물고 벌면 이럭저럭 살아갈 수 있겠죠."

"아무렴, 기특한 생각이야. 가을이랬나?"

동지의 탐탁한 등허리가 뼈에 사무쳐 따뜻하다. 물을 다 건넜을 때에는 도리어 서글픈 생각에 좀더 업혔으면서도 하였다.

"진종일 실수만 하니 웬일이요, 생원."

조 선달은 바라보며 기어이 웃음이 터졌다.

"나귀야. 나귀 생각하다 실족을 했어. 말 안 했던가. 저 꼴에 제법 새끼를 얻었단 말이지, 읍내 강릉집 피마^{다 자란 암말}에게 말일세. 귀를 쫑긋 세우고 달랑달랑 뛰는 것이 나귀 새끼같이 귀여운 것이 있을까, 그것 보러 나는 일부러 읍내를 도는 때가 있다네."

"사람을 물에 빠치울 젠 딴은 대단한 나귀 새끼군."

허 생원은 젖은 옷을 웬만큼 짜서 입었다. 이가 덜덜 갈리고 가슴이 떨리며 몹시도 추웠으나 마음은 알 수 없이 둥실둥실 가벼웠다.

"주막까지 부지런히들 가세나. 뜰에 불을 피우고 훗훗이 쉬어. 나귀에겐 더운물 끓여 주고, 내일 대화장 보고는 제천이다."

"생원도 제천으로……."

"오래간만에 가 보고 싶어. 동행하려나, 동이?"

나귀가 걷기 시작하였을 때 동이의 채찍은 왼손에 있었다. 오랫동안 아둑

시니같이 눈이 어둡던 허 생원도 요번만은 동이의 왼손잡이가 눈에 띄지 않을
수 없었다.

걸음도 해깝고 방울 소리가 밤 벌판에 한층 청청하게 울렸다.

달이 어지간히 기울어졌다.

봉평장의 파장 무렵에 왼손잡이인 허 생원은 장사가 시원치 않아서 속이 상한다. 조 선달에 이끌려 충주집을 찾은 허 생원은 거기서 나이 어린 장돌뱅이 동이를 만난다. 허 생원은 대낮부터 충주집과 짓거리를 벌이는 동이가 몹시 미워 머리에 피도 안 마른 것이 계집하고 농탕질이냐고 따귀를 올린다.

동이는 별 반항도 하지 않고 그 자리를 물러난다. 허 생원은 마음이 썩 편치 않다.

조 선달과 술잔을 주고받고 하는데 동이가 황급히 달려온다. 나귀가 밧줄을 끊고 야단이라는 것이다. 허 생원은 자기를 외면할 줄로 알았던 동이가 그런 기별까지 하자 여간 기특하지가 않다. 나귀에 짐을 싣고 다음 장터로 떠나는데, 마침 그들이 가는 길가에는 달빛에 메밀꽃이 흐드러지게 피어 있다. 달빛 아래 펼쳐지는 메밀꽃의 정경에 감정이 동했는지 허 생원은 조 선달에게 몇 번이나 들려준 이야기를 다시 꺼낸다.

허 생원은 한때 경기가 좋아 한 밑천 두둑이 잡은 적이 있었다. 그것을 노름판에서 다 잃어버렸다. 그리고 그는 평생 여자와는 인연이 없었다. 그런데 메밀꽃이 핀 어느 여름 밤, 그는 토방이 무더워 목욕을 하러 개울가로 갔다. 달이 너무도 밝은 까닭에 옷을 벗으러 물방앗간으로 간 그는 그곳에서 성 서방네 처녀를 만났다. 성 서방네는 파산을 한 터여서 처녀는 신세 한탄을 하며 눈물을 보였다. 그런 상황 속에서 허 생원은 처녀와 관계를 맺었고, 그 다음날 처녀는 빚쟁이를 피해서 줄행랑을 놓는 가족과 함께 떠나고 말았다.

그런 이야기 끝에 허 생원은 동이가 어머니만 모시고 살고 있음을 알게 된다. 발을 헛디딘 허 생원은 나귀 등에서 떨어져 물에 빠지고 그걸 동이가 부축해서 업어 준다. 허 생원은 마음에 짚이는 데가 있어 동이에게 물어 보니, 과연 그의 어머니의 고향 역시 봉평이었다. 허 생원은 어둠 속에서도 동이가 자기처럼 왼손잡이임을 눈여겨본다.

이 소설에는 두 가지 사랑이 들어 있습니다. 하나는 옛 여인과의 하룻밤 사랑이고, 다른 하나는 얼굴도 모르는 부자父子 간의 사랑입니다. 1936년에 발표된 이 작품은 메밀꽃이 피었던 달밤에 한 여인과 맺은 단 한 번의 사랑에서 삶의 보람을 느끼는, 그러나 다시 만날 수 없는 아픔을 안고 장을 떠돌았던 한 장돌뱅이의 애환을 통해 삶의 한 단면을 그려냅니다.

달밤의 메밀꽃밭을 배경으로 설정한 시적인 묘사가 서정적인 문체와 함께 독특한 분위기를 자아냅니다. 만남과 헤어짐의 구도를 갖춘 이 작품은 유랑인의 삶이 실제 '길'이라는 무대에서 삶의 상징성을 띤 이야기로 전개됩니다. 이 작품은 남녀간의 만남과 헤어짐, 그리고 친자 확인이라는 두 가지 이야기가 기본 줄기를 이루고 있지요.

이 이야기가 겉과 속을 이루면서 미묘한 운명을 드러내는 과정에서 '길'이 등장합니다. 그 '길'은 낭만적 정취를 듬뿍 머금은 달밤의 산길입니다. 물론, 그 길은 허 생원 일행에게는 생업生業의 길목이지만, 괴로운 인생사의 현장이기보다는 삶과 자연이 어우러진 환상적인 세계입니다. 온갖 각다귀, 시정 잡배가 우글거리는 장터의 치열한 현실과는 다른, '짐승 같은 달의 숨소리가 손에 잡힐 듯이 들리는' 시적이고 몽환적인 세계입니다. 여기에 사랑과 혈연이라는 운명적 인연이 어우러지면서 한 늙은 장돌뱅이의 애환이 드러납니다.

　이 작품의 두드러진 묘미는 인간과 동물의 본능적 애욕을 교묘하게 병치竝置시킨 구성 방식에 있습니다. 허 생원이 술집에 들어가 충주집을 탐내고 있을 때, 그의 당나귀는 암놈을 보고 발정發情을 합니다. 또 메밀꽃이 하얗게 핀 달밤에 허 생원은 성 서방네 처녀와 꼭 한 번 정을 통합니다. 평생 처음이요, 마지막이었던 그때 허 생원이 처녀에게 아이를 잉태시킨 것처럼 당나귀는 읍내 강릉집 피마에게 새끼를 얻었습니다. 그뿐만 아니라 당나귀의 가스러진 목 뒤 털, 개진개진 젖은 눈은 허 생원의 외양과 흡사합니다.

　또한 이 소설은 세련된 언어와 시적 분위기 속에서 낭만적 정서의 세계로 독자를 이끌고 있는데요. '궁싯거리다', '츱츱스럽다', '농탕치다' 등의 다채로운 어휘와 함께, 허 생원 일행이 달밤에 걸어가는 장면은 언어 예술의 절정을 이룹니다. 그

 더 알아두기

경향문학傾向文學　예술적 표현을 통해 정치적·사회적·도덕적 주장을 강력히 내세우는 문학을 말한다. 이 경우에는 반드시 어떤 특수한 경향이 있으므로 '경향문학'이라고 하며, 목적의식문학이라고도 한다. 한국 문단에서는 3·1운동 이후 낭만주의와 자연주의가 한동안 성했으나, 그 퇴조와 함께 1923년을 전후해 신경향파라는 새로운 조류가 형성되었다. 그때까지의 근대적인 문예사조를 토대로 한 대부분의 신문학 운동이 민족주의 운동을 배경으로 전개해 온 데 반해, 이는 당시 새로 일어난 이른바 사회주의 운동을 배경으로 한 점에 특징이 있다. 이 경향문학이 뚜렷한 논조로 등장한 것은 《개벽》 7월호에 실린 임정재의 '문사 제군에게 고하는 일문一文'과, 같은 잡지에 발표된 김기진의 'Promenade Sentimental'이라는 글이었다.

렇다고 해서 이 작품이 전적으로 낭만적인 필체만을 지닌 것은 아닙니다. 파장 무렵의 시골 장터 풍경 묘사, 주인공 허 생원을 닮은 나귀 묘사 등은 눈에 보고 있는 것처럼 그리고 있기 때문입니다.

1 조 선달은 돈계산을 하고 있는데, 허 생원은 물건을 정리하고 있지요. 이 모습에서 허 생원의 성격이 어떻다고 볼 수 있을까요?

2 작품 전체의 낭만적인 분위기를 지배하는 소재는 무엇입니까?

3 허 생원의 말 중에 '화중지병(그림의 떡)' 이란 표현이 나옵니다. 이 말은 허 생원의 어떤 심리상태를 드러내는 것일까요?

4 허 생원은 충주집이라는 술집으로 옮겨갑니다. 이렇게 장터에서 술집으로 공간적인 이동을 보이는 것은 무엇을 암시하는 것일까요?

5 이 작품에서 자연은 어떤 기능을 담당하고 있는 것일까요?

구성	발단	봉평 장터에서 허 생원은 조 선달과 함께 일찍 물건을 거둔다.
	전개·위기	㉠ 파장 뒤 허 생원은 충주집에서 계집과 농탕치는 동이를 쫓아낸다.
		㉡ 허 생원은 다음 장터로 가는 길에 옛 사랑 이야기를 한다.
		㉢ 동이로부터 그의 어머니의 친정이 봉평이란 이야기를 듣는다.
	절정·결말	동이가 허 생원의 아들임이 암시된다.

핵심 정리	갈래	단편소설
	배경	봉평 장터에서 대화로 가는 길. 여름날 오후부터 밤중까지
	주제	떠돌이 삶의 애환 속에 펼쳐지는 인간 본연의 애정
	시점	전지적 작가 시점
	구성	서사적 단일 구성
	문체	시적詩的 사실체

작중인물의 성격	허 생원	얼금뱅이요 왼손잡이인 장돌뱅이. 유랑과 빈곤의 삶이라는 점에서 보면 불행한 인물이지만, 순수한 꿈과 사랑의 의미를 잃지 않는다. 과거에 집착해 사는 비현실적이고 낭만적 인물이다.
	동이	장돌뱅이 일행에 끼어든 청년. 결말 부분에서 허 생원과 모종의 관계가 있을지도 모른다는 암시가 주어진다.
	조 선달	허 생원의 동업자. 허 생원의 독백을 들어주기 위해 등장시킨 부차적이며 정적인 인물이다. 삶의 현실적인 측면을 상기시켜 낭만적 분위기를 깨는 합리적이고 적극적인 인물. 허 생원의 말에 맞장구를 쳐주며 그의 이야기를 잘 들어주는 순박하고 마음씨 좋은 인물로, 장돌뱅이 생활을 청산하고 가게를 얻어 정착하는 상식적인 인물이다.

태평천하

●

채만식 蔡萬植

"법이라께? 그런 개× 같은 놈의 법이 어딨당

가……? 권연시리 시방 멍청허다구 그러닝개, 그 말

은 그리두 고까워서 남한티다가 둘러씨니라구……?

글씨 어떤 놈의 소리가 금방 엊저녁까지 들리든

소리가 오널사 말고 시급스럽게 안 들리넝고?"

호가 백릉·채옹인 채만식은 1902년 전북 옥구에서 출생했습니다. 1920년에 집안의 강제로 한 살 연상인 은선홍과 결혼하지만, 훗날 이혼하고 여고를 졸업한 신여성과 재혼하게 되지요. 1922년에 중앙고보를 졸업하고 일본의 와세다 대학에 입학했으며, 1923년에 처음으로 중편 「과도기」를 탈고합니다. 하지만 이 작품은 한참이 지난 1973년에야 유작으로 발표되지요.

부친의 파산으로 대학을 중퇴하고 귀국한 채만식은 1924년 강화의 사립학교 교원으로 취직하는데, 이 무렵 단편 「세 길로」가 《조선문단》에 추천되어 등단하게 됩니다. 1925년 《동아일보》기자로 입사하고, 1934년에 「레디메이드 인생」을 발표합니다.

1937년에는 장편 『탁류』를 《조선일보》에, 1938년에는 『천하태평춘』(후일 『태평천하』로 개명)을 《조광》지에 연재합니다. 그리고 1944년에 장편 『여인전기』를 《매일신보》에 연재하고, 1946년에는 단편 「논 이야기」, 1948년에는 일제 말기의 친일 행적을 반성하는 단편 「민족의 죄인」 등을 발표합니다.

그는 한국전쟁 발발 직전인 1950년 6월 11일 서울 자택에서 폐질환으로 사망했습니다.

한국 풍자문학의 대표작가인 채만식.
1924년 문단에 데뷔할 무렵
(1902~1950)

한국 풍자문학의 대표적인 작가 채만식이 본격적인 작품활동을 한 시기는 카프가 해산되고 일제의 압력이 가중되던 때였습니다. 그는 일제에 대한 자신의 무력감을 자조적으로 드러내면서 식민 시대를 비판하는 방법으로 고백적 풍자문학의 길을 선택했는데, 여기서 동원한 주요 기법은 아이러니였습니다. 이러한 아이러니는 그의 작품을 이루는 문장과 행간, 그리고 인물들의 성격 모두에서 잘 드러나고 있지요.

그의 작품에 등장하는 인물들은 크게 두 가지 성격으로 나뉘는데, 하나는 작가가 지지하는 긍정적 인물이요, 다른 하나는 작가가 반대하는 부정적 인물입니다. 그 중에서도 그의 소설의 아이러니는 부정적 인물을 주인공으로 삼고, 긍정적 인물을 배후에 두거나 희화시킴으로써 획득하고 있습니다.

채만식은 당시 일제의 엄격한 검열제도를 피해 자기가 보고 느낀 것을 진솔하게 표현하기 위해서 마련한 장치가 바로 역설적인 방법의 글쓰기였던 셈이죠. 따라서 아이러니로 가득 찬 문장과 주인공들을 통해 식민지 교육의 모순과 고리대금업, 도박과 같은 비정상적 자본 이동의 현상을 날카롭게 비판하고 있는 것입니다.

채만식의 대표 작품 「탁류」의 재판본 표지

이 작품은 작중 인물들만의 사건과 행위가 연속되는 일반적 서사 구조와는 달리, 서술자(작가)가 개입해 인물의 행위를 설명(풍자)하고 있습니다. 윤직원은 사회를 말하지만, 그는 다시 서술자에 의해 설명되고 있지요. 이처럼 작중 인물과 서술자의 부정 혹은 풍자의 이중구조는 서사 단락 속에 무수히 나타납니다.

작가는 윤직원의 언어나 신분, 생활의 일부를 풍자적으로 보여주면서, 드러난 현상을 부정적으로 보게 만들고 있는데, 이것은 독자에게 작중 인물의 성격을 좀더 뚜렷하게 인식시키는 효과를 낳고 있지요.

한편, 인물의 행태는 희극적 정황에 대한 희극적 진술의 차원에 있지만, 그 희극성에도 불구하고 비극적 정황이 반어적으로 드러나기도 합니다. 윤직원으로 대표되는 식민지 시대의 구한말 세대가 서술자에 의해 조롱과 비판의 대상이 되는 것입니다.

이처럼 「태평천하」는 작중 인물과 서술자가 떨어질 수 없는 결속의 관계를 맺으면서 마치 판소리 사설과 유사한 구조를 이루고 있습니다.

다음 소개하는 작품은 「태평천하」의 시작 부분입니다. 작가의 풍자성이 작품 속에 어떻게 나타나는지 주의하며 감상해 봅시다.

윤직원 영감 귀택지도歸宅之圖

　　추석을 지나 이윽고, 짙어가는 가을 해가 저물기 쉬운 어느 날 석양.

　　저 계동桂洞의 이름난 장자〔富者〕 윤직원尹直員 영감이 마침 어디 출입을 했다가 방금 인력거를 처억 잡숫고 돌아와, 마악 댁의 대문 앞에서 내리는 참입니다.

　　간밤에 꿈을 잘못 꾸었든지, 오늘 아침에 마누라하고 다툼질을 하고 나왔든지, 아무튼 엔간히 일수 좋지 못한 인력거꾼입니다.

　　여느 평탄한 길로 끌고 오기도 무던히 힘이 들었는데 골목쟁이로 들어서서는 빗밋이 경사가 진 이십여 칸을 끌어올리기야, 엄살이 아니라 정말 혀가 나올 뻔했습니다.

이십팔 관하고도 육백 몸메……!

윤직원 영감의 이 체중은, 그제께 춘심이 년을 데리고 진고개로 산보를 갔다가 경성 우편국 바로 뒷문 맞은편, 아따 무어라더냐 그 양약국 앞에 놓아 둔 앉은뱅이저울에 올라서 본 결과 춘심이 년이 발견을 했던 것입니다.

이 이십팔 관 육백 몸메를, 그런데 좁쌀 계급인 인력거꾼은 그래도 직업적 단련이란 위대한 것이어서, 젖 먹던 힘까지 아끼잖고 겨우겨우 끌어올려 마침내 남대문보다 조금만 작은 솟을대문 앞에 채장을 내려놓곤, 무릎에 드리웠던 담요를 걷기까지에 성공을 했습니다.

윤직원 영감은 옹색한 좌판에서 가까스로 뒤를 쳐들고, 자칫하면 넘어 박힐 듯싶게 휘뚝휘뚝하는 인력거에서 내려오자니 여간만 옹색하고 조심이 되는 게 아닙니다.

"야, 이 사람아……!"

윤직원 영감은 혼자서 내리다 못해 필경 인력거꾼더러 걱정을 합니다.

"……좀 부축을 하여 줄 것이지, 그냥 그러구 빠안하니 섰어야 옳담 말잉가?"

실상인즉 빠히 섰던 것이 아니라, 가쁜 숨을 돌리면서 땀을 씻고 있었던 것이나, 인력거꾼은 책망을 듣고 보니 미상불 일이 좀 죄송하게 되어, 그래 얼른 팔을 붙들어 부축을 해드립니다.

내려선 것을 보니, 진실로 거판진 체집입니다.

허리를 안아본다면 아마 모르면 몰라도 한 아름하고도 반은 실히 될까 봅니다. 그런데다가 키도 알맞게 다섯 자 아홉 치는 넉넉합니다. 얼핏 알아듣기

쉽게 빗대면, 지금 그가 타고 온 인력거가 장난감 같고, 그 큰 대문간이 들어서기도 전에 사뭇 그들먹합니다.

얼굴도 좋습니다.

거금 삼십여 년 전에, 몇 해를 두고 부안扶安, 변산邊山을 드나들면서 많이 먹은 용茸이며 저혈장혈猪血獐血이며, 또 요새도 장복을 하는 인삼 등속의 약효로 해서 얼굴은 불콰하니 동안童顔이요, 게다가 많지도 적지도 않게 꼬옥 알맞은 수염은 눈같이 희어, 과시 홍안백발의 좋은 풍신입니다.

초리가 길게 째져 올라간 봉의 눈, 준수하니 복이 들어 보이는 코, 부리가 추욱 처진 귀와 큼직한 입모, 다아 수부귀다남자壽富貴多男子의 상입니다.

나이……? 올해 일흔두 살입니다. 그러나 시뻐 ^{대수롭지 않게} 여기진 마시오. 심장비대증으로 천식기가 좀 있어 망정이지, 정정한 품이 서른 살 먹은 장정 여대친답니다. 무얼 가지고 겨루든지 말이지요.

그 차림새가 또한 혼란스럽습니다. 옷은 안팎으로 윤이 지르르 흐르는 모시 진솔 것이요, 머리에는 탕건에 받쳐 죽영竹纓 달린 통영갓[統營笠]이 날아갈 듯 올라앉았습니다.

발에는 크막하니 솜을 한 근씩은 두었음직한 흰 버선에, 운두 새까만 마른 신을 조그맣게 신고, 바른손에는 은으로 개대가리를 만들어 붙인 화류 개화장이요, 왼손에는 서른네 살배기 묵직한 합죽선입니다.

이 풍신이야말로 아까울사, 옛날 세상이었더면 일도一道의 방백方伯일시 분명합니다. 그런 것을 간혹 입이 비뚤어진 친구는 광대로 인식 착오를 일으키고 동경 대판의 사탕 장사들은 캐러멜 대장감으로 침을 삼키니 통탄할 일입니다.

인력거에서 내려선 윤직원 영감은 저절로 떠억 벌어지는 두루마기 앞섶을 여미려고 하다가 도로 걷어 젖히고서, 간드러지게 허리띠에 가 매달린 새파란 염낭 ^{허리에 차는 주머니의 한 가지} 끈을 풉니다.

"인력거 쌕이(삯이) 몇 푼이당가?"

이 이야기를 쓰고 있는 당자 역시 전라도 태생이기는 하지만, 그 전라도 말이라는 게 좀 경망스럽습니다.

"그저 처분해 줍사요!"

인력거꾼은 담요로 팔짱 낀 허리를 굽신합니다. 좀 점잖다는 손님한테는 항투로 쓰는 말이지만, 이 풍신 좋은 어른게는 진심으로 하는 소립니다. 후히 생각해 달란 뜻이지요.

"으응! 그리여잉? 그럼, 그냥 가소!"

윤직원 영감은 인력거꾼을 짯짯이 ^{성미가 깔깔하고 딱딱하게} 바라다보다가 고개를 돌리더니 풀었던 염낭 끈을 도로 비끄러맵니다.

인력거꾼은 어쩐 영문인지를 몰라 뚜렛뚜렛하다가, 혹시 외상인가 하고 뒤통수를 긁적긁적하면서,

"그럼, 내일 오랍쇼니까?"

"내일? 내일 무엇 하러 올랑가?"

윤직원 영감은 지금 심정이 약간 좋지 못한 일이 있는데, 가뜩이나 긴찮이 잔말을 씹힌대서 적이 안색이 변합니다.

그러나 이편 인력거꾼으로 당하고 보면, 무엇 하러 오다니 외상 준 인력거

삯 받으러 오지요라는 것이지만, 어디 무엄스럽게 그런 말을 똑바로 대고 하는 수야 있나요. 그러니 말은 바른 대로 하지 못하고 그래 자못 난처한 판인데, 남의 그런 속도 몰라주고 윤직원 영감은 인제는 내 할 말 다아 했다는 듯이 천천히 돌아서 버리자고 합니다.

인력거꾼은 이러다가는 여느 때도 아니요, 허파가 터질 뻔한 오늘벌이가 눈 멀뚱멀뚱 뜨고 그만 허사가 되지 싶어, 대체 이 어른이 어째서 이러는지는 모르겠어도 그건 어찌 되었든지 간에, 좌우간 이렇게 병신스럽게 우물쭈물하고만 있을 일이 아니라고 크게 과단을 내지 않을 수가 없습니다.

"저어, 삯 말씀이올습니다. 헤……."

크게 과단을 낸다는 게 결국은 크게 조심을 하는 것뿐입니다.

"삯?"

"네에!"

"아아니 여보소, 이 사람……."

윤직원 영감은 더럭 역정을 내어 하마 삿대질이라도 할 듯이 한 걸음 나섭니다.

"……자네가 아까 날더러, 처분대루 허라구 허잖있넝가?"

"네에?"

"그렇지……! 그런디, 거 처분대루 허람 말은 맘대루 허람 말이 아닝가?"

인력거꾼은 비로소 속을 알았습니다.

알고 보니 참 기가 막힙니다. 농도 할 사람이 따루 있지요. 웬만하면 허허! 하고 한바탕 웃어젖힐 노릇이겠지만, 점잖은 어른 앞에서 그럴 수는 없고, 그래 히죽이 웃기만 합니다.

"⋯⋯그리서 나넌 그렇기 처분대루, 응⋯⋯? 맘대루 말이네. 맘대루 허라구 허길래, 아 인력거 삯 안 주어두 갱기찮헌종 알구서, 그냥 가라구 히였지⋯⋯!"

인력거꾼은 이 어른이 끝끝내 농을 하느라고 이러는가 했지만, 윤직원 영감의 안색이며 말씨며 조금도 그런 내색이 보이지 않습니다.

"⋯⋯거참⋯⋯! 나는 벨 신통헌 인력거꾼두 다아 있다구. 퍽 얌전하게 부았지! 늙은 사람이 욕본다구, 공으루 인력거 태다 주구 허넝게 쟁히 기특허다구. 이 사람아, 사내 대장부가 그렇기 그짓말을 식은죽 먹듯 헌단 말잉가? 일구이언一口二言그늠은 이부지자二父之子라네. 암만 히여두 자네 어매가 행실이 좀 궂었덩개비네!"

인력거꾼쯤이니 일구이언은 이부지자라는 공자님식의 욕이야 알아듣지 못했겠지만, 자네 어매가 행실이 궂었덩개비네 하는 데는 슬며시 비위가 상하지 않을 수가 없었습니다. 실상 그렇지 않아도 인력거 삯을 주지 않으려고 농인지 진정인지는 모르겠으되 쓸데없는 승강을 하려 드는 게 심정이 좋지 않은 참인데, 게다가 한술 더 떠서 이건 한다는 소리가 거짓말을 한다는 둥, 또 죽은 부모를 편산 놈이 널〔棺〕머리 들먹거리듯 들먹거리는 데야 누군들 좋아할 이치가 있다구요.

사실 웬만한 내기가 인력거를 타고 와설랑 납작한 초가집 앞에서 그 따위 수작을 했다가는 인력거꾼한테 되잡혀 가지군 뺨따귀나 한 대 넙죽하니 얻어맞기가 십상이지요.

"점잖은 어른께서 괜히 쉰네 같은 걸 데리구 그러십니다! 어서 돈장이나 주어 보냅사요! 헤……."

인력거꾼은 상하는 심정을 눅이고 종시 공순합니다. 그러나 그 돈장이란 말이 윤직원 영감한테는 저 '히틀러'라든지 하는 덕국 ^{전에 독일을 이르던 말} 파락호破落號의 폭탄 선언이라는 것만큼이나 놀라운 말입니다.

"머? 돈 장……? 돈 장이 무어당가? 대체……."

"일 원 한 장 말씀입죠! 헤……."

남은 기가 막혀서 하는 말을 속없는 인력거꾼은 고지식하게 언해諺解를 달고 있습니다.

"헤헤! 나 참, 세상으 났다가 벨일 다아 보겄네……! 아아니 글씨 안 받어두 졸뜨키 처분대루 허라던 사람이, 인제넌 마구 그냥 일 원을 달래여? 참 기가 맥혀서 죽겄네……. 그만두소. 용천배기 콧구녕서 마널씨를 뽑아먹구 말지. 내가 칙살스럽게 인력거 공짜루 타겄당가……! 을메(얼마) 받을랑가? 바른 대루 말허소!"

인력거꾼은 괜히 돈 몇십 전 더 얻어먹으려다가 짜장 얻어먹지도 못하고 다른 데 벌이까지 놓치기 싫어, 할 수 없이 오십 전을 불렀습니다. 그러나 윤직원 영감은 여전합니다.

"아아니, 이 사람이 시방 나허구 실갱이를 허자구 이러넝가? 권연시리 자꾸 쓸디읍넌 소리를 허구 있어……! 아 이 사람아, 돈 오십 전이 뉘 애기 이름인 종 아넝가?"

"많이 여쭙잖습니다. 부민관서 예꺼정 모시구 왔는뎁쇼!"

"그러닝개 말이네. 고까짓 것 엎어지면 코달 년의 디를 태다주구서 오십 전씨이나 달라구 허닝개 말이여!"

"과하게 여쭙잖었습니다. 그리구 점잖은 어른께서 막걸리 값이나 나우 주서야 허잖겠사와요?"

윤직원 영감은 못 들은 체하고 모로 비스듬히 돌아서서, 아까 풀었다가 도로 비끄러맨 염낭 끈을 다시 풀더니, 이윽고 십 전박이 두 푼을 꺼내 가지고 그것을 손톱으로 싸악싹 갓을 긁어봅니다. 노상 사람이란 실수를 하지 말란 법이 없는 법이라, 좀 일은 되더라도 이렇게 다시 한 번 손질을 해 보면, 가사 십 전짜린 줄 알고 오십 전짜리를 잘못 꺼냈더라도, 톱날이 있고 없는 것으로 아주 적실하게 분별을 할 수가 있는 것이니까요.

"옛네…… 꼭 십오 전만 줄 것이지만, 자네가 하두 그리싸닝개 이십 전을 주넝 것이니, 오 전을랑 자네 말대루 막걸리를 받어먹든지 탁배기를 사먹든지 맘대루 허소. 나넌 모르네!"

"건 너무 적습니다!"

"즉다니? 돈 이십 전이 즉단 말인가? 이 사람아, 촌에 가면 땅이 열 평이네, 땅이 열 평이여!"

인력거꾼이, 그렇거들랑 이거 이십 전 가지고 촌으로 가서, 땅 열 평 사놓고서 삼대 사대 빌어먹으라고 쏘아던지고서 홱 돌아서고 싶은 것을, 그러나 겨우 참습니다.

"십 전 한 푼만 더 줍사요. 그리구 체두 퍽 무거우시구 허셨으니깐, 헤……."

"아아니, 이 사람이 인제넌 벨 트집을 다아 잡을라구 허네! 이 사람아, 그럴 티면 나넌 이 큰 몸집으루 자네 그 쬐외깐헌 인력거 타니라구 더 욕을 부았다네. 자동차나 기차나 몸 무겁다구 돈 더 받넌 디 부았넝가?"

"헤헤, 그렇지만……."

"어쩔 티어? 이것 받어 갈랑가? 안 받어 갈랑가? 안 받아 간다먼 나 이놈으로 괴기 사다가 야긋야긋 다져서 저녁 반찬이나 하여 먹을라네."

"거기 십 전 한 푼만 더 쓰시면 허실 껄, 점잖으신 터에 그러십니다!"

"즘잔? 이 사람아, 그렇기 즘잖을라다가넌 논 팔아먹겠네……! 에잉, 그거 참! 그런 인력거꾼 두 번만 만났다가넌 마구 감수減壽허겄다……!"

이 말에 인력거꾼이 바른 대로 대답을 하자면, 그런 손님 두 번만 만났다가는 기절하겠다고 하겠지요.

윤직원 영감은 매었던 염낭 끈을 또 도로 풀더니, 오 전박이 한 푼을 더 꺼냅니다. 이 오 전은 무단시리 더 주는 것이거니 생각하면, 다시금 역정이 나고 돈이 아까웠지만 인력거꾼이 부둥부둥 떼를 쓰는 데는 배겨 낼 수가 없다고 진실로 단념을 한 것입니다.

"거참……! 옛네! 도통 이십오 전이네. 이제넌 자네가 내 허리띠에다가 목을 매달어두, 쇠천 한 푼 막무가낼세!"

인력거꾼은 윤직원 영감이 말도 다 하기 전에 딸그랑하는 대소 백동화 서 푼을 그 육중한 손바닥에다가 받아쥐고는, 고맙다고 하는지 무어라고 하는지 분명찮게 입안의 소리로 두런거리면서 놓았던 인력거 채장을 집어들고 씽하니 가버립니다.

"에잉! 권연시리 그년의 디를 갔다가 그놈의 인력거꾼을 잘못 만나서 실갱이를 허구, 애먼 돈 오 전을 더 쓰구 하였구나! 고년 춘심이 년이 방정맞게 와서넌, 명창 대횐名唱大會지 급살인지 헌다구 쏘사악 쏘삭허기 ^{함부로 자꾸 꾀거나 추기어서} _{쑤석거리기} 때미 그년의 디를 갔다가……."

윤직원 영감은 역정 끝에 춘심이더러 귀먹은 욕을 하던 것이나, 그렇지만 그건 애먼 탓입니다. 왜 부민관의 명창 대회를 무슨 춘심이가 가자고 해서 갔나요? 춘심이는 그저 부민관에서 명창 대회를 하는데, 제 형 운심이도 연주에 나간다고 자랑삼아 재잘거리는 것을 윤직원 영감 자기가 깜짝 반겨선, 되레 춘심이더러 가자가자 해서 꼬여 가지고 갔으면서…….

사실 말이지, 춘심이가 그런 귀띔을 안 해 주었으면 윤직원 영감은 오늘 명창 대회는 영영 못 가고 말았을 것이고, 그래서 다음날이라도 그걸 알았으면 냅다 발을 굴렀을 것입니다.

무임승차 기술

윤직원 영감은 명창 대회를 무척 좋아합니다. 아마 이 세상에 돈만 빼놓고는 둘째가게 그 명창 대회란 것을 좋아할 것입니다.

윤직원 영감은 본이 전라도 태생인 관계도 있겠지만, 그는 워낙 남도 소리며 음률 같은 것을 이만저만찮게 좋아합니다.

그렇게 좋아하는 깐으로는, 일 년 삼백예순 날을 밤낮으로라도 기생이며 광대며를 사랑으로 불러다가 듣고 놀고 하고는 싶지만, 그렇게 하자면 일왈 돈이 여간만 많이 드나요!

아마 연일 붙박이로 그렇게 하기로 하고, 어느 권번이나 조선 음악 연구회 같은 데 교섭을 해서 특별 할인을 한다더라도 하루에 소불하^{줄이어 치더라도} 십 원쯤은 쳐주어야 할 테니, 하루에 십 원이면 한 달이면 삼백 원이라, 그리고 일년이면 삼천…… 아이구! 그건 윤직원 영감으로 앉아서는 도무지 생각할 수도 없게시리 큰돈입니다. 천문학적 숫자란 건 아마 이런 경우에 써야 할 문잘걸요.

한즉, 도저히 그건 아주 생심도 못할 일입니다.

그런데 그거야말로 사람 살 곳은 골골마다 있다든지, 윤직원 영감의 그다지도 뜻 두고 이루지 못하는 대원을 적이나마 풀어주는 게 있으니, 라디오와 명창 대회가 바로 그것입니다. 이완李浣이 대장으로 치면 군산群山을 죄꼼은 깎고, 계수를 몇 가지 베인 만큼이나 하다 할는지요. 윤직원 영감은 그래서 바로 머리맡 연상硯床 위에 삼구三球짜리 라디오 한 세트를 매두고, 그걸 금이야 옥이야 하면서 방송국의 마이크를 통해 오는 남도 소리며 음률 가사 같은 것을 듣고는 합니다.

장죽을 기다랗게 물고는 보료 위에 편안히 드러누워 좋다! 소리를 연해 쳐가면서 즐거운 그 음악 소리를 듣노라면, 고년들의 이쁘게 생긴 얼굴이나 광대들의 거동이 눈에 보이지 않아서 유감은 유감이지만 그래도 좋기야 참 좋습니다.

라디오를 프로그램대로 음악을 조종하는 소임은 윤직원 영감의 차인 겸 비서 겸 무엇 겸 직함이 수두룩한 대복이가 맡아 합니다.

혹시 남도 소리나 음률 가사 같은 것이 없는 날일라치면 대복이가 생으로 벼락을 맞아야 합니다.

"게, 밥은 남같이 하루에 시 그릇썩 먹으면서, 그래 어떻기 사람이 멍청허면 날마당 나오던 소리를 느닷읍시 못 나오게 헌담 말잉가?"

이러한 무정지책에 대복이는 유구무언, 머리만 긁적긁적합니다. 하기야 대복이도 처음 몇 번은 방송국에서 프로그램을 그렇게 정했으니까, 집에 앉아서야 라디오를 아무리 주물러도 남도 소리는 나오지 않는 법이라고 변명을 했더랍니다.

한다 치면, 윤직원 영감은 더럭,

"법이라께? 그런 개× 같은 놈의 법이 어딨당가……? 권연시리 시방 멍청허다구 그러닝개, 그 말은 그리두 고까워서 남한티다가 둘러씨니라구……? 글씨 어떤 놈의 소리가 금방 엊저녁까지 들리든 소리가 오늘사 말고 시급스럽게 안 들리넝고? 지상〔妓生〕이랑 재인광대가 다아 급살 맞어 죽었다덩가?"

이렇게 반찬 먹은 고양이 잡도리하듯 지청구를 하니, 실로 죽어나는 건 대복입니다. 방송국에서 한동안 똑같은 글씨로 남도 소리를 매일 빼지 말고 방송해 달라는 추서를 수십 장 받은 일이 있습니다.

그게 뉘 짓인고 하니, 대복이가 윤직원 영감한테 지청구를 먹고는 홧김에 써보내고 핀잔을 듣고는 폭폭하여 써보내고 하던, 그야말로 눈물의 투서였던 것입니다.

윤직원 영감의 불평은 그러나 비단 그뿐이 아닙니다. 소리를 기왕 할 테거든 두어 시간이고 서너 시간이고 붙박이로 하지를 않고서, 고까짓 것 삼십 분, 눈 깜짝할 새 감질만 내다가 그만둔다고 그래서 또 성화입니다.

물론 투정이요, 실상인즉 혼자 속으로는 그놈의 것 돈 십칠 원 들여서 사놓고 한 달에 일 원씩 내면서 그 재미를 다아 보니, 미상불 헐키는 헐타고 은근히 좋아하지 않는 것은 아닙니다.

그렇지만 또 막상 청취료 일 원야라를 현금으로 내주는 마당에 당해서는 라디오에 대한 불평 겸 돈 일 원이 못내 아까워서,

"그까짓 놈의 것이 무엇이라구 다달이 돈을 일 원씩이나 또박또박 받어 간다냐? 그럴 티거든 새달버텀은 그만두래라!"

이렇게 끙짜 ^{불쾌한 생각} 를 마지않습니다.

라디오는 그리하여, 아무튼 그러하고, 그 다음이 명창 대흽니다.

기생이며 광대가 가지각색이요, 그래서 노래도 여러 가지려니와 직접 눈으로 보면서 오래오래 들을 수가 있기 때문에 감질나는 라디오보다는 그것이 늘 있는 게 아니어서 흠은 흠이지만, 그때 그때만은 퍽 생광스럽습니다. 딱이 윤직원 영감의 소원 같아서는, 그런즉은 명창 대회를 일 년 두고 삼백예순 날 날마다 했으면 좋을 판입니다.

이렇듯 천하에 달가운 명창 대회인지라, 서울 장안에서 언제고 명창 대회를 하게 되면 윤직원 영감은 세상없어도 참례를 합니다. 만일 어느 명창 대회에 윤직원 영감이 참례를 못한 적이 있다면 그것은 대복이의 태만입니다.

대복이는 멀리 타관를 심부름 가고 있지 않는 이상 매일같이 골목 밖 이발소에 나가서 라디오의 프로그램과 명창 대회나 조선 음악 연구회 주최의 공

연이 있는지를 신문에서 찾아내야 합니다.

대복이가 만일 실수를 해서 윤직원 영감한테 그것을 알려 드리지 못한 결과, 혹시 한번이라도 그 큼직한 굿(구경)에 참예를 못하고서 궐을 했다는 사실을 윤직원 영감이 추후라도 알게 되는 날이면, 그때에는 대복이가 집안 가용을 지출하는 데 있어서(가령 두 모만 사야 할 두부를 세 모를 사기 때문에) 돈을 오 전 가량 요외로 더 지출했을 때만큼이나 벼락 같은 꾸중을 듣게 됩니다.

아무튼 그만큼이나 좋아하는 명창 대회요, 그래 오늘만 하더라도 낮에는 한 시부터 시작을 한다는 걸 윤직원 영감이 춘심이를 앞세우고 댁에서 나선 것이 열한 시 반이 채 못 되어섭니다.

"글쎄 이렇게 일찍 가서 무얼 해요? 구경터에 일찍 가서 우두커니 앉았는 것두 꼴불견인데……."

앞서 가던 춘심이가 일껀 잘 가다가 말고 해뜩 돌아서더니, 한참 까부느라고 이렇게 쫑알거리던 것입니다.

윤직원 영감은 허연 수염을 한 번 쓰다듬으면서 헤벌심 웃습니다.

"저년이 또 초란이치름 까분다……! 그러지 말구 어서 가자, 가아!"

윤직원 영감이 살살 달래니까 춘심이는 다시 돌아서서 아장아장 걸어갑니다.

아이가 얼굴이 남방 태생답잖게 갸로움한 게, 또 토끼 화상이 아니라도 두 눈은 또렷, 코는 오뚝, 입술은 오뭇, 다아 이렇게 생겨놔서 대단히 야무집니다. 그렇게 야무지게 생긴 제 값을 하느라고 아이가 착실히 좀 까불구요.

나이가 아직 열다섯 살이라, 얼굴이 피지는 않았어도 보고 듣는 게 그런 탓으로 몸매하며 제법 계집애 꼴이 박혔습니다.

머리를 늘쩡늘쩡 땋아 내려, 자주 댕기를 들인 머리채가 방뎅이에서 유난히 치렁치렁합니다. 그러나 이 머리는 알고 보면 중동을 몽땅 자른 단발머리에다가 다래를 들인 거랍니다.

앞머리는 좀 자르기도 하고 지져서 오그려 붙이기도 하고 군데군데 핀을 꽂았습니다.

빨아서 분홍물을 들인 홀게 빠진 생수 깨끼적삼에, 얼숭덜숭한 주릿대 치마를 휘걷어 넥타이로 질끈 동인 게 또한 제격입니다.

살결보다는 버짐이 더 많이 피고, 배내털이 숭얼숭얼해서 분을 발랐다는 게 고루 먹지를 않고 어루러기가 진 것 같습니다.

이만하면 어디다가 내놓아도 대광교 천변가으로 숱해 많이 지나다니는 그런 모습의 동기童妓지, 갈데없습니다(그러나 그렇다고 깔보지는 마십시오. 그래 보여도 그 애가 요새 그 연애를 한답니다).

춘심이는 윤직원 영감이 달래는 대로 한동안 앞을 서서 찰래찰래 가고 있다가, 무슨 생각이 났는지 또 해뜩 돌려다보면서,

"영감님!"

하고 뱅글뱅글 웃습니다. 이 애는 잠시라도 까불지 못하면 정말 좀이 쑤십니다.

"무어라구 또 졸랑거리구 싶어서 그러냐?"

"이렇게 일찍 가는 대신 자동차나 타구 갑시다, 네?"

"자아동차?"

"네에."

"그래라, 젠장맞일……."

춘심이는 윤직원 영감이 섬뻑 그러라고 하는 게 되레 못 미더워서, 짯짯이 얼굴을 올려다봅니다. 아닌게아니라 히물히물 웃는 게 장히 미심쩍습니다.

　"정말 타구 가세요?"

　"그리여! 이년아."

　"그럼, 전화 빌려서 자동차 불러예죠?"

　"일부런 안 불러두 죄꼼만 더 가면 저기 있단다."

　"어디가 있어요! 안국동 네거리까지 가야 있는 걸."

　"게까지 안 가두 있어!"

　"없어요!"

　"있다……! 뻔쩍뻔쩍하게 은칠헌 놈, 크다란 자동차……."

　"어이구 참! 누가 빠쓰 말인가, 뭐……."

　춘심이는 고만 속은 것이 분해서 뾰롱해 가지고 쫑알댑니다.

　"빠쓸 가지구 아아주 자동차래요!"

　"자동차라구 그놈이 여니 자동차보담 더 비싸다, 이년아!"

　"오 전씩인데 비싸요!"

　"타는 차쌌 말인간디? 그놈 사올 때 값 말이지……."

　윤직원 영감은 재동 네거리 버스 정류장에서 춘심이와 같이 버스를 기다립니다. 때가 아침저녁의 러쉬아워도 아닌데 웬일인지 만원 된 차가 두 대나 그냥 지나가 버립니다. 그러더니 세 대째 만에, 그것도 여간 분비지 않는 걸 들이떠밀고 올라타니까 버스 걸이 마구 울상을 합니다.

　윤직원 영감은 자기 혼자서 탔으면 꼬옥 알맞을 버스 한 채를 만원 이상의 승객과 같이 탔으니 남이야 어찌 되었던 간에 윤직원 영감 당자도 무척 고생입니다. 그럴 뿐 아니라 갓을 버스 천장에다가 치받치지 않으려고 허리를 꾸부정하고 섰자니, 공간을 더 많이 차지해야 됩니다. 그 대신 춘심이는 윤직원 영감의 겨드랑 밑에 가 박혀 있어 만약 두루마기 자락으로 가리기만 하면 차삯은 안 물어도 될 성싶습니다.

겨우겨우 총독부 앞 종점에 당도하여 다들 내리는 데 섞여 윤직원 영감도 춘심이로 더불어 내리는데, 버스에 탔던 사람들은 기념이라도 하고 싶은 듯이 제각기 한 번씩 쳐다보고 갑니다.

윤직원 영감은 버스에서 내려서 대견하게 숨을 돌린 뒤에, 비로소 염낭 끈을 풀어 천천히 돈을 꺼낸다는 것이 십 원짜리 지전입니다.

"그걸 어떡허라구 내놓으세요? 거스를 돈 없어요!"

여차장은 고만 소갈머리가 나서 보풀떨이를 합니다.

"그럼 어떡허넝가? 이것두 돈은 돈인디……."

"누가 돈 아니래요? 잔돈 내세요!"

"잔돈 없어!"

"지금 주머니 속에서 잘랑잘랑 소리가 나든데 그러세요? 괘에니……."

"으응, 이거……?"

윤직원 영감은 염낭을 흔들어 그 잘랑잘랑 소리를 들려주면서,

"이건 못 쓰넌 돈이여, 사전이여……. 정 그렇다면 못 쓰넌 돈이라두 그냥 받을 티여?"

하고 방금 끈을 풀려고 하는 것을, 여차장은 오만상을 찡그리고는,

"몰라요! 속상해 죽겠네……! 어디꺼정 가세요?"

하면서, 참으로 구박이 자심합니다.

"정거장."

"그럼, 전차에 가서 바꾸세요!"

"그러까?"

잔돈을 두어두고도 십 원짜리를 낸 것이며, 부청 앞에서 내릴 테면서 정거장까지 간다고 한 것이며가, 모두 요량이 있어서 한 짓입니다.

무사히 공차를 탄 윤직원 영감은 총독부 앞에서부터는 춘심이를 앞세우고 부민관까지 천천히 걸어서 갑니다.

"좁은 뽀수 타니라구 고생헌 값을 이렇게 도루 찾는 법이다."

그는 이윽고 공차 타는 기술을 춘심이한테도 깨우쳐 주던 것인데, 그런 걸 보면 아마 청기와 장수는 아닌 모양입니다. (중략)

작품 줄거리

모름지기 아랫사람은 상전을 섬기기만 해야지 대가를 바라면 안 된다고 생각하는 윤직원은 인력거를 타고 와서는 삯을 깎겠다고 고집을 피운다. 또 그는 나이 어린 기생을 데리고 다니면서도 아무것도 주려고 하지 않는다. 그런데도 윤직원은 자신이 그들에게 은혜를 베풀고 있다고 생각한다. 소작인에게 땅을 붙여 먹고 살게 하는 것도 커다란 자선 행위라는 것이다.

또한 그는 자신의 만수무강과 후손의 영화를 위해 매일 자신의 소변으로 눈을 씻고 어린아이의 소변을 사서 장복하는 등 갖은 양생법을 실천한다. 그러한 윤직원에게도 상처가 없는 것은 아니다. 어디서 났는지 모를 돈을 가지고 있던 윤직원의 아버지가 구한말 시절 화적들의 습격들을 받아 횡사한 것이다. 그런데 일본인이 들어와 화적들로부터 자신을 보호해 주고 '태평천하'를 약속해 주니 더 없이 고마울 뿐이다. 윤직원은 이를 통해서 돈벌이엔 그저 권력의 힘을 비는 것이 가장 중요하다고 생각한다. 그래서 윤직원은 경찰서 무도장을 짓는 데 선뜻 기부한다. 양반의 자리를 돈을 주고 산 것도 모자라 손자 종수·종학이 군수와 경찰서장이 될지 모른다는 꿈도 꾼다.

그러나 아들과 손자는 윤직원의 말을 듣지 않는다. 그래서 그의 집안엔 분란이 끊이질 않는다. 아들 창식은 가사는 돌보지 않고 노름만 일삼으며 재산을 축내고, 군수감이라고 여겼던 종수는 아버지의 첩 옥화와 정을 통한다. 며느리나 손자며느리도 고분고분 굴지 않고 딸마저도 시댁에서 소박을 맞고 돌아온다. 그런 어지러운 집안 분위기를 고압적으로 억누르고 있던 차에, 손자 종학이마저 사상 관계로 경시청에 피검되었다는 전보를 받자 윤직원은 충격에 휩싸인다.

더 알아두기

가족사 소설 가족사 소설이란 한 가족의 흥망성쇠의 내력을 다룬 소설을 말한다. 한 가족의 상황이나 운명을 역사적 시간 속에서 변화하는 의미의 차원에서 이야기를 진행시킨다는 점에서 단순히 가족들간에 발생하는 문제들을 취급한 소설과는 구별된다. 일반적으로 가족들간의 갈등과 대립이 가족사 소설의 중요한 요소가 되는 것은 사실이다. 하지만 가족사 소설은 가족간의 갈등과 대립보다는 가족이라는 집단, 곧 사회적 측면에 대한 변모 양상을 중시하면서 여러 세대에 걸친 가족의 역사를 추적한다는 점을 특징으로 삼고 있다. 따라서 가족사 소설은 기본적으로 연대기 소설의 형태를 취하게 되는 것이다.

작품 해설

이 작품에서 작가는 부정적 인물들로 구성된 한 가족을 통해 한말과 개화기, 일제 강점기 세대 사이의 가치관의 변화와 현실 대응에 따른 여러 행동 유형을 보여줍니다. 근본이 바르지 못한 가정이 어떻게 허물어지는가를 보여줌으로써, 식민지 사회에서의 문제점과 개선되어야 할 점을 암시하려 합니다.

이 작품은 윤직원과 같은 부정적이고 타락한 인물에 대한 풍자가 핵심을 이룹니다. 그리고 이러한 풍자는 아이러니의 수법을 통한 부정적 인물의 희화화로 실현됩니다. 즉, 작가는 작중 인물을 겉으로는 추켜세우지만 실제로는 그 부정적인 측면을 더욱 드러내어 웃음거리로 만들면서 그의 악한 면을 폭로하고 있는 것입니다. 부정적인 인물의 성격이 강할수록 풍자의 농도는 심해지기 마련인데, 이 작품의 경우는 윤직원이 그 중요한 풍자 대상이 되고 있습니다.

동반자문학同伴者文學 혁명 후의 소련 문학에서 코뮤니스트는 아니지만 소련 체제에 반대하지 않은 작가들의 문학을 가리키던 말이다. 1917년의 10월 혁명은 지식인들에게 충격을 주었는데, 일부 지식인은 혁명의 선두에 나서는가 하면, 일부는 반혁명의 대열에 서기도 했다. 한편, 중간에서 방황하던 지식인들은 소련 정권이 강화되면서 점차 '혁명의 동반자'가 되었는데, 그 '동반'의 형식과 내용은 천차만별이었다. 예컨대, 톨스토이, 에렌부르크와 같이 일단 외국으로 망명했다가 다시 귀국해 문학활동을 계속한 이른바 도표전환파道標轉換派가 있는가 하면, 레오노프, 페진처럼 국내에 남아 프티 부르주아적(소시민적) 편견으로 괴로워한 사람들도 있다. 이들 동반작가에 속하는 인물로는 레오노프와 톨스토이를 비롯해 치오노프, 샤기냔 등을 들 수 있다.

　　한국의 경우, 엄밀한 의미에서는 최서해·주요섭·이익상 등 1925년 전후의 신경향파 작가들도 동반작가라고 할 수는 있으나, 정식으로 문제화된 것은 1929년 이후의 일이다. 그 밖에 카프에서 동반작가로 인정한 사람으로는 유진오·이효석 등이 있는데, 이들은 카프의 맹원은 아니었으나, 초기 작품의 경향이 사상적으로 카프 작가와 완전히 일치했다. 이에 해당하는 작품으로는 이효석의 「행진곡」·「북국사신」, 유진오의 「갑수의 연애」·「빌딩과 여명」, 채만식의 「태평천하」 등을 들 수 있다.

　　이 작품에서 풍자의 대상이 되지 않고 있는 인물은 윤직원의 둘째손자인 종학한 사람뿐입니다. 이는 종학이라는 인물에 대해 작가가 긍정적 시각을 갖고 있음을 의미합니다만, 그는 소설 전면에 등장하지 않고 윤직원의 욕망 표현 속에, 그리고 작품 후반부의 동경에서 온 전보 속에 잠깐 나타날 뿐입니다. 등장 인물의 출현 빈도수가 그 인간적 가치의 경중에 비례하지는 않겠지만, 작가가 지니고 있는 긍정적 미래관을 구현시키기에는 미흡한 점이 있습니다.

　　이런 점에서 보더라도 이 소설의 초점은 역시 윤직원에게 맞추어져 있다고 할 것입니다. 이 작품에 등장하는 윤직원은 자신의 지혜를 이용해 간악한 짓을 일삼는 비뚤어진 교양인입니다. 그는 자식들을 교육시키는 목적이 출세에 있다는 것을 노골적으로 드러냅니다. 윤직원은 식민지 치하를 오히려 신분 이동의 호기로 판단하고, 그의 자식들을 일제 식민지 당국에 알맞은 인물로 키우려고 애를 씁니다.

그는 두루두루 남의 의견도 듣고 궁리도 한 끝에, 공부를 잘 시켜 고등관으로 군수가 되는 길은 글렀으니 이번에는 군고원으로부터 시작해 본관을 거쳐 서무주임으로, 서무주임에서 군수로 이렇게 밟아 올라가는 길을 취하기로 했습니다.

윤직원에게 있어서 교육이나 교양은 출세의 한 방편에 지나지 않습니다. 식민지 치하의 교육이 식민지 치하에 알맞은 기능인을 만들어 내는 우민화愚民化 교육이라는 생각에, 문맹퇴치 운동의 일환으로 성행하던 야학까지를 비판한 작가로서는 이러한 인물에 비판적일 수밖에 없었을 것입니다.

또한 고리대금업과 도박 따위의 비정상적인 자본 축적 이동에 대해서도 작가는 날카로운 비판을 하고 있어요. 윤직원이 고리대금업으로 일가를 이룬 것이나, 그의 아들 윤창식이 노름에 빠져 있는 것으로 설정된 것이 그런 증거입니다. 작가가 고리대금업에 큰 관심을 보이는 것은 그것이 식민지 궁핍화 현상의 한 구체적인 예라고 생각하기 때문인데요. 예를 들어, 현물 없이 미곡을 사고 팔아 시세를 조종하는 투기 행위의 일종인 미두米豆 같은 법률은 일제의 용인을 받은 도적질이나 매한가지라는 사실을 보여주지요. 이와 같은 현실적인 차원의 문제 제기야말로 채만식을 당대 그 어떤 작가보다도 뛰어난 현실 인식의 소유자로 바라보게 만든다는 사실을 우리는 기억해 두어야 합니다.

끝으로, 이 작품의 문체에 대해 얘기해 보지요. 이 작품의 문체는 판소리, 또는 탈춤 사설의 어투를 계승하고 있습니다. '~입니다'와 같은 경어체 문장이나, '~겠다요'와 같은 경박한 어투를 빌려서 작중 인물의 행위를 조롱하고 경멸하고 있는데요. 이는 바로, 방자나 말뚝이 같은 인물이 양반 사대부의 면전에서는 공손한 태도를 짓다가도 뒤에 가서 느닷없이 조롱하고 경멸하는 태도를 본뜬 것이라 할 수 있습니다. 이런 측면에서 우리는 채만식의 탁월한 현실 인식과 비판 정신이 날카롭게 드러나고 있음을 알 수 있는데, 이러한 시선을 확보할 수 있는 것은 모두 자연스러운 문체의 힘에 큰 도움을 받고 있다 할 것입니다.

1 이 작품에는 작가가 직접적으로 개입하는 방식이 두드러지게 드러납니다. 그런 방식의 효과와 의미는 무엇일까요?

2 윤 직원의 사고 방식이나 가치관을 알 수 있게 해주는 일들을 세 가지만 들어보세요.

3 본문에는 두 개의 소제목만 소개되어 있지만, 이 작품은 장편소설로 모두 열다섯 개의 소제목들이 붙어 있습니다. 그것의 기능과 의미는 무엇일까요?

4 이 작품의 제목 '태평천하'는 윤직원이 한 말에서 따온 것입니다. 윤직원이 그렇게 말한 이유는 무엇일까요?

5 이 작품에는 손자 종학만이 다른 삶을 보여주고 있습니다. 윤직원의 관점에서 보는 종학의 삶과 작가의 관점에서 보는 종학의 삶에는 어떤 차이가 있을까요?

구성	발단	인력거 삯을 깎으려는 윤직원의 고집
	전개	윤직원 가家의 내력과 재산 형성 과정
	위기	손자 종학에 대한 윤직원의 기대. 아들 창식과 손자 종수의 타락과 방탕한 생활
	절정 · 결말	종학마저 사상 문제로 일본 경시청에 피검되었다는 소식을 듣고 윤직원은 충격에 휩싸인다.

핵심 정리	갈래	장편소설, 사회소설, 풍자소설
	배경	1930년대 서울로 한 평민 출신의 대지주 집안
	주제	개화기에서 일제 시대에 이르는 윤직원 일가의 타락한 삶과 몰락의 과정을 그림
	시점	전지적 작가 시점
	구성	서사적 순행법
	문체	판소리 사설의 원용

작중인물의 성격	윤용규(제1대)	윤두섭의 부친. 화적떼에 피살되었다.
	윤직원(제2대, 본명 윤두섭)	평민 출신으로 성공해 지주가 된 입지전적인 인물이다. 사회에 대한 불신과 피해의식이 강하다. 만석꾼으로 수전노. '직원'은 향교의 수장首長 직함으로 돈을 주고 산 것이다.
	윤창식(제3대)	윤직원 영감의 장남. 개화기 교육을 받은 세대로서, 가치관을 상실하고 향락만을 추구하는 타락한 인물이다.
	윤종수(제4대)	윤직원의 장손이자 윤창식의 장남. 그의 부친 윤창식과 유사한 행태를 보인다.
	윤종학(제4대)	윤창식의 차남으로 일본에 유학중이다. 윤직원이 가장 믿고 기대하는 인물. 그러나 윤직원의 기대와는 달리 사회주의자가 된 의식 있는 청년으로, 전면에 직접 등장하지는 않는다.
	서울아씨	윤직원의 딸. 30대로 과부이다.
	춘심	어린 기생. 윤직원 집에 오가며 금전을 뜯어내려고 한다.

물레방아

나도향 羅稻香

눈깔을 부라리었다. 방원은 한참이나 쳐다보고서

말이 없었다. 생각대로 하면 한주먹에 때려눕힐

것이지마는 그래도 그의 머릿속에는 아까까지의

상전이라는 관념이 남아 있었다. 번갯불같이 그

관념이 그의 입과 팔을 얽어 놓았다.

나도향

나도향은 의사였던 아버지 성연과 어머니 김성녀 사이에서 장남으로 태어났습니다. 본명은 경손慶孫이며, 호는 도향稻香이지요. 그는 한의사였던 조부의 뜻에 따라, 배재고보를 거쳐 경성의전에 입학했지만, 의학보다 문학에 뜻을 두었던 터라 가족들 몰래 일본으로 건너갔습니다.

그러나 학비가 없어 귀국하게 되었고, 1922년 홍사용·이상화·박종화 등과 함께 《백조》 동인지 창간 작업을 하면서 「젊은이의 시절」을 발표해 본격적으로 작가의 길을 걷게 되었습니다.

나도향이 작품 활동을 한 시기는 5~6년에 지나지 않았습니다. 그러나 초기 지극히 낭만적이고 감상적으로 그려내던 것을 당시의 시대상과 함께 인생의 어두운 단면을 생동감 있게 그려내 아주 빠른 속도로 완숙의 경지에 도달한 작가이기도 합니다.

특히 「벙어리 삼룡이」와 「물레방아」와 같은 작품들은 낭만주의적인 색채를 띠면서도 현실을 비판하는 탁월한 작품이라고 할 수 있답니다.

그는 1926년 24세의 젊은 나이로 급성 폐렴에 걸려 요절했는데요, 대표작으로는 「벙어리 삼룡이」·「물레방아」·「뽕」·「여 이발사」 등이 있습니다.

1922년 당시의 나도향. 그는 낭만주의적인 색채를 띠면서도 현실을 비판하는 작품들을 주로 집필하였다 (1902~1926)

나도향은 초기에 「별을 안거든 우지나 말걸」·「옛날 꿈은 창백하더이다」 등과 같이 지극히 낭만적이고 감상적인 작품들을 발표했습니다. 그 후 「십칠원 오십전」과 「전차 차장의 일기 몇 절」 등에 이르러서는 자연주의적인 냉정한 관찰 정신을 보여주는데, 사물의 한 장면을 스냅 사진처럼 묘사해 냅니다.

그러나 후기에는 「벙어리 삼룡이」·「물레방아」·「뽕」 등과 같은 불후의 명작들을 발표합니다. 한마디로 이 작품들은 현실을 비판하는 사실주의적 색채가 짙은데, 당시의 시대상과 함께 인생의 어두운 단면을 생동감 있게 그려내고 있다는 평가를 받습니다.

1920년대 사실주의 계열을 대표하는 우수한 작품으로 손꼽히는 이 소설들은 본능과 물질에 대한 탐욕 때문에 갈등하고 괴로워하는 인간들의 모습을 섬세하고 객관적으로 잘 묘사하고 있습니다.

1969년 「물레방아」의 출판기념회

「물레방아」는 나도향의 대표작으로, 인간의 원초적인 애욕과 질투로 인한 비극적인 결말이 '물레방아'라는 상징적 배경과 잘 조화되어 그려져 있습니다. 인간의 욕망과 경제적인 문제, 그리고 계층간의 갈등들을 신분과 성 충동 그리고 가난이라는 요소로 드러내고 있는데, 이것은 나도향의 후기 작품의 특징을 선명히 보여주는 것이죠.

무엇보다 중요한 것은 '물레방아'라는 표제어 속에 담긴 의미를 확인하는 것입니다. '물레방아'는 당시 농경사회 구조의 모순 속에서 비정상적인 연애가 이루어지는 실제적인 장소를 말하고 있지만, 그 이면에는 인생의 덧없음과 은밀하고 병적인 욕망을 암시하는 상징이기도 하지요.

이러한 상징은 이 작품이 욕망과 계층문제를 다루면서도 그것이 더럽고 추악하게 느껴지기보다는 낭만적으로 느끼게 해주는 아주 중요한 요소라고 할 수 있습니다. 그가 낭만주의 문예사조를 주로 담고 있는 《백조》 동인으로 문학활동을 시작한 작가라는 점에서 미루어 본다면 수긍이 가는 부분이네요. 그래서인지 이 작품은 현실을 비판하는 내용을 담고 있으면서도 낭만적인 분위기가 물씬 풍기는가 봅니다.

덜컹덜컹 홈통에 들었다가 다시 쏟아져 흐르는 물이 육중한 물레방아를 번쩍 쳐들었다가 쿵 하고 확 속으로 내던질 제 머슴들의 콧소리는 허연 겨가루가 켜켜 앉은 방앗간 속에서 청승스럽게 들려 나온다.

쏼 쏼 쏼, 구슬이 되었다가 은가루가 되고 댓줄기같이 뻗치었다가 다시 쾅쾅 쏟아져 청룡이 되고 백룡이 되어 용솟음쳐 흐르는 물이 저쪽 산모퉁이를 십 리나 두고 들고, 다시 이쪽 들 복판을 오 리나 꿰뚫은 뒤에 이방원李芳源이가 사는 동네 앞 기슭을 스쳐 지나가는데 그 위에 물레방아 하나가 놓여 있다.

물레방아에서 들여다보면 동북간으로 큼직한 한 마을이 있으니 이 마을의 가장 부자요, 가장 세력이 있는 사람으로 이름을 신치규申治圭라고 부른다. 이방원이라는 사람은 그 집의 막실幕室살이 누추한 집에서 주인집에 기거하면서 사는 생활를 하여 가며 그의 땅을 경작하여 자기 아내와 두 사람이 그날그날을 지내 간다.

어떠한 가을밤 유난히 밝은 달이 고요한 이 촌을 한적하게 비칠 때 그 물레 방앗간 옆에 어떠한 여자 하나와 어떤 남자 하나가 서서 이야기를 하는 소리가 들리었다.

그 여자는 방원의 아내로 지금 나이가 스물두 살, 한참 정열에 타는 가슴으로 가장 행복스러울 나이의 젊은 여자요, 그 남자는 오십이 반이 넘어 인생으로서 살아올 길을 다 살고서 거의거의 쇠멸의 구렁이를 향하여 가는 늙은이다.

그의 말소리는 마치 그 여자를 달래는 것같이,

"애, 내 말이 조금도 그를 것이 없지? 쇤네 할멈에게도 자세한 말을 들었을 터이지마는 너 생각해 보아라. 네가 허락만 하면 무엇이든지 네가 하고 싶다는 것을 내가 전부 해 줄 터이란 말야. 그까짓 방원이 녀석하고 네가 몇백 년 살아야 언제든지 막실 구석을 면하지 못할 터이니……. 허허, 사람이란 젊어서 호강해 보지 못하면 평생 한번 하여 보지 못하고 죽을 것이 아니냐. 내가 말하는 것이 조금도 잘못하는 것이 없느니라! 대강 너의 말을 쇤네 할멈에게 듣기는 들었으나 그래도 너에게 한번 바로 대고 듣는 것만 못해서 이리로 만나자고 한 것이다. 너의 마음은 어떠냐? 어디 허허, 내 앞이라고 조금도 어떻게 알지 말고 이야기해 봐, 응?"

이 늙은이는 두말할 것 없이 신치규다. 그는 탐욕스러운 눈으로 방원의 계집을 들여다보며 한 손으로 등을 두드린다.

새침한 얼굴이 파르족족하고 기다란 눈썹과 검푸른 두 눈 가장자리에 예쁜 입, 뾰로통한 뺨이며 콧날이 오뚝한데다가 후리후리한 키에 떡 벌어진 엉덩이가 아무리 보더라도 무섭게 이지적인 동시에 또는 창부형으로 생긴 여자이다.

계집은 아무 말이 없이 서서 짐짓 부끄러운 태를 지으며 매혹적인 웃음을 생긋 웃고는 고개를 돌렸다. 그 웃음이 얼마나 짐승 같은 신치규의 만족을 사게 되었으며, 또한 마음을 충동시켰는지 희끗희끗한 수염이 거의 계집의 뺨에 닿도록 더 가까이 와서,

"응? 왜 대답이 없니? 부끄러워서 그러니? 그렇게 부끄러워할 일은 아닌데." 하고 계집의 손을 잡으며,

"손도 이렇게 예쁜 줄은 이제까지 몰랐구나. 참 분결 같다. 이렇게 얌전히 생긴 애가 방원 같은 천한 놈의 계집이 되어 일평생을 그대로 썩는다는 것은 너무 가엾고 아깝지 않으냐, 얘?"

계집은 몸을 돌리려고 하지도 않고 영감이 하는 대로 내버려두며 눈으로 땅만 내려다보고 섰다가 가까스로 입을 떼는 듯하더니,

"제 말야 모두 쉰네 할멈이 여쭈었지요. 저에게는 너무 분수에 과한 말씀이니까요."

"온, 천만의 소리를 다 하는구나. 그게 무슨 소리냐. 너도 알다시피 내가 너를 장난삼아 그러는 것도 아니겠고 후사가 없어 그러는 것이니까 네가 내 아들이나 하나 낳아 주렴. 그러면 내 것이 모두 네 것이 되지 않겠니? 자아, 그러지 말고 오늘 허락을 하렴. 그러면 내일이라도 방원이란 놈을 내쫓고 너를 불러들일 터이니."

"어떻게 내쫓을 수가 있어요?"

"허어, 그것이 그리 어려울 것이 무엇 있니. 내가 나가라는데 제가 나가지 않고 배길 줄 아니?"

"그렇지만 너무 과하지 않을까요?"

"무엇, 저런 생각을 하니까 네가 이 모양으로 이때까지 있었지. 어떻단 말이냐? 그런 것은 조금도 염려하지 말구. 자아, 또 네 서방에게 들킬라, 어서 들어가자."

"먼저 들어가세요."

"왜?"

"남이 보면 수상히 알 게요."

"무얼 나하고 가는데 수상히 알 게 무어야. 어서 가자."

계집은 천천히 두어 걸음 따라가다가,

"영감!"

하고 무춤하고 서 있다.

"왜 그러니?"

계집은 다시 말이 없이 서 있다가,

"아니에요."

하고,

"먼저 들어가세요."

하며 돌아선다. 영감이 간이 달아서 계집의 손을 잡으며,

"가자, 집으로 들어가자."

그의 가슴은 두근거리는지 숨소리가 잦아진다. 계집은 손을 빼려 하며,

"점잖으신 어른이 이게 무슨 짓이에요."

하면서도 그의 몸짓에는 모든 것을 허락한다는 뜻이 보였다. 영감은 계집의 몸을 끌어안더니 방앗간 뒤로 돌아섰다. 계집은 영감 가슴에 안겨 정욕이 가득 찬 눈으로 그를 보면서,

"영감."

말 한마디 하고 침 한번 삼키었다.

"영감이 거짓말은 안 하시지요?"

"아니."

그의 말은 떨리었다. 계집은 영감의 팔을 한 손으로 잡고 또 한 손으로는 방앗간 속을 가리켰다.

"저리로 들어가세요."

영감과 계집은 방앗간에서 이삼십 분 후에 다시 나왔다.

사흘이 지난 뒤에 신치규는 방원이를 자기 집 사랑 마당 앞으로 불렀다.

"애."

방원은 상전이라고 고개를 숙이고,

"네."

공손하게 대답을 하였다.

"네가 그간 내 집에서 정성스럽게 일한 것은 고마운 일이지마는……."

점잔과 주짜를 빼면서 신치규는 말을 꺼내었다. 방원의 가슴은 이 '마는' 이

라는 말 뒤에 이어질 말을 미리 깨달은 듯이 온 전신의 피가 가슴으로 모여드는 듯하더니 다시 터럭이라는 터럭은 전부 거꾸로 일어서는 듯하였다.

"오늘부터는 우리 집에 사정이 있어 그러니 내 집에 있지 말고 다른 곳에 좋은 곳을 찾아가 보아라."

아무 조건도 없다. 또한 이곳에서도 할 말이 없다. 죽으라고 하면 죽는 시늉이라도 해야 하는 것이다. 주인은 돈 가지고 사람을 사고 팔 수도 있는 것이다.

방원은 가슴이 답답하였다. 자기 혼잣몸 같으면 어디 가서 어떻게 빌어먹더라도 살 수 있지마는 사랑하는 아내를 구해 갈 길이 막연하다. 그는 고개를 굽히고, 허리를 굽히고, 나중에는 마음을 굽히어 사정도 하여 보고 애걸도 하여 보았다. 그러나 그것은 헛된 일이다. 주인의 마음은 쇠나 돌보다도 더 굳었다.

그는 하는 수 없이 자기 아내에게 그 이야기를 하였다. 그리고 아내더러 안주인 마님께 사정을 좀 하여 얼마간이라도 더 있게 하여 달라고 하여 보라고 하였다. 그러나 아내는 방원의 말을 들을 리가 없었다. 도리어,

"그러면 어떻게 한단 말이오. 이제부터는 나를 어떻게 먹여 살릴 터이오."

"너는 그렇게도 먹고 살 수 없을까 봐 겁이 나니?"

"겁이 나지 않고, 생각을 해 보구려. 인제는 꼼짝할 수 없이 죽지 않았소?"

"죽어?"

"그럼 임자가 나를 데리고 이곳까지 올 때에 무어라고 하였소. 어떻게 해서든지 너 하나야 먹여 살리지 못하겠느냐고 하였지요?"

"그래."

"그래, 얼마나 나를 잘 먹여 살리고 나를 호강시켰소. 이때까지 이때나 되도록 끌구 돌아다닌다는 것이 남의 집 행랑이었지요."

"애, 그것을 내가 모르고 하는 말이냐? 내가 하려고 하지 않아서 그렇게 된 것이냐? 차차 살아가는 동안에 무슨 일이든지 생기겠지. 설마 요대로 늙어 죽기야 하겠니?"

"듣기 싫소! 뿔 떨어지면 구워먹지 어느 천년에."

방원이는 가뜩이나 내어쫓기고 화가 나는데 계집까지 그러니까 속에서 열화가 치밀어 올라왔다.

"이 육시를 하고도 남을 년! 넌 왜 남의 마음을 글컹거리니?"

"왜 사람에게 욕을 해!"

"이년아, 욕 좀 하면 어떠냐?"

"왜 욕을 해!"

계집이 얼굴이 노래지며 대든다.

"이년이 발악인가?"

"누가 발악야. 계집년 하나 건사 못하는 위인이 계집보고 욕만 하고 한 게 무어야? 그래 은가락지 은비녀나 한 벌 사 주어 보았어? 내가 임자 하자고 하는 대로 하지 않은 것은 없지!"

"이년아! 은가락지 은비녀가 그렇게 갖고 싶으냐? 이 더러운 년아."

"무엇이 더러워? 너는 얼마나 정한 놈이냐!"

계집의 입 속에서는 놈 소리가 나오기 시작한다.

"이년 보게! 누구더러 놈이래."

하고 손길이 계집의 낭자를 후려 잡더니 그대로 집어들고 두어 번 주먹으로 등줄기를 후리었다.

"이 주릿대를 안길 년!"

발길이 엉덩이를 두어 번 지르니까 계집은 그대로 거꾸러졌다가 다시 일어났다. 풀어 헤뜨린 머리가 치렁치렁 끌리고 씰룩한 눈에는 독기가 섞이었다.

"왜 사람을 치니? 이놈! 죽여라 죽여, 어디 죽여 보아라. 이놈, 나 죽고 너 죽자!"

하고 달려드는 계집을 후려쳐서 거꾸러뜨리고서,

"이년이 죽으려고 기를 쓰나!"

방원이가 계집을 치는 것은 그것이 주먹을 가지고 하는 일종의 농담이다. 그는 주먹이나 발길이 계집의 몸에 닿을 때 거기에 얻어맞는 계집의 살이 아픈 것보다 더 찌르르하게 가슴 한복판을 찌르는 아픔을 방원은 깨닫는 것이다. 홧김에 계집을 치는 것이 실상은 자기의 마음을 자기의 이빨로 물어뜯는 것이나 다름이 없는 것이다. 때리는 그에게는 몹시 애처로움이 있고 불쌍함이 있는 것이다. 그러나 자기의 화풀이를 받아 주는 사람은 아직까지도 계집밖에는 없었다. 제일 만만하다는 것보다도 가장 마음 놓고 화풀이할 수 있음이다. 싸움한 뒤, 하루가 못 되어 두 사람이 베개를 나란히 하고 서로 꼭 끼고 잘 때에는 그렇게 고맙고 그렇게 감격이 일어나는 위안이 또다시 없음이다. 계집을 치고 화풀이를 하고 난 뒤에 다시 가슴을 에는 듯한 후회와 더 뜨거운 포옹으로 위로를 받을 그때에는 두 사람 아니라 방원에게는 그만큼 힘 있고 뜨거운 믿음이 또다시 없는 까닭이다.

계집은 일부러 소리를 높여 꺼이꺼이 운다.

온 마을 사람이 거의 귀를 기울였으나,

"응, 또 사랑 싸움을 하는군!"

하고 도리어 그 싸움을 부러워하였다. 옆집 젊은것이 와서 싱글싱글 웃으면서 들여다보며,

"인제 고만두라고."

하며 말리는 시늉을 한다. 동네 아이들만 마당 앞에 죽 늘어서서 눈들이 똥그래서 구경을 한다.

그날 저녁에 방원이는 술이 얼근하여 들어왔다. 아까 계집을 차던 마음은 어느덧 풀어지고 술로 흥분된 마음에 그는 계집의 품이 몹시 그리워져서 자기 아내에게 사과를 할 마음까지 생기었다. 본시 사람이 좋고 마음이 약하고 다정한 그는 무식하게 자라난 까닭에 무지한 짓을 하기는 하나 그것은 결코 그의 성격을 말하는 무지함이 아니다.

그는 비척거리면서 집으로 향하는 길에 거슴츠레하게 풀린 눈을 스르르 내리감고 혼잣소리로,

"빌어먹을 놈! 나가라면 나가지 무서운가? 제 집 아니면 살 곳이 없는 줄 아는 게로군! 흥, 되지 않게 다 무엇이냐? 돈만 있으면 제일이냐? 이놈, 네가 그러다가는 이 주먹맛을 언제든지 볼라. 그대로 곱게 돼질 줄 아니?"

하고, 개천 하나를 건너뛴 후에, '돈! 돈이 무엇이냐?' 한참 생각하다가,

"에후!"

한숨을 쉬고 나서,

"돈이 사람을 죽이는구나! 돈! 돈! 흥, 사람 나고 돈 났지 돈 나고 사람 났니?"

또 징검다리를 비척비척하고 건넌 뒤에,

"고 배라먹을 년이 왜 고렇게 포달을 부려서 장부의 마음을 긁어 놓아!"

그의 목소리에는 말할 수 없이 다정한 맛이 있었다. 그는 자기 계집을 생각하면 모든 불평이 스러지는 듯이 숙였던 고개를 쳐들어 하늘을 보면서,

"허어, 저도 고생은 고생이지."

하고 다시 고개를 숙인 후,

"내가 너무해. 너무 그럴 게 아닌데."

그는 자기 집에 와서 문고리를 붙잡고 흔들면서,

"애! 자니! 자?"

그러나 대답이 없고 캄캄하다.

"이년이 어디를 갔어!"

그는 문짝을 깨어져라 하고 닫은 후에 다시 길거리로 나와 그 옆집으로 가서,

"여보 아주머니! 우리 집 색시 어디 갔는지 보았소!"

밥들을 먹는 옆엣집 내외는,

"어디서 또 취했소그려! 애 어머니가 아까 머리 단장을 하더니 저 방아께로 갑디다."

"방아께로?"

"네."

"빌어먹을 년! 방아께로는 무얼 먹으러 갔누!"

다시 혼자 방아를 향하여 가면서 혼자 중얼거린다.

그는 방앗간을 막 뒤로 돌아서자 신치규와 자기 아내가 방앗간에서 나오는 것을 보았다.

"아!"

그는 너무 뜻밖의 일이므로 아무 말도 하지 못하고 그대로 한참이나 멀거니 서서 보기만 하였다. 그의 눈에서는 쌍심지가 거꾸로 섰다. 열이 올라와서 마치 주홍을 칠한 듯이 그의 눈은 붉어지고 번개 같은 광채가 번뜩거리었다.

그는 한참이나 사지를 떨었다. 두 이가 서로 맞쳐서 달그락달그락하여졌다. 그의 주먹은 부서질 것같이 단단히 쥐어졌다. 계집과 신치규는 방원이 와 선 것을 보고서 처음에는 조금 간담이 서늘하여졌으나 다시 태연하게 내려앉혔다. 일이 이렇게 되었으매 할 대로 하라는 뜻이다.

방원은 달려들어서 계집의 팔목을 잡았다. 그리고 이를 악물고 부르르 떨었다.

"나는 네가 이럴 줄은 몰랐다."

계집은,

"무얼 이럴 줄을 몰라?"

하며, 파란 눈으로 흘겨보더니,

"나중에는 별꼴을 다 보겠네. 으레 그럴 줄을 인제 알았나? 놔요! 왜 남의 팔을 잡고 요 모양야. 오늘부터는 나를 당신이 그리 함부로 하지는 못해요! 더러운 녀석 같으니! 계집이 싫다고 그러면 국으로 물러갈 일이지 이게 무슨 사내답지 못한 일야! 놔요!"

팔을 뿌리쳤으나 분노가 전신에 가득 찬 그는 그렇게 쉽게 손을 놓지 않았다.

"애! 네가 이것이 정말이냐?"

"정말이 아니구 비싼 밥 먹고 거짓말할까?"

"네가 참으로 환장을 하였구나!"

"아니 누구더러 환장을 했대. 온 기가 막혀 죽겠지! 놔요! 놔! 왜 추근추근하게 이 모양야? 놔."

하고서 힘껏 뿌리치는 바람에 계집의 손이 쑥 빠지었다. 계집은 손목을 주무르면서 암상맞게 돌아섰다.

이때까지 이 꼴을 멀찍이 서서 보고 있던 신치규는 두어 발자국 나서더니 기침 한번을 서투르게 하고서,

"애! 네가 술이 취하였으면 일찍 들어가 자든지 할 것이지 웬 짓이냐? 네 눈깔에는 아무것도 보이는 것이 없단 말이냐? 너희 년놈이 싸우는 것은 너희 년놈이 어디든지 가서 할 일이지 여기 누가 있는지 없는지 눈깔에 보이는 것이 없어?"

짐짓 소리를 높여 호령을 하였다.

"엣, 괘씸한 놈!"

눈깔을 부라리었다. 방원은 한참이나 쳐다보고서 말이 없었다. 생각대로 하면 한주먹에 때려눕힐 것이지마는 그래도 그의 머릿속에는 아까까지의 상전이라는 관념이 남아 있었다. 번갯불같이 그 관념이 그의 입과 팔을 얽어 놓았다. 어려서부터는 오늘날까지 남을 섬겨 보기만 한 그의 마음은 상전이라면 모두 두려워하는 성질을 깊이깊이 뿌리박아 놓았다. 그러나 오늘부터는 신치

규가 자기의 상전이 아니요, 자기가 신치규의 종도 아니다. 다만 똑같은 사람으로 마주 섰을 뿐이다. 아니다. 지금부터는 신치규도 방원의 원수였다. 그의 간을 씹어먹어도 오히려 나머지 한이 있는 원수다.

신치규는 똑바로 쳐다보는 방원을 마주 쳐다보며,

"똑바루 보면 어쩔 터이냐? 온 세상이 망하려니까 별 해괴한 일이 다 많거든. 어째 이놈아!"

"이놈아?"

방원은 한 걸음 들어섰다. 나무같이 힘센 다리가 성큼 하고 나설 때 신치규는 머리끝이 으쓱하였다. 쇠몽둥이 같은 두 주먹이 쑥 앞으로 닥칠 때 그의 가슴은 덜컥 내려앉았다.

"네 입에서 이놈아,라는 소리가 나오지? 이 사지를 찢어발겨도 오히려 시원치 못할 놈! 네가 내 계집을 뺏으려고 오늘 날더러 나가라고 그랬지?"

"어허, 이거 그놈이 눈깔이 삐었군. 얘, 나는 먼저 들어가겠다. 너는 네 서방하고 나중 들어오너라!"

신치규는 형세가 위험하니까 슬금슬금 꽁무니를 빼려고 돌아서서 들어가려 하니까 방원은 돌아서는 신치규의 멱살을 잔뜩 쥐어 한 팔로 바싹 치켜들고,

"이놈 어디를 가? 네가 이때까지 맛을 몰랐구나?"

하며, 한번 집어쳐 땅바닥에다가 태질을 한 뒤에 그대로 타고 앉아서 목줄띠를 누르니까, 마치 뱀이 개구리 잡아먹을 적 모양으로 깩깩 소리가 나며 말 한마디도 못한다.

"이놈, 너 죽고 나 죽으면 고만 아니냐?"

하고 방원은 주먹으로 사정없이 닥치는 대로 들이 팬다. 나중에는 주먹이 부족하여 옆에 있는 모루돌멩이를 집어서 죽어라 하고 내리친다. 그의 팔, 그의 온몸에는 끓어오르는 분노가 극도에 달하자 사람의 가슴속에 본능적으로 숨어 있는 잔인성이 조금도 남지 않고 그대로 나타났다. 그의 눈은 마치 펄떡펄떡 뛰는 미끼를 가로차고 앉은 승냥이나 이리와 같이 뜨거운 피를 보고야 만족하다는 듯이 무섭게 번쩍거렸다. 그에게는 초자연의 무서운 힘이 그의 팔과 다리에 올라왔다.

이 꼴을 보는 계집은 무서웠다. 끔찍끔찍한 일이 목전에 생길 것이다. 그의 맥이 풀린 다리는 마음대로 놓여지지 아니하였다.

"아! 사람 살류! 사람 살류!"

적적한 밤중에 쓸쓸한 마을에는 처참한 여자 목소리가 으스스하게 울리었다. 이 소리를 들은 방원은 더욱 힘을 주어서 눈을 딱 감고 죽어라 내리 짓찧었다. 뼈가 돌에 맞는 소리가 살이 얼크러지는 소리와 함께 퍽퍽 하였다. 피묻은 돌이 여기저기 흩어지고 갈가리 찢긴 옷에는 살점이 묻었다.

동네편 쪽에서 수군수군하더니 구두 소리가 나며 칼소리가 덜거덕거리었다. 방원의 머리에는 번갯불같이 무엇이 보이었다. 그는 손에 주먹을 쥔 채 잠깐 정신을 차려 그쪽으로 귀를 기울였다.

"순검……."

그는 신치규의 배를 타고 앉아서 순검의 구두 소리를 듣자 비로소 자기가 무슨 짓을 하였는지 깨달았다.

그는 미친 사람처럼 일어났다. 그리고는 옆에 서서 벌벌 떠는 계집에게로

갔다.

　"애! 가자! 도망가자! 너하고 나하고 같이 가자! 자! 어서, 어서!"

　계집은 자기에게 또 무슨 일이 있을까 하여 겁을 내어 도망을 하려 한다. 방원은 계집을 따라가며,

　"애! 애! 네가 이렇게도 나를 몰라주니? 내가 너를 어떻게 생각하는지 알지를 못하니? 자! 어서, 도망가자. 어서 어서, 뒤에서 순검이 쫓아온다."

　계집은 그대로 서서 종종걸음을 치며,

　"싫소! 임자나 가구려. 나는 싫어요, 싫어."

　"가자! 응! 가!"

　그는 미친 사람처럼 계집의 팔을 붙잡고 끌었다. 그때 누구인지 그의 두 팔을 마치 형틀에 매다는 것같이 꽉 뒤로 끼어안는 사람이 있었다.

　"이놈아! 어디를 가!"

　그는 뒤를 돌아보지 않고도 그가 누구인지 알았다. 그는 온 전신에 맥이 풀리어 그대로 뒤로 자빠지려 할 때 어느덧 널판 같은 주먹이 그의 뺨을 사정없이 갈겼다.

　"정신 차려."

　"네."

　그는 무의식중에 고개가 숙여지고 말소리가 공손하여졌다. 땅바닥에서는 신치규가 꿈지럭거리며 이리저리 뒹군다. 청승스러운 비명이 들린다.

　방원은 포승 지인 채, 계집은 그대로 주재소로 끌려가고, 신치규는 머슴들이 업어 들였다.

　　　　　　　석 달이 지났다. 상해죄로 감옥에서 복역을 하던 방원은 만기가 되어 출옥을 하였다. 그러나 신치규는 아무 일 없이 자기 집에서 치료하고 방원의 계집을 데려다 산다. 신치규는 온몸이 나은 뒤에 홀로 생각하였다.

　'죽는 줄만 알았더니 그래도 이렇게 살아 있으니!'
하고 얼굴에 흠이 진 곳을 만져 보며,

　'오히려 그놈이 그렇게 한 것이 나에게는 다행이지, 얼굴이 아프기는 좀 하였으나! 허어, 어떻게 그놈을 떼어버릴까 하고 그렇지 않아도 걱정을 하던 차에 잘되었지. 그놈 한 십 년 감옥에서 콩밥을 먹었으면 좋겠다.'

　방원은 감옥에서 생각하기를, 나가기만 하면 년놈을 죽여 버리고 제가 죽든지 요절을 내리라 하였다.

　집에서 내어쫓기고 계집까지 빼앗기고, 그것을 생각하면 이가 갈리고 치가 떨리었다. 그것이 모두 자기가 돈 없는 탓인 것을 생각하매 더욱 분한 생각이 났다.

　"에 더러운 년."

　그는 홍바지에 쇠사슬을 차고서 일을 할 때에도 가끔 침을 땅에다 뱉으면서 혼자 중얼거렸다.

　"사람이 이러고서야 살아서 무엇하나. 멀쩡한 놈이 계집 빼앗기고 생으로 콩밥까지 먹으니……."

　그가 감옥에서 나올 때에는 감옥소를 다시 한 번 돌아보고, 내가 여기서 마지막으로 목숨을 잃어버리든지 그렇지 않으면 내가 내 손으로 내 목을 찔러 죽든지, 무슨 요절이 날 것을 생각하고, 다시 온몸에 힘을 주고 쓸쓸한 웃음을 웃었다.

그는 이백 리나 되는 길을 걸어서 계집이 사는 촌에를 왔다. 그러나 아무도 그를 아는 척하는 사람이 없었다. 전에 친하게 지내던 사람들도 그를 보고 피해 갔다.

마치 문둥병자나 마찬가지 대우를 하였다. 감옥에서 나온 뒤로부터는 더욱이 세상이 차디차졌다. 자기가 상상하던 것보다도 더 무정하여졌다. 그는 하는 수 없이 밤이 될 때까지 그 근처 산 속으로 돌아다녔다. 그래서 깊은 밤에 촌으로 내려왔다. 그는 그 방앗간을 다시 지나갔다. 석 달 전 생각이 났다. 자기가 여기서 잡혀갔다는 것을 생각할 때 더욱 억울하고 분한 생각이 치밀어 올랐다. 그는 한참이나 거기 서서 그때 일을 생각하고 몸서리를 친 후에 다시 그전 집을 찾아갔다.

날이 몹시 추워지고 눈이 쌓였다. 옷은 입은 것이 가을에 입고 감옥에 들어갔던 그것이므로 살을 에는 듯한 것이로되 그는 분한 생각과 흥분된 마음에 그것도 몰랐다.

'년놈을 모두 처치해 버려?' 혼자 속으로 궁리를 하다가 '그렇지, 그까짓 것들은 살려 두어 쓸데없는 인생들이야' 하면서 옆구리에 지른 기름한 단도를 다시 만져 보았다. 그는 감격스런 마음으로 그것을 쓰다듬었다.

그는 신치규의 집 울을 넘어 들어갔다. 그의 발은 전에 다닐 적같이 익숙하였다. 그는 사랑을 엿보고 다시 뒤로 돌아서 건넌방 창 밑에 와 섰다. 귀를 기울였으나 아무 말도 들리지 않았다. 그는 손에 칼을 빼들었다. 그리고는 일부러 뒤 창문을 달각달각 흔들었다.

"그 뉘?"

하고 계집의 머리가 쑥 나오며 문이 열리었다. 그는 얼른 비켜 섰다. 문은 다시 닫혀지고 계집은 들어갔다.

방원의 마음은 이상하게 동요가 되었다. 예쁜 계집의 목소리가 오래간만에 귀에 들릴 때, 마치 자기가 감옥에서 꿈을 꿀 적 모양으로 요염하고도 황홀하게 그의 마음을 꾀는 것 같았다. 그는 꿈속에서 다시 만난 것 같고 오래간만에 그를 만나 보매 모든 결심은 얼음같이 녹는 듯하였다. 그래도 계집이 설마 나를 영영 잊어버리랴 하고 옛날의 정리를 생각할 때 그것이 거짓말이 아니고 무엇이랴는 생각이 났다.

아무리 자기를 감옥에까지 가게 하였다 하더라도 그는 감히 칼을 들어 죽이려는 용기가 단번에 나지 않아서 주저하기 시작하였다.

'아니다, 다시 한 번만 물어 보자!' 그는 들었던 칼을 다시 집고 생각하였다. '거짓말이다. 거짓말이다! 그럴 리가 없다.' 그는 반신반의하였다. '그렇다. 한 번만 다시 물어 보고 죽이든 살리든 하자!'

그는 다시 문을 달각달각하였다. 계집은 이번에 다시 문을 열고 사면을 둘러보더니 헌 짚신짝을 신고 나왔다.

"뉘요?"

그는 방원이 서 있는 길모퉁이를 돌아서려 할 제,

"내다!"

하고 입을 틀어막고 칼을 가슴에 대었다.

"떠들면 죽어!"

방원은 계집의 입을 수건으로 틀어막고 결박을 한 후 들처업고서 번개같이 달음질하였다. 그는 어느 결에 계집을 업어다가 물레방아 앞에 내려 놓은 후 결박을 풀었다. 그리고 한숨을 쉬었다.

"나를 모르겠니?"

캄캄한 그믐밤에 얼굴을 바짝 계집의 코앞에 들이대었다. 계집은 얼굴을 자세히 보더니,

"아!"

소리를 지르더니 뒤로 물러섰다.

"조금도 놀랄 것이 없다. 오늘 네가 내 말을 들으면 살려 줄 것이요, 그렇지 않으면 이것이야!"

하고 시퍼런 칼을 들이대었다. 계집은 다시 태연하게,

"말요? 임자의 말을 들으렬 것 같으면 벌써 들었지요, 이때까지 있겠소? 임자도 남의 마음을 알 거요. 임자와 나와 이 년 전에 이곳으로 도망해 올 적에도 전 남편이 나를 죽이겠다고 허리를 찔러 그 흠이 있는 것을 날마다 밤에 당신이 어루만지었지요? 내가 그까짓 칼쯤을 무서워서 나 하고 싶은 것을 못한단 말이오? 힝, 이게 무슨 비겁한 짓이오, 사내자식이. 자! 찌르려거든 찔러 보아요. 자, 자."

계집은 두 가슴을 벌리고 대들었다. 방원은 너무 계집의 태도가 대담하므로 들었던 칼이 도리어 뒤로 움찔할 만큼 기가 막혔다. 그는 무의식중에,

"정말이냐?"

하고 한 걸음 더 가까이 나섰다.

"정말이 아니고? 내가 비록 여자이지마는 당신같이 겁쟁이는 아니라오! 이것이 도무지 무엇이오?"

계집은 그래도 두려웠던지 방원의 손에 든 칼을 뿌리쳐 땅에 떨어뜨렸다.

이 칼이 땅에 떨어지자 방원은 이때까지 용사와 같이 보이던 계집이 몹시 비겁스럽고 더러워 보이어 다시 칼을 집어들고 덤비었다.

"에잇! 간사한 년! 어쩔 터이냐? 나하고 당장에 멀리 가지 않을 터이냐? 자아, 가자!"

그는 눈물이 어린 눈으로 타일러 보기도 하고 간청도 하여 보았다.

"자아, 어서 옛날과 같이 나하고 멀리멀리 도망을 가자! 나는 참으로 나의 칼로 너를 죽일 수는 없다!"

계집의 눈에는 독이 올라왔다. 광채가 어두운 밤에 번개같이 번쩍거리며,

"싫어요. 나는 죽으면 죽었지 가기는 싫어요. 이제 나는 고만 그렇게 구차하고 천한 생활을 다시 하기는 싫어요. 고만 물렸어요."

"너의 입으로 정말 그런 말이 나오느냐? 너는 나를 우리 고향에 다시 돌아가지도 못하게 만들어 놓고 나의 모든 것을 다 잃어버리게 한 후에 또 나중에는 세상에서 지옥이라고 하는 감옥소에까지 가게 하였지! 그러고도 나의 맨마지막 원을 들어주지 않을 터이냐?"

"나는 언제든지 당신 손에 죽을 것까지도 알고 있소! 자! 오늘 죽으나 내일 죽으나 언제든지 죽기는 일반, 이렇게 된 이상 나를 죽이시오."

"정말이냐? 정말이야?"

"정말요!"

계집은 결심한 뜻을 나타내었다. 방원의 손은 떨리었다. 그리고 그는 눈을 꼭 감고,

"에, 여우 같은 년!"

하고 칼끝을 계집의 옆구리를 향하고 힘껏 내밀었다. 계집은 이를 악물고,

"사람 죽인다!"

소리 한번에 그 자리에 거꾸러졌다. 칼자루를 든 손이 피가 몰리는 바람에 우루루 떨리더니 피가 새어 나왔다. 방원은 그 칼을 빼어들더니 계집 위에 거꾸러져서 가슴을 찌르고 절명하여 버렸다.

作品 줄거리

마을에서 가장 부자요, 세력 있는 신치규는 달이 유난히 밝은
어느 가을밤, 물레방앗간에서 젊은 여자(방원의 아내)를 꾀고
있다. 대를 이을 자식을 하나 낳아주면 자신의 재물 모두를
주겠다는 말로 방원의 아내를 꾄 것이다. 신치규의 집에서 머
슴살이를 하던 방원은 신치규로부터 돌연 자기 집에서 나가

달란 말을 듣고는 쫓겨날 신세가 된다. 아무리 애걸을 해봐도 소용이 없자 방원은
아내에게 안주인 마님께 사정 얘기를 해보라고 하지만, 아내는 오히려 앞으로 자기
를 어떻게 먹여 살릴 거냐며 앙탈을 부린다. 이 일로 잔뜩 화가 나 있던 방원은 아내
와 크게 다투고 밖으로 뛰쳐나간다.

그날밤 술에 얼큰하게 취해 돌아온 방원은 아내에게 사과할 생각이었지만, 아
내는 집에 없고 옆집 아주머니로부터 아내가 단장을 하고 물레방앗간 근처로 가더
라는 소리를 듣는다. 이에 방원이 물레방앗간으로 돌아들자 아내가 신치규와 함께
물레방앗간에서 나오는 장면을 목격하게 된다. 가난에 지친데다 윤리 의식도 희미
했던 그의 아내가 안락한 생활을 약속하는 신치규의 유혹에 넘어갔던 것이다. 그들
은 방원을 보고 당황했으나, 잠시 후 오히려 큰소리를 치며 훈계까지 하고 나선다.

이에 격분한 방원은 어제까지의 상전이란 생각에 한동안 주저하다가 끝내 신치
규의 멱살을 잡고 넘어뜨린 후 목을 누른다. 방원은 신치규를 때려 부상을 입히게 되
고, 그 때문에 상해죄로 투옥되는 신세가 된다. 석 달이 지나고 상해죄로 감옥에서 복
역한 방원은 출옥했지만, 그 동안 신치규는 방원의 아내를 차지하고 만족해한다. 방
원은 출옥한 후 분한 생각에 신치규와 아내를 죽이려고 신치규의 집으로 숨어든다.

그러나 본디 마음이 약하고 다정한 터라, 막상 아내의 목소리를 듣자 마음이 흔

들린 그는 아내를 붙잡아 물레방앗간으로 데리고 가서 함께 도망치자고 애원한다. 그렇지만 이미 방원에게서 마음이 떠난 아내는 같이 도망가자는 그의 청을 거절한다. 이에 방원은 격분하여 아내를 찔러 죽이고 자신도 자살하고 만다.

「벙어리 삼룡이」와 함께 나도향의 대표작인 이 소설은 주인에게 아내를 빼앗긴 소작인이 아내를 죽이고 자신도 죽고 만다는 비극적인 내용을 담고 있습니다. 그래서 이야기는 주인공 '이방원'과 그의 아내, 그리고 그들 부부의 죽음에 불씨가 된 주인 '신치규', 이 세 사람의 삼각 관계를 중심으로 전개됩니다.

이 소설의 주인공인 이방원은 지주인 신치규의 집에서 막실살이를 하며 가난하게 살아가는 소작인으로, 단순 무식하고 자기 감정에 솔직한 인물입니다. 그래서 아내와 자주 싸움을 일으키지만 아내를 무척이나 아낀답니다.

한편, 그의 아내는 스물두 살의 젊은 나이로, 갖고 싶은 것은 무슨 일이 있어도 가져야 직성이 풀리는 여자입니다. 그녀에겐 윤리적 관념이라든지, 사람들과의 믿음이나 신의 같은 것이 별로 중요하지가 않습니다. 오직 자신이 맘먹은 것을 어떻게 해서라도 손에 넣는 것이 최고의 관심사죠.

그런데 어느 날, 이들 부부의 상전인 신치규가 젊고 요염하게 생긴 방원의 처에게 흑심을 품고 유혹합니다. 다음 인용문은 신치규가 방원의 처를 물레방앗간으로 몰래 불러내서 하는 말입니다. 이 장면에는 그가 돈으로 그녀를 차지하려는 음흉한 속셈이 잘 드러나 있죠.

반어(irony) 겉으로 드러난 말과 실질적인 의미 사이에 상반 관계가 있는 말을 뜻한다. 기교로서는 어떤 말의 뜻과 반대되는 뜻으로 문장의 의미를 강하게 전달하는 것을 이른다.

결말 전통적인 플롯의 개념으로 한 편의 서사물(소설)을 설명할 때 그 마지막 단계에 해당하는 것으로, 끝·종결·대단원 등의 용어가 사용되기도 한다. 일반적으로, 결말은 팽팽한 플롯 구조를 지니고 있는 단편소설에서 분명하게 드러나며, 작품이 지닌 중심 의미를 효과적으로 부각시키는 기능을 수행한다. 장편소설에서는 이런 기능들이 다소 느슨해지거나 그 앞의 단계와 크게 차이가 나지 않는 경우가 많다. 작품의 성공적 결말은 그 작품이 지닌 의미를 효과적으로 드러나게 함으로써 독자에게 선명한 '인상'을 남겨 주어 작품의 가치를 알게 해 준다.

네가 허락만 하면 무엇이든지 네가 하고 싶다는 것을 내가 전부 해 줄 터이란 말야. 그까짓 방원이 녀석하고 네가 몇백 년 살아야 언제든지 막실 구석을 면하지 못할 터이니……. 허허, 사람이란 젊어서 호강해 보지 못하면 평생 한번 하어 보지 못하고 죽을 것이 아니냐. 내가 말하는 것이 조금도 잘못하는 것이 없느니라!

이러한 신치규의 제안을, 원래 부정한 성격이 다분한 그녀는 별다른 고민 없이 쉽게 받아들입니다. 깊이 생각할 것도 없이, 가난한 방원보다는 돈 많은 신치규를 선택하는 것이 자신이 앞으로 더 편하게 살 수 있기 때문이죠. 음흉한 신치규가 돈으로 그녀의 몸을 탐했다면, 그녀 역시 자기 몸을 팔아서라도 편한 생활을 누리려고 합니다. 돈을 매개로 서로 거래한 거죠.

그녀와 추잡한 거래가 이루어지자, 신치규는 곧 방원을 일방적으로 내쫓으려 하고, 속사정을 전혀 모르는 방원은 그러한 주인의 부당한 처사에 속수무책으로 당하고 맙니다. 왜냐하면 그는 이 집에 빌붙어 사는 충직한 머슴이었기 때문이죠. 이러한 방원의 모습은 당시 우리나라의 봉건적인 사회상을 잘 보여주고 있습니다.

주인에게 항의도 제대로 못 해본 그는 아내에게 사정을 해보라고 하다가, 앙탈을 부리는 아내와 크게 싸웁니다. 그들 부부의 싸움의 주요 원인은 '가난'이었고, 결국은 돈 문제였습니다. 쫓겨날 처지에 놓인 방원은 이런 아내의 앙탈에 더욱 화가 치밀어서 손찌검을 하고 난 후, 술로 격한 감정을 풀면서 혼자 푸념하지요.

"빌어먹을 놈! 나가라면 나가지 무서운가? 제 집 아니면 살 곳이 없는 줄 아는 게로군! 흥, 되지 않게 다 무엇이냐? 돈만 있으면 제일이냐? 이놈, 네가 그러다가는 이 주먹맛을 언제든지 볼라. 그대로 곱게 뒈질 줄 아니?"

자신이 부당하게 쫓겨나게 된 것이 돈 때문이었고, 아내가 그렇게 포악하게 앙탈을 부려대는 것도 돈 때문이었죠. 그런데 자기 신세를 한탄하며 술에 취해 돌아온 그는 물레방앗간에서 자기 아내와 상전인 신치규가 함께 나오는 것을 보게 됩니다. 그는 그제야 그들의 부정한 관계와, 자기가 왜 갑자기 내쫓기게 되었는지 이유를 알게 됩니다.

이런 상황에서 그는 무엇보다도 자기 아내가 자기를 배신하고 주인 늙은이와 놀아난 것을 참을 수가 없었고, 오히려 자기에게 훈계하는 파렴치한 신치규에 대한 분노가 폭발해 그를 폭행하고 맙니다. 이제 신치규는 자기의 상전이 아니라 원수입니다. 아무리 그의 마음속에 주인에 대한 복종심이 깊이 박혀 있어도, 당장 내쫓기게 되고 거기다 자기 아내까지도 빼앗기게 된 상황에서 그의 행동은 당연한 것이었습니다.

이 사건으로 그는 석 달을 감옥에서 살면서, 자기가 느닷없이 집에서 내쫓기고 자기 아내가 신치규에게 돌아선 이 모든 일들이 돈이 없기 때문에 일어난 것이라는 결론에 도달합니다. 그러면서 악랄하고 탐욕스러운 신치규와 자기 아내에게 복수의 칼을 갑니다. 그는 출옥하자, 다시 아내의 마음을 되돌리려고 위협하기도 하고 눈물을 흘리며 매달려 보지만, 아내는 방원의 애원을 매정하게 거절하죠. 그녀에게는 부부로 살았던 감정이나 인간의 도리보다 자신이 현재 누리고 있는 편안한 생활이 더욱 중요했으니까요. 방원의 아내가 방원을 배신하는 일이나, 신치규가 방원의 아내를 차지하고도 전혀 죄책감을 가지지 않는 모습들은 돈 때문에 나타나는 인간의 추악한 모습들입니다. 방원은 아내의 마음을 되돌릴 수 없게 되자, 질투와 분노가 극도에 달해 결국 그녀를 칼로 찔러 죽입니다. 그리고 자기도 그 칼로 자진하지요. 방원과 아내의 죽음은 지나친 욕망을 이루기 위한 윤리적인 타락이 불러온 비극이었습니다.

이 소설은 금전 만능주의 혹은 배금사상에 의해 상실된 인간성의 문제와 인간의 본능적인 성정을 그린 작품이라 할 수 있습니다. 즉, 오십 중반을 넘어선 신치규가 젊은 방원의 아내를 욕심 내고, 사랑하는 아내에게 배신당한 방원이 야수처럼 질투와 복수의 칼날을 드러내고, 물질적인 욕심으로 늙은이의 첩이 되는 방원의 처는 모두 본능적인 충동에 사로잡힌 사람들이죠.

이들은 욕심을 채우기 위해 도덕적인 규범은 무시합니다. 그래서 삼각 관계가 벌어지고, 결국 애욕에 눈이 먼 방원이 실리를 좇아 신치규에게로 간 아내를 죽이기에 이릅니다. 우리는 이 소설을 통해서 일제 식민 통치 당시 우리나라 농촌 사람들의 가난한 삶과 성 윤리 의식이 변질, 거기에서 파생된 갈등이 끝내 죽음을 불러오는 비극적 과정을 생생히 목격할 수 있습니다.

Open Book Test

1 이 작품은 비극적인 결말로 끝납니다. 그 비극의 주된 원인은 무엇일까요?

2 이 작품에서 보는 당시의 사회악은 무엇인지 생각해 봅시다.

3 「물레방아」에 나오는 이방원과 그의 아내가 각각 어떤 인물형인지 생각해 봅시다.

4 이 소설에서 주제로 삼고 있는 인간 본성의 한 측면은 무엇일까요?

5 물질 앞에서 변화하는 인간성에 대해 이야기해 봅시다.

구성

발단 신치규는 자기 집 막실에 사는 이방원의 아내를 탐낸다.

전개 신치규는 이방원의 아내를 유혹한다.

위기 이방원은 신치규와 아내가 물레방앗간에서 나오는 것을 목격한다.

절정 이방원은 자기 아내를 두둔하는 신치규를 구타한 뒤, 상해죄로 구속되어 석 달간 복역하게 된다.

결말 출감한 이방원은 아내를 찾아가 본심을 물어본다. 함께 도망치자는 자신의 간청을 거절하는 아내를 살해하고, 자신도 자살한다.

핵심 정리

갈래 단편소설

배경 1920년대의 농촌

주제 도덕성이 결여된 물질 만능 주의와 방원 부부의 비극적 운명

인간의 원초적인 애욕에 얽힌 비극적 현실

시점 전지적 작가 시점

구성 순행적 구성

문체 서정적 건조체

작중인물의 성격

이방원 지주 신치규의 집에서 막실살이를 하는 우직한 농사꾼으로, 이 소설의 비극적인 주인공. 마음이 약하고 다정하지만, 충동적으로 일을 벌이는 인물. 또한 마음속엔 상전을 두려워하는 봉건적 관념이 뿌리 깊이 박힌 인물.

아내 젊고 요염한 창부형의 여자로, 물질적인 욕구 때문에 남편을 배신하고 신치규와 같이 사는 인물. 끝내는 남편 방원에게 살해됨.

신치규 지주이며 세력가. 나이 오십이 넘은 탐욕스러운 늙은이.

동백꽃

김유정 金裕貞

하루는 우리 수탉을 붙들어 가지고 넌지시 장독께

로 갔다. 쌈닭에게 고추장을 먹이면 병든 황소가

살무사를 먹고 용을 쓰는 것처럼 기운이 뻗친다

한다. 장독에서 고추장 한 접시를 떠서 닭 주둥아

리께로 들이밀고 먹여 보았다.

김유정은 1908년 강원도 춘성군에서 8남매 중 막내로 태어났습니다. 그는 유년 시절에 부모님을 여의고 누이들의 손에서 자라났습니다. 집안살림을 도맡은 형의 방탕으로 천석지기였던 그의 집안이 순식간에 풍비박산하는 바람에, 매우 불우한 시절을 보내야 했습니다.

1929년 휘문고보를 졸업하고 연희전문학교 문과에 입학한 그는, 결국 생활고와 질병으로 학교를 중퇴한 뒤 고향에 돌아와, 그만의 독특한 문학 세계를 펼치게 됩니다.

1935년 《조선일보》 신춘문예에 「소낙비」가, 같은 해 《조선중앙일보》에 「노다지」가 당선되면서 왕성한 창작 활동을 시작합니다. 그리고 순수문예 단체인 '구인회' 회원으로 활동하기도 하죠.

그는 작가 생활을 한 지 불과 2년 동안에 「금 따는 콩밭」·「만무방」·「산골」·「가을」·「동백꽃」·「따라지」·「봄봄」 등 30여 편의 단편을 발표하는데, 한국 농촌의 어둡고 비참한 현실을 해학적으로 그려낸 작가로 인정을 받기에 이릅니다. 그러나 떨쳐낼 수 없는 가난과 폐결핵으로 고생하다가 1937년 스물아홉 살의 젊은 나이로 사망하고 맙니다.

●

김유정은 농촌의 현실을 해학적으로 표현해 그만의 독특한 문학 세계를 이루었다
(1908~1937)

김유정의 작품 특징으로 무엇보다도 등장 인물들의 해학성을 꼽을 수 있습니다. 대개 모자라고 어수룩한 인물, 불우하고 무지한 인물들이 등장하는데, 그들이 겪는 삶의 애환은 비참함에도 불구하고 웃음을 자아냅니다. 그리고 구수한 토속어를 자유롭게 구사하면서 '최적의 장소에 최적의 말을 배치하는' 정확하고 치밀한 문장으로 한결 소설 읽는 재미를 느끼게 합니다.

그의 초기 작품들은 1930년대 일제 식민지하의 어둡고 삭막한 농촌 현실을 따뜻한 연민의 시선으로 그려내고 있는데요, 대표적인 작품으로는 「동백꽃」·「봄봄」·「산골」 등을 들 수 있죠. 이 작품들은 주로 순박하고 우직한 농촌 사람들의 생활에 대한 애정을 보여주고 있답니다.

그러나 후기 작품들은 초기의 목가적 세계에서 벗어나 농촌의 비참한 현실을 그리고 있어요. 「만무방」·「소낙비」·「가을」 등의 작품들에는 작가 특유의 해학성과 더불어 농촌 사회의 가난하고 비참한 생활이 무게 있게 그려지고 있죠. 그의 인물들이 엉뚱하고 모자란 행동들로 독자들에게 선사하는 웃음은 단순히 흘려 버릴 유쾌한 웃음이 아니라, 당시 농촌의 문제를 깊이 생각해 보게 하는 뼈 있는 웃음이라

●

1936년 《조광》 5월호에 실린 「동백꽃」의 첫 부분

할 수 있습니다.

먹을 것을 가지고 부녀지간에 원수 같은 감정을 느끼거나(「떡」), 지주에게 소작료를 물지 않기 위해 자기가 1년 동안 농사지은 논의 벼를 훔치며(「만무방」), 일본인 의사의 실험 대상으로 쓰이는 줄도 모르고 아내의 병든 몸이 팔리기를 바라는 암담한 현실(「땡볕」) 등이 웃음의 겉옷에 감추어진 채 현실을 생생하게 그려내고 있기 때문이지요. 바로 이 점이 김유정만의 독특한 문학 세계입니다.

읽기 전에 생각하기

「동백꽃」은 토속적인 아름다움이 가장 잘 나타난 작품이라고 언급되는 작품입니다. 농촌에 사는 사춘기 소년소녀가 서로 사랑하게 되는 사건이 주된 내용이죠. 때문에 이 작품을 성장소설이라고 볼 수도 있답니다. 특히 여러 번의 닭싸움을 보여주면서 이를 통해 두 사람 사이의 갈등이나 화해가 이루어지는 심리적 전개가 소설적 재미를 더해 주고 있지요.

하지만 무엇보다도 이성에 대한 호기심이 늘어나는 사춘기를 맞은 두 소년소녀들이 동백꽃 향기 속에서 펼쳐 보이는 사랑의 감정이 신선하게 그려지고 있다고 해야겠지요.

오늘도 또 우리 수탉이 막 쫓기었다. 내가 점심을 먹고 나무를 하러 갈 양으로 나올 때이었다. 산으로 올라서려니까 등뒤에서 푸드득 푸드득하고 닭의 횃소리가 야단이다. 깜짝 놀라서 고개를 돌려보니 아니나다르랴, 두 놈이 또 얼리었다.

　　점순네 수탉(대강이가 크고 똑 오소리같이 실팍하게 생긴 놈)이 덩저리 작은 우리 수탉을 함부로 해내는 것이다. 그것도 그냥 해내는 것이 아니라 푸드득하고 면두를 쪼고 물러섰다가 좀 사이를 두고 또 푸드득하고 모가지를 쪼았다. 이렇게 멋을 부려 가며 여지없이 닦아 놓는다. 그러면 이 못생긴 것은 쪼일 적마다 주둥이로 땅을 받으며 그 비명이 킥킥 할 뿐이다. 물론 미처 아물지도 않은 면두를 또 쪼이어 붉은 선혈은 뚝뚝 떨어진다.

　　이걸 가만히 내려다보자니 내 대강이가 터져서 피가 흐르는 것같이 두 눈에 불이 번쩍 난다. 대뜸 지게 작대기를 메고 달려들어 점순네 닭을 후려칠까 하다가 생각을 고쳐먹고 햇매질로 떼어만 놓았다.

이번에도 점순이가 쌈을 붙여 왔을 것이다. 바짝바짝 내 기를 올리느라고 그랬음에 틀림없을 것이다.

고놈의 계집애가 요새로 접어들어서 왜 나를 못 먹겠다고 그렇게 으르렁거리는지 모른다.

나흘 전 감자 쪼각만 하더라도 나는 저에게 조금도 잘못한 것은 없다.

계집애가 나물을 캐러 가면 갔지 남 울타리 엮는 데 쌩이질을 하는 것은 다 뭐냐. 그것도 발소리를 죽여 가지고 등뒤로 살며시 와서,

"애! 너 혼자만 일하니?"

하고 긴치 않은 수작을 하는 것이다.

어제까지도 저와 나는 이야기도 잘 않고 서로 만나도 본척만척하고 이렇게 점잖게 지내던 터이련만 오늘로 갑작스레 대견해졌음은 웬일인가. 항차 망아지만한 계집애가 남 일하는 놈 보구……

"그럼 혼자 하지 떼루 하듸?"

내가 이렇게 내배앝는 소리를 하니까,

"너 일하기 좋니?"

또는,

"한여름이나 되거든 하지 벌써 울타리를 하니?"

잔소리를 두루 늘어놓다가 남이 들을까 봐 손으로 입을 틀어막고는 그 속에서 깔깔댄다. 별로 우스울 것도 없는데 날씨가 풀리더니 이놈의 계집애가

미쳤나 하고 의심하였다. 게다가 조금 뒤에는 제 집께를 할끔할끔 돌아보더니 행주치마의 속으로 꼈던 바른손을 뽑아서 나의 턱밑으로 불쑥 내미는 것이다. 언제 구웠는지 아직도 더운 김이 홱 끼치는 굵은 감자 세 개가 손에 뿌듯이 쥐였다.

"느 집엔 이거 없지?"

하고, 생색 있는 큰소리를 하고는 제가 준 것을 남이 알면 큰일날 테니 여기서 얼른 먹어 버리란다. 그리고 또 하는 소리가,

"너 봄감자가 맛있단다."

"난 감자 안 먹는다, 너나 먹어라."

나는 고개를 돌리지 않고 일하던 손으로 그 감자를 도로 어깨 너머로 쓱 밀어 버렸다.

그랬더니 그래도 가는 기색이 없고 뿐만 아니라 쌔근쌔근하고 심상치 않게 숨소리가 점점 거칠어진다. 이건 또 뭐야 싶어서 그때에야 비로소 돌아다보니 나는 참으로 놀랐다. 우리가 이 동리에 들어온 것은 근 삼 년째 되어 오지만 여태껏 가무잡잡한 점순이의 얼굴이 이렇게까지 홍당무처럼 새빨개진 법이 없었다. 게다 눈에 독을 올리고 한참 나를 요렇게 쏘아보더니 나중에는 눈물까지 어리는 것이 아니냐. 그리고 바구니를 다시 집어들더니 이를 꼭 아물고는 엎어질 듯 자빠질 듯 논둑으로 횡하게 달아나는 것이다.

어쩌다 동리 어른이,

"너 얼른 시집을 가야지?"

하고 웃으면,

"염려 마세유, 갈 때 되면 어련히 갈라구유!"

이렇게 천연덕스레 받는 점순이었다. 본시 부끄러움을 타는 계집애도 아니려니와 또한 분하다고 눈에 눈물을 보일 얼병이도 아니다. 분하면 차라리 나의 등허리를 바구니로 한 번 모지게 후려 때리고 달아날지언정.

그런데 고약한 그 꼴을 하고 가더니 그 뒤로는 나를 보면 잡아먹으려고 기를 복복 쓰는 것이다.

설혹 주는 감자를 안 받아먹은 것이 실례라 하며, 주면 그냥 주었지 '느 집엔 이거 없지'는 다 뭐냐. 그러잖아도 저희는 마름이고 우리는 그 손에서 배재를 얻어 땅을 부치므로 일상 굽실거린다. 우리가 이 마을에 들어와 집이 없어서 곤란으로 지낼 제, 집터를 빌리고 그 위에 집을 또 짓도록 마련해 준 것도 점순네의 호의였다. 그리고 우리 어머니 아버지도 농사 때 양식이 딸리면 점순네한테 가서 부지런히 꾸어다 먹으면서 인품 그런 집은 다시없으리라고 침이 마르도록 칭찬하곤 하는 것이다. 그러면서도 열일곱씩이나 된 것들이 수군수군하고 붙어 다니면 동리의 소문이 사납다고 주의를 시켜 준 것도 또 어머니였다. 왜냐하면 내가 점순이하고 일을 저질렀다가는 점순네가 노할 것이고, 그러면 우리는 땅도 떨어지고 집도 내쫓기고 하지 않으면 안 되는 까닭이었다. 그런데 이놈의 계집애가 까닭 없이 기를 북북 쓰며 나를 말려 죽이려고 드는 것이다.

눈물을 흘리고 간 다음날 저녁나절이었다. 나무를 한 짐 잔뜩 지고 산을 내려오려니까 어디서 닭이 죽는소리를 친다. 이거 뉘집에서 닭을 잡나, 하고 점순네 울 뒤로 돌아오다가 나는 고만 두 눈이 뚱그래졌다. 점순이가 저희 집 봉당

에 홀로 걸터앉았는데 아 이게 치마 앞에다 우리 씨암탉을 꼭 붙들어 놓고는,

"이놈의 닭! 죽어라, 죽어라."

요렇게 암팡스레 패 주는 것이 아닌가. 그것도 대가리나 치면 모른다마는 아주 알도 못 낳으라고 그 볼기짝께를 주먹으로 콕콕 쥐어박는 것이다.

나는 눈에 쌍심지가 오르고 사지가 부르르 떨렸으나 사방을 한번 휘돌아보고야 그제서 점순이 집에 아무도 없음을 알았다. 잡은 참 지게 작대기를 들어 울타리의 중턱을 후려치며,

"이놈의 계집애! 남의 닭 알 못 나라구 그러니?"
하고 소리를 빽 질렀다.

그러나 점순이는 조금도 놀라는 기색이 없고 그대로 의젓이 앉아서 제 닭 가지고 하듯이 또 죽어라, 죽어라 하고 패는 것이다. 이걸 보면 내가 산에서 내려올 때를 겨냥해 가지고 미리부터 닭을 잡아 가지고 있다가 너 보란 듯이 내 앞에 쉐지르고 있음이 확실하다.

그러나 나는 그렇다고 남의 집에 뛰어들어가 계집애하고 싸울 수도 없는 노릇이고, 형편이 썩 불리함을 알았다. 그래 닭이 맞을 적마다 지게 작대기로 울타리를 후려칠 수밖에 별도리가 없다. 왜냐하면 울타리를 치면 칠수록 울섶이 물러앉으며 뼈대만 남기 때문이다. 하나 아무리 생각하여도 나만 밑지는 노릇이다.

"야, 이년아! 남의 닭 아주 죽일 터이냐?"

내가 도끼눈을 뜨고 다시 꽥 호령을 하니까 그제야 울타리께로 쪼르르 오더니 울 밖에 섰는 나의 머리를 겨누고 닭을 내팽개친다.

"에이, 더럽다! 더럽다!"

"더러운 걸 널더러 입때 끼고 있으랬니? 망할 계집애년 같으니!"

하고, 나도 더럽단 듯이 울타리께를 힝하게 돌아 내리며 약이 오를 대로 다 올 랐다라고 하는 것은 암탉이 풍기는 서슬에 나의 이마빼기에다 물찌똥을 찍 갈 겼는데 그걸 본다면 알집만 터졌을 뿐 아니라 골병은 단단히 든 듯싶다.

그리고 나의 등뒤를 향하여 나에게만 들릴 듯 말 듯한 음성으로,

"이 바보녀석아!"

"애! 너 배냇병신이지?"

그만도 좋으련만,

"애! 너 느 아버지가 고자라지?"

"뭐? 울아버지가 그래 고자야?"

할 양으로 열벙거지가 나서 고개를 홱 돌리어 바라봤더니 그때까지 울타리 위 로 나와 있어야 할 점순이의 대가리가 어디 갔는지 보이지를 않는다. 그러나 돌아서서 오자면 아까에 한 욕을 울 밖으로 또 퍼붓는 것이다. 욕을 이토록 먹 어가면서도 대거리 한마디 못하는 걸 생각하니 돌부리에 채어 발톱 밑이 터지 는 것도 모를 만치 분하고 급기야는 두 눈에 눈물까지 불끈 내솟는다.

그러나 점순이의 침해는 이것뿐이 아니다.

사람들이 없으면 틈틈이 제 집 수탉을 몰고 와서 우리 수탉과 쌈을 붙여 놓 는다. 제 집 수탉은 썩 험상궂게 생기고 쌈이라면 홰를 치는 고로 으레 이길 것을 알기 때문이다. 그래서 툭하면 우리 수탉이 면두며 눈깔이 피로 흐드르 하게 되도록 해 놓는다. 어떤 때에는 우리 수탉이 나오지를 않으니까 요놈의

계집애가 모이를 쥐고 와서 꾀어내다가 쌈을 붙인다.

이렇게 되면 나도 다른 배차를 차리지 않을 수 없었다. 하루는 우리 수탉을 붙들어 가지고 넌지시 장독께로 갔다. 쌈닭에게 고추장을 먹이면 병든 황소가 살무사를 먹고 용을 쓰는 것처럼 기운이 뻗친다 한다. 장독에서 고추장 한 접시를 떠서 닭 주둥아리께로 들이밀고 먹여 보았다. 닭도 고추장에 맛을 들였는지 거스르지 않고 거진 반 접시턱이나 곧잘 먹는다. 그리고 먹고 금시는 용을 못 쓸 터이므로 얼마쯤 기운이 돌도록 홰 속에다 가두어 두었다.

밭에 두엄을 두어 짐 져내고 나서 쉴 참에 그 닭을 안고 밖으로 나왔다. 마침 밖에는 아무도 없고 점순이만 저희 울 안에서 헌 옷을 뜯는지 혹은 솜을 터는지 옹크리고 앉아서 일을 할 뿐이다. 나는 점순네 수탉이 노는 밭으로 가서 닭을 내려놓고 가만히 맥을 보았다. 두 닭은 여전히 얼리어 쌈을 하는데 처음에는 아무 보람이 없다. 멋지게 쪼는 바람에 우리 닭은 또 피를 흘리고 그러면서도 날갯죽지만 푸드득푸드득하고 올라 뛰고 뛰고 할 뿐으로 제법 한 번 쪼아 보지도 못한다.

그러나 한번은 어쩐 일인지 용을 쓰고 펄쩍 뛰더니 발톱으로 눈을 하비고 내려오며 면두를 쪼았다. 큰 닭도 여기에는 놀랐는지 뒤로 멈씰하며 물러난다. 이 기회를 타서 작은 우리 수탉이 또 날쌔게 덤벼들어 다시 면두를 쪼니 그제는 감때사나운 그 대강이에서도 피가 흐르지 않을 수 없었다.

옳다, 알았다. 고추장만 먹으면 되는구나 하고 나는 속으로 아주 쟁그라워 죽겠다. 그때에는 뜻밖에 내가 닭쌈을 붙여 놓는 데 놀라서 울 밖으로 내다보고 섰던 점순이도 입맛이 쓴지 눈살을 찌푸렸다.

나는 두 손으로 볼기짝을 두드리며 연방,

"잘한다! 잘한다!"

하고 신이 머리끝까지 뻗치었다.

그러나 얼마 되지 않아서 나는 넋이 풀리어 기둥같이 묵묵히 서 있게 되었다. 왜냐하면 큰 닭이 한 번 쪼인 앙갚음으로 허둘갑스레 연거푸 쪼는 서슬에 우리 수탉은 찔끔 못하고 막 굻는다. 이걸 보고서 이번에는 점순이가 깔깔거리고 되도록 이쪽에서 많이 들으라고 웃는 것이다.

나는 보다못하여 덤벼들어서 우리 수탉을 붙들어 가지고 도로 집으로 들어왔다. 고추장을 좀더 먹였더라면 좋았을걸, 너무 급하게 쌈을 붙인 것이 퍽 후회가 난다. 장독께로 돌아와서 다시 턱밑에 고추장을 들이댔다. 흥분으로 말미암아 그런지 당최 먹질 않는다. 나는 하릴없이 닭을 반듯이 누이고 그 입에다 궐련 물부리를 물리었다. 그리고 고추장 물을 타서 그 구멍으로 조금씩 들이부었다. 닭은 좀 괴로운지 킥킥 하고 재채기를 하는 모양이나 그러나 당장의 괴로움은 매일같이 피를 흘리는 데 댈 게 아니라 생각하였다.

그러나 한 두어 종지 가량 고추장 물을 먹이고 나서는 나는 그만 풀이 죽었다. 싱싱하던 닭이 왜 그런지 고개를 살며시 뒤틀고는 손아귀에서 뻐드러지는 것이 아닌가. 아버지가 볼까봐서 얼른 홰에다 감추어 두었더니 오늘 아침에서야 겨우 정신이 든 모양 같다.

그랬던 걸 이렇게 오다 보니까 또 쌈을 붙여 놓으니 이 망할 계집애가 필연 우리 집에 아무도 없는 틈을 타서 제가 들어와 홰에서 꺼내 가지고 나간 것이 분명하다.

나는 다시 닭을 잡아 가두고 염려는 스러우나 그렇다고 산으로 나무를 하러 가지 않을 수도 없는 형편이었다.

소나무 삭정이를 따며 가만히 생각해 보니 암만해도 고년의 목쟁이를 돌려놓고 싶다. 이번에 내려가면 망할 년 등줄기를 한 번 되게 후려치겠다 하고 싱둥겅둥 나무를 지고는 부리나케 내려왔다.

거지반 집에 다 내려와서 나는 호드기 소리를 듣고 발이 딱 멈추었다. 산기슭에 널려 있는 굵은 바윗돌 틈에 노란 동백꽃이 소보록하니 깔리었다. 그 틈에 끼여 앉아서 점순이가 청승맞게시리 호드기를 불고 있는 것이다. 그보다도 더 놀란 것은 그 앞에서 또 푸드득푸드득하고 들리는 닭의 횃소리다. 필연코 요년이 나의 약을 올리느라고 또 닭을 집어내다가 내가 내려올 길목에서 쌈을 시켜 놓고 저는 그 앞에 앉아서 천연스레 호드기를 불고 있음에 틀림없으리라.

나는 약이 오를 대로 다 올라서 두 눈에서 불과 함께 눈물이 픽 쏟아졌다. 나무지게도 벗어 놀 새 없이 그대로 내동댕이치고는 지게 작대기를 뻗치고 허둥허둥 달려들었다.

가까이 와 보니 과연 나의 짐작대로 우리 수탉이 피를 흘리고 거의 빈사 지경에 이르렀다. 닭도 닭이려니와 그러함에도 불구하고 눈 하나 깜짝 없이 고대로 앉아서 호드기만 부는 그 꼴에 더욱 치가 떨린다. 동리에서도 소문이 났거니와 나도 한때는 걱실걱실히 ^{서글서글하고 활발한 모양} 일 잘하고 얼굴 예쁜 계집애인 줄 알았더니 시방 보니까 그 눈깔이 꼭 여우새끼 같다.

나는 대뜸 달겨들어서 나도 모르는 사이에 큰 수탉을 단매로 때려 엎었다. 닭은 푹 엎어진 채 다리 하나 꼼짝 못하고 그대로 죽어 버렸다. 그리고 나는 멍하니 섰다가 점순이가 매섭게 눈을 홉뜨고 닥치는 바람에 뒤로 벌렁 나자빠졌다.

"이놈아! 너 왜 남의 닭을 때려죽이니?"

"그럼 어때?"

하고 일어나다가,

"뭐 이 자식아! 누 집 닭인데?"

하고 복장을 떼미는 바람에 다시 벌렁 자빠졌다. 그리고 나서 가만히 생각하니 분하기도 하고 무안도 스럽고, 또 한편 일을 저질렀으니 이젠 땅이 떨어지고 집도 내쫓기고 해야 될는지 모른다.

나는 비슬비슬 일어나며 소맷자락으로 눈을 가리고는 얼김에 엉, 하고 울음을 놓았다. 그러다 점순이가 앞으로 다가와서,

"그럼, 넌 이 담부턴 안 그럴 테냐?"

하고 물을 때에야 비로소 살길을 찾은 듯싶었다. 나는 눈물을 우선 씻고 뭘 안 그러는지 명색도 모르건만,

"그래!"

하고 무턱대고 대답하였다.

"요담부터 또 그래 봐라, 내 자꾸 못살게 굴 테니."

"그래 그래, 인젠 안 그럴 테야."

"닭 죽은 건 염려 마라. 내 안 이를 테니."

그리고 뭣에 떠다 밀렸는지 나의 어깨를 짚은 채 그대로 픽 쓰러진다. 그 바람에 나의 몸뚱이도 겹쳐서 쓰러지며 한창 피어 퍼드러진 노란 동백꽃 속으

로 푹 파묻혀 버렸다.

알싸한, 그리고 향긋한 그 냄새에 나는 땅이 꺼지는 듯이 온 정신이 그만 아찔하였다.

"너 말 마라!"

"그래!"

조금 있더니 요 아래서,

"점순아! 점순아! 이년이 바느질을 하다 말구 어딜 갔어?"

하고 어딜 갔다 온 듯싶은 그 어머니가 역정이 대단히 났다.

점순이가 겁을 잔뜩 집어먹고 꽃 밑을 살금살금 기어서 산 아래로 내려간 다음 나는 바위를 끼고 엉금엉금 기어서 산 위로 치빼지 않을 수 없었다.

어느 날, 열일곱 살 동갑내기인 점순이가 치마폭에 감자를 숨겨와서는 '나'에게 넌지시 내미는 걸 뿌리친다. 이상한 낌새에 뒤를 돌아본 '나'는 쌔근쌔근하고 독이 오른 그녀가 나를 쳐다보다가 나중에는 눈물까지 흘리는 것을 보고 깜짝 놀랐다. 그때부터 그녀는 온갖 방법으로 '나'를 못살게 굴기 시작한다. 특히 그녀는 자기 집 봉당에 홀로 걸터앉아서 우리 집 씨암탉을 붙들어 놓고 때리거나, 걸핏하면 자그마한 우리 집 수탉을 잡아다가 힘상궂고 억센 자기네 수탉과 싸움을 붙인다. '나'는 우리 집의 닭을 번번이 혼내 주는 그녀에게 화가 치밀지만 마름의 딸인 그녀를 혼내 줄 수도 없는 처지이다.

한번은 닭싸움에서 늘 지고 있는 우리 집 닭이 힘을 내도록 고추장을 먹여서 용을 쓸 때까지 기다려 점순네 닭과 싸움을 붙였는데, 비록 우리 닭이 발톱으로 점순네 닭의 눈을 후볐지만 점순네 닭이 한번 쪼인 앙갚음으로 우리 닭을 쪼으는 바람에 허사로 돌아갔다.

그러던 하루는 점순이가 싸움을 붙일 것을 미리 알고는 우리 닭을 잡아다가 가두고 나무하러 갔다. '나'가 나무를 해 가지고 내려오는데, 점순이가 자기 집 닭과 우리 집 닭을 또 싸움을 붙여 놓고서는 천연덕스럽게 호드기를 불고 있었다. 약이 오른 '나'는 지게 막대기로 점순이네 큰 수탉을 때려 죽였다. 그 일로 해서 '나'는 우리 집이 내쫓기게 될지도 모른다는 생각에 그만 울음을 터뜨리고 만다.

그런 '나'를 본 점순이는 말만 잘 들으면 이르지 않겠다면서, 내 몸을 왈칵 끌어당겼다. 우리는 한창 흐드러지게 핀 동백꽃 속으로 쓰러졌다. 동백꽃 속에 함께 파묻힌 '나'는 동백꽃의 향긋한 냄새에 순간 정신이 아찔해진다.

작품 해설

이 소설은 향토색 짙은 농촌을 배경으로, 사춘기 소년소녀들이 갖는 애정을 해학적으로 그리고 있습니다. '나'와 점순이가 보여주는 사랑 이야기가 흐드러지게 피어 있는 동백꽃 속에서 매우 상큼하게 느껴지는 소설이지요. 또 이 소설에 등장하는 인물들의 서로 대조적인 성격과 행동들 때문에 더욱 재미있게 읽힙니다. 사춘기 시절에 이성에 대해 느끼는 사랑이라는 감정을 이렇게 상큼하고 재미있게 그려낼 수 있는 것은 분명 김유정만이 지닌 특기일 거예요.

이 소설은 주인공인 '나'가 이야기를 이끌어가고 있어요. 화자인 '나'는 열일곱 살 먹은 소년으로, 사춘기를 맞고 있답니다. 사춘기란 아이에서 어른으로 성장해 가는 시기인데, 이 시기가 되면 소년은 남자답게, 그리고 소녀는 여자답게 신체적인 변화를 겪을 뿐만 아니라, 이성을 좋아하고 사랑하는 감정이 자연스레 생기게 되죠.

여러분도 지금 혹시 어떤 이성 친구를 마음속으로 좋아하고 있지 않나요? '나'도 바로 이런 중요한 시기에 들어서 있지만, 아직 성性에 대해서는 미숙하답니다. 점순이가 감자를 가지고 와서 관심을 표시할 때에도 그 속마음을 알아채지 못할 정도니까요. 점순이가 적극적으로 다가오는데도 소극적으로 대하는 '나'의 성격은 원래 태어날 때부터 가지고 나온 천성적인 성격으로 볼 수도 있지만, 한편으로는 현실적인 신분의 문제에서 생겨난 것으로 볼 수도 있답니다.

'나'는 소작인의 아들이고, 점순이는 '나'의 아버지가 소작하는 땅을 관리하는 마름의 딸입니다. 그래서 마름인 아버지를 둔 점순이에게 잘못 보이면 내가 사는 집과 농사짓고 있는 땅을 빼앗길 수도 있으니까, 점순이를 만만하게 대할 수는 없죠. 점순이에 대한 경계심은 특히 "열일곱씩이나 된 것들이 수군수군하고 붙어 다니면 동리의 소문이 사납다"고 주의를 주시는 어머니의 말로 인해 더욱 굳어집니다. 이러한 이유로 '나'는 점순이에게 더욱 통명스럽고 소극적으로 대하게 되죠.

이에 비해, 점순이는 '나'와는 성격이 아주 대조적이랍니다. '나'를 좋아하는 그녀는 내게 은근히 말을 걸고 감자를 쥐어 주는 등 자기 감정을 표현하는 데 매우 적극적이에요. 또한, 이성에게 행동하는 걸 보면 '나'에 비해 훨씬 조숙한 편이죠. 우리는 흔히 무슨 일이든 남자가 적극적이고 여자는 수동적일 것이라 생각하지만, 이 소설에서는 오히려 정반대죠. 내성적이고 숫기 없는 '나'가 처음엔 점순이의 마음을 이해 못하고 있다가 닭싸움을 계기로 그녀의 사랑을 받아들이게 되니까요.

이처럼 작중 인물들을 가만히 들여다보면, 남자는 소극적이고 여자가 아주 적극적입니다. 마치 남녀의 성격이 뒤바뀐 것 같죠. 그래서 똑같은 젊은이들의 사랑 이야기라도 훨씬 익살스럽고 흥미롭게 느껴집니다. 이런 인물들이 속을 끓이며 사랑하는 사람에게 자기 마음을 표현하고 또 받아들이는 이야기가 이 소설의 내용이죠.

내게 맛있는 감자를 몰래 주면서 자신의 마음을 드러내다가 거절당하자 자존심

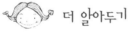
더 알아두기

구인회九人會 1933년 8월 당시 중견 작가 9명이 순수문학을 표방하면서 결성한 문학 동인회. 이효석·이종명·김기림·김유영·유치진·조용만·이태준·정지용·이무영 등이 창단 멤버였다. 창단 이후, 이종명·김유영·이효석 대신 박태원·이상·박팔양이 가담했으며, 다시 유치진·조용만이 김유정·김환태로 교체되었다. 회원 수(9명)에 변동이 없었으며, 회원 작가들이 주로 순수문학을 추구했던 이 동인 모임은 발족 후 4년 만에 해체되었다.

이 상해 버린 점순이는 이날부터 '나'를 못살게 굴기 시작합니다. 그래서 수시로 자기네 집 닭과 우리 집 닭을 싸움 붙입니다. 억센 자기네 집 닭이 약한 우리 집 닭을 잔인하게 물어뜯는 것을 구경하는 거죠. 그러면서 내게 쌓인 감정을 풀고, 또 짓궂은 행패로 '나'의 화를 계속 돋우지요. 여러분도 눈치챘다시피, 이 소설에서 사건의 가장 핵심을 이루고 있는 것이 바로 이 닭싸움이에요.

닭싸움은 '나'와 점순이 사이에서 생긴 갈등이 밖으로 드러난 중요한 사건이죠. 그래서 그것은 단순한 닭들의 싸움이 아니라, 바로 '나'와 점순이 사이에 맞부딪히는 감정들을 닭들이 몸으로써 대신 드러내 주고 있는 겁니다. 닭싸움은 이같이 서로의 마음을 속시원히 알아채지 못하는 두 사춘기 소년소녀들이 갖는 묘한 심리전이 밖으로 표현된 것이라 볼 수 있어요. '나'와 점순이의 갈등은 닭싸움을 매개로 해서 서서히 고조되어 갑니다. 닭싸움으로 '나'와 점순이가 서로 미워하는 감정이 극에 달할 때는 자못 긴장된 느낌까지 들지요.

 더 알아두기

해피엔딩 일반적으로 이야기가 우여 곡절과 반전을 거듭하면서 마침내 행복하게 끝맺음하는 것을 뜻한다. 보통 전근대적인 서사 양식에서 흔히 볼 수 있으나, 현대 소설에서는 통속 소설을 제외하고는 찾아보기 힘들다. 옛날 민담이나 이야기책에서 '잘 먹고 잘 살았더라'로 끝맺음할 때 독자들은 손뼉을 치며 즐거워했는데, 이는 선악에 대한 본능적인 보상심리를 충족시킨 결과로 볼 수 있다. 따라서 해피엔딩, 즉 행복한 결말은 사필귀정, 논공행상, 권선징악의 효과를 기대하는 작가의 의도된 결말처리 방식으로 이해할 수 있다.

'나'와 점순이 사이에 흐르는 살벌한 기운은 '나'가 점순이네 닭을 홧김에 때려 죽인 사건으로 인해 극적으로 전환되는 계기를 맞게 됩니다. 엄청난 일을 저질러 버린 '나'는 순간 자신의 행동 때문에 앞으로 벌어질 일들이 두려워서 울음을 터뜨리고 맙니다. 자기네는 점순네의 도움으로 살고 있는데, 이 사건이 알려지면 집에서도 쫓겨나고 소작하던 땅도 빼앗길 게 분명하기 때문이죠.

이때 점순이가 앞으로 자기 말대로 하면 이 일을 이르지 않겠다는 제안을 합니다. 다급한 '나'는 얼른 그 제안을 받아들입니다. 그리고 '나'는 이 위험에서 '나'를 구원해 주는 점순이가, '나'를 좋아하고 있다는 것을 알게 됩니다. 점순네 닭의 죽음으로 '나'와 점순이의 관계가 원수 같은 사이에서 사랑하는 사이로 완전히 바뀌게 된 겁니다.

그런데 닭의 죽음에서 '나'와 점순이가 보이는 반응은 너무나 대조적으로 희화화되어 나타납니다. 죽은 닭을 놓고 울음을 터뜨리는 '나'는 바보 같고 순박한 시골 소년인 데 비해, 이 기회를 놓칠세라 그들의 관계를 자기 뜻대로 끌어가기 위해 제안을 내놓는 점순이의 행동은 매우 영악해 보입니다. 그리고 그들이 순식간에 화해해 흐드러지게 핀 동백꽃 속으로 파묻히는 모습에서 우리는 웃음을 짓게 되죠.

두 사람 사이를 조마조마하게 지켜보며 가졌던 긴장감이 이 희극적인 광경을 통해 눈 녹듯이 사라지는 것을 느끼게 됩니다. 이렇게 성적性的으로 미숙한 '나'가 점순이의 사랑을 이해하고 받아들이는 부분과, 점순이 어머니가 부르는 소리를 듣고서 점순이는 산 아래로, '나'는 산 위로 내빼는 마지막 장면은 더욱 웃음을 자아냅니다. 이제 이성을 알기 시작하는 소년소녀들의 서로 사랑하는 모습이 순박하고 신선하게, 또 재미있게 묘사되고 있죠.

한편, 이 소설이 재미있게 읽히는 또 하나의 이유는 독특한 문체에 있어요. 김유정은 토속적인 어휘와 직설적인 표현을 굉장히 많이 쓰고 있습니다. 이런 언어들은 이 작품의 배경이 되는 농촌 마을을 잘 드러내 보여주기도 하고, '나'와 점순이라는 인물들의 성격과 우스꽝스런 행동을 아주 생생하게 전해 주고 있지요. 우리는 이 소설을 읽는 동안, 이런 토속적인 말투로 인해, '나'와 점순이의 사랑 이야기를 눈에 선하게 그려볼 수 있게 됩니다. 그렇다면 이런 말들을 소설 속에서 한번 살펴볼까요.

토속어 — 헷매질, 열벙거지, 봉당, 삭정이, 호드기
비속어 — 모가지, 대강이, 대가리, 물부리, 쌩이질

이 소설을 우리가 생생한 감동과 재미로 읽을 수 있는 것은 바로 이런 토속적 말들로 이루어진 문체의 역할이 아주 크지요. 이 작품의 발표가 1930년대 중반이었으니 약 70여 년이 지났네요. 그런데도 지금 우리가 읽어도 전혀 낯설다거나 낡은 느낌이 들지 않고 친근한 느낌이 드는 이유는 바로 우리 정서에 맞는 내용과 우리말을 적절하게 잘 조화시켰기 때문입니다.

김유정이 이처럼 토속어와 비속어 등을 자유롭게 구사한 것은 그가 그만큼 우리말에 대해 많은 관심과 애정을 가지고 있었으며, 또한 그것들을 적재적소에 부릴 줄 아는 탁월한 언어 감각을 가지고 있었음을 증명해 줍니다. 작가는 소설 곳곳에서 우리말이 가진 풍부한 색깔과 맛깔스러움을 의성어와 의태어로 훌륭하게 보여주고 있지요.

다음의 예문을 한번 살펴볼까요?

• 그런데 고약한 그 꼴을 하고 가더니 그 뒤로는 나를 보면 잡아먹으려고 기를 <u>복복</u> 쓰는 것이다.

• 욕을 이토록 먹어가면서도 대거리 한마디 못하는 걸 생각하니 돌부리에 채어 발톱 밑이 터지는 것도 모를 만치 분하고 급기야는 두 눈에 눈물까지 <u>불끈</u> 내솟는다.

• 거지반 집에 다 내려와서 나는 호드기 소리를 듣고 발이 <u>딱</u> 멈추었다.

• 나는 약이 오를 대로 다 올라서 두 눈에서 불과 함께 눈물이 <u>픽</u> 쏟아졌다.

• 그리고 뒷에 떠다 밀렸는지 나의 어깨를 짚은 채 그대로 <u>픽</u> 쓰러진다.

밑줄 친 단어들은 인물들의 행동을 표현해 주는 의태어죠. 이런 단어들이 쓰여서 인물들과 상황들이 더욱 생생하게 그려지게 되지요. 또 소설 속에서 이 단어들이 불어넣는 활기로 인해 이야기는 사실성이 더해지고 생생한 현장의 감동을 그대로 전하게 됩니다. 향토적인 배경 속에 좀 순박하고 어수룩한 '나'와, 이와는 대조적으로 감때사나운 점순이를 등장시켜, 이들이 엮어 내는 웃음(해학)을 토속미가 흠씬 풍기는 말투로 자연스럽게 그려낸 것은 김유정만의 재치요, 화술이라 할 수 있겠지요.

1 닭싸움의 의미는 무엇일까요?

2 '나'와 '점순이'의 성격을 비교해 볼까요?

3 '동백꽃'은 이 작품에서 어떤 배경적 역할을 할까요?

4 이 작품에서 볼 수 있는 이 작가의 일반적인 특징을 아는 대로 말해 볼까요?

5 해학적이고 골계적인 표현을 찾아봅시다.

구성	발단	닭싸움으로 자꾸 '나'의 약을 올리는 점순.
	전개	나흘 전, 감자를 준 호의를 거절당한 점순이가 '나'의 닭을 더욱 학대함.
	위기	닭에게 고추장을 먹여 싸우게 하나 소용이 없음.
	절정	빈사 지경이 된 닭을 보고 화가 나서 점순네 닭을 때려죽임.
	결말	점순이가 닭 사건을 봐 주기로 하고, 함께 동백꽃 속에 넘어져 파묻힘.

핵심 정리	갈래	단편소설, 토속적 농촌소설
	배경	1930년대 봄날, 강원도 산골의 농촌 마을
	주제	산골 젊은 소년소녀의 순박한 사랑
	시점	1인칭 주인공 시점
	구성	현재와 과거의 교차 구성(현재—과거—현재)
	문체	간결체, 사투리를 사용한 토속적 문체

| 작중인물의 성격 | 나 | 소작농의 아들로 우직하고 순박한 소년. 점순이의 관심을 이해하지 못하고 거절했다가 혼이 나며, 결국 닭싸움을 계기로 그녀의 사랑을 받아들인다. |
| | 점순이 | 마름의 딸로 깜찍하고 조숙한 소녀. '나'를 사랑해 구운 감자로 관심을 표현하지만, 그 뜻을 알아차리지 못한 '나'에게서 거절당한다. 그 뒤로 자기 집 닭과 우리 집 닭을 싸움 붙여 앙갚음을 하다가, 기어이 자신의 목적을 달성하는 적극적인 성격의 인물. '나'에 비해 매우 개성적이고 동적인 인물이다. |

김유정

문단의 뒷이야기

구렁이가 필요해! 한때 일확천금을 꿈꾸며 금광에

몰두하기도 했던 정열적인 작가 김유정! 29세에 폐결핵으로 요절하기까지 그는 불과 2년 동안의 집필 생활에서 30권의 작품을 남겼다죠? 그런 그가 어느 날, 그의 친구한테 다음과 같은 편지를 보냈다는군요.

"여보게. 내가 병에 걸려 몸이 좋지 않네. 지금 같아서는 구렁이 몇 마리만 구워 먹으면 나을 것 같아. 하지만 돈이 없네그려. 그러니 자네가 지금 읽고 있는 추리 소설이 있다면 그 중 한 권을 나한테 보내주게. 내가 그것을 좀 번역해서 출판사에 갖다 줘야겠어. 그러면 출판사에서 얼마간의 선금을 줄 게 아닌가? 그 돈으로 닭이라도 사서 고아 먹으면 당장이라도 일어날 수 있을 것 같네."

하지만 유정은 이 편지를 쓴 지 며칠 지나지 않아 병세가 악화되어 죽고 말았습니다.

니들이 쌈맛을 알아? 어느 날 유정은 배추쌈이

너무너무 먹고 싶었습니다. 한데, 때마침 그의 형수가 어디서 배추한 포기를 얻어 오는 게 아니겠어요? 근데 하필 된장이 떨어졌지 뭡니까? 하긴, 그렇게 궁색한 살림에 된장, 고추장이 있을 리 만무했겠지요. 그래도 배추쌈을 포기할 수 없었던 유정은 형수를 닦달해서 친척집으로 보냈습니다. 왜냐고요? 된장 얻어 오라고요. 그러나 그 친척집도 가난했는지 형수는 빈손으로 돌아오고 말았답니다. 이를 본 유정은 어떻게 했을까요? 쯧쯧 우리의 불쌍한 유정은 그만 펑펑 울었다고 합니다. 당시의 상황을 미루어 짐작하건대, 참 가슴 아픈 이야기군요. 우리의 문학 천재는 그렇게 죽어 가는데, 둔재가 지닌 지택의 담은 점점 더 높아서 갔으니 말예요.

동백꽃

169

감자

● 김동인 金東仁

"이 되놈, 죽어라, 이놈, 나 때렸디! 이놈아, 아이

구, 사람 죽이누나." 그는 목을 놓고 처울면서 낫

을 휘둘렀다. 칠성문 밖 외딴 밭 가운데 홀로 서

있는 왕 서방의 집에서는 일장의 활극이 일어났

다. 그러나 그 활극도 곧 잠잠하게 되었다.

금동琴童 김동인은 1900년 평양에서 대지주였던 김대윤의 차남으로 태어났습니다. 그는 1914년 일본으로 건너가 메이지 학원에서 수학했으며, 1918년에는 카와바타 미술학교에 입학했습니다. 1919년 동경에서 주요한·전영택 등과 함께 한국 최초의 문예동인지 《창조》를 창간하고, 처녀작 「약한 자의 슬픔」을 발표했습니다.

그는 「배따라기」·「감자」·「김연실전」 등 자연주의 경향의 작품과, 「광화사」·「광염 소나타」 등 유미주의·예술지상주의 경향을 보이는 작품들을 발표했으며, 드물게는 「붉은 산」처럼 민족주의적 저항정신을 담은 작품들도 발표했습니다. 1924년 첫 창작집 『목숨』을 출판했고, 1925년에는 당시 유행하던 신경향파 내지 프로문학에 맞서, 예술지상주의를 표방하며 순수문학 운동을 벌였습니다. 1930년대 이후로는 역사소설 창작에 주력해 「운현궁의 봄」·「대수양」 등의 작품을 남겼으며, 이광수에 대한 평론 「춘원연구」를 상재함으로써, 본격적인 작가론을 쓰기도 했습니다. 그는 1946년 장편소설 『을지문덕』을 연재하다가 중단했으며, 가난과 불면증, 약물 중독 등으로 내내 고통받다가, 1951년 서울에서 병사했습니다.

자연주의와 탐미주의를 지향하는 우리 문단사의 대표 작가. 1919년 출판법 위반 죄로 옥고를 겪을 무렵 (1900~1951)

김동인은 간결하고 현대적인 문체를 사용함으로써, 이광수의 소설들에 빈발하는 설교조의 문체를 극복하는 한편, 계몽주의를 뛰어넘어 근대적인 사실주의 소설로 나아가고자 했습니다.

다시 말해, 그는 이광수의 문학적 성과를 극복해야 할 하나의 과제로 인식했는데, 그의 이러한 태도는 소설의 모든 영역에 걸쳐 지극히 의식적이고 도전적으로 나타났습니다. 그는 춘원의 민족의식과 계몽주의 고취, 사회적 윤리와 도덕에 반발해, '미美'의 우월성을 강조하면서 순수문학을 지향했습니다. 《창조》의 창간은 이러한 그의 관심과 열정이 빚어낸 그릇이라 보면 되겠죠.

김동인의 작품 경향은 일반적으로 자연주의적 사실주의 혹은 유미주의라 할 수 있습니다. 자연주의적 경향의 작품으로 「배따라기」·「감자」·「발가락이 닮았다」 등이 있으며, 이 작품들에는 '유전·환경' 등이 인간의 운명에 커다란 영향을 미친다는 자연주의적 인식이 잘 반영되어 있습니다. 또한, 유미주의적 경향의 작품인 「광염소타나」·「광화사」 등에는 한 천재적 예술가의 광기와 난행을 예술의 이

서울 어린이대공원 야외음악당에 있는 김동인문학비와 동상

름으로 용서코자 하는 극단의 예술지상주의적 사고가 작동하고 있습니다. 김동인은 단편의 묘미를 체득해 단편소설의 기반을 확고히 했으며, 입체적인 인물 창조에도 성공함으로써 춘원의 소설에 나오는 인물들과는 다른 개성들을 작품 속에 불어넣었습니다.

그리고 앞서 살펴본 바와 같이, 자연주의 문학 수용, 탐미적 경향 추구, 문체의 세련화 등 여러 긍정적인 평가를 받고 있습니다. 그렇지만 그가 순수한 미적 가치 추구에만 몰입했을 뿐, 당시 시대 상황에는 눈감았다는 부정적인 평가도 뒤따르고 있음을 간과해선 안 되겠죠.

읽기 전에 생각하기

이 소설은 가난 때문에 도덕적으로 타락하고 마침내 비참한 죽음에 이르는 한 인간의 모습을 그린 작품입니다. '복녀'라는 여주인공을 통해 환경적 요인이 인간 내면의 도덕적 본질을 타락시킨다는 자연주의적 색채가 가장 잘 드러난 김동인의 대표작이죠.

작중 인물과 화자와의 객관적 거리가 유지되는 가운데, 장면 묘사 및 대화가 적절하게 혼합되어 직선적인 이야기 짜임을 이루는 이 소설은 근대 단편소설의 한 전형을 이룩한 작품으로 높이 평가되고 있답니다.

싸움, 간통, 살인, 도둑, 구걸, 징역, 이 세상의 모든 비극과 활극의 근원지인 칠성문 밖 빈민굴로 오기 전까지는, 복녀의 부처는 (사농공상의 제2위에 드는) 농민이었었다.

복녀는 원래 가난은 하나마 정직한 농가에서 규칙 있게 자라난 처녀였었다. 이전 선비의 엄한 규율은 농민으로 떨어지자부터 없어졌다 하나, 그러나 어딘지는 모르지만 딴 농민보다는 좀 똑똑하고 엄한 가율이 그의 집에 그냥 남아 있었다. 그 가운데서 자라난 복녀는 다른 집 처녀들같이 여름에는 벌거 벗고 개울에서 멱감고, 바지 바람으로 동리를 돌아다니는 것을 예사로 알기는 알았지만, 그러나 그의 마음속에는 막연하나마 도덕이라는 것에 대한 저픔^{두려움의 옛말}을 가지고 있었다.

그는 열다섯 살 나는 해에 동리 홀아비에게 팔십 원에 팔려서 시집이라는 것을 갔다. 그의 새서방(영감이라는 편이 적당할까)이라는 사람은 그보다 이십 년이나 위로서, 원래 아버지의 시대에는 상당한 농민으로서 밭도 몇 마지기가 있었으나, 그의 대로 내려오면서는 하나둘 줄기 시작하여서, 마지막에 복녀를 산 팔십 원이 그의 마지막 재산이었었다. 그는 극도로 게으른 사람이었었다. 동리 노인들의 주선으로 소작 밭깨나 얻어 주면, 종자만 뿌려 둔 뒤에는 후치질도 안 하고 김도 안 매고 그냥 내버려두었다가는, 가을에 가서는 되는 대로 거두어 '금년은 흉년이네' 하고 전주집에는 가져도 안 가고 자기 혼자 먹어 버리고 하였다. 그러니까 그는 한 밭을 이태를 연하여 부쳐 본 일이 없었다. 이리하여 몇 해를 지내는 동안 그는 그 동리에서는 밭을 못 얻을 만큼 인심과 신용을 잃고 말았다.

복녀가 시집을 간 뒤 한 삼사 년은 장인의 덕택으로 이렁저렁 지나갔으나, 이전 선비의 꼬리인 장인도 차차 사위를 밉게 보기 시작하였다. 그들은 처가에까지 신용을 잃게 되었다.

그들 부처는 여러 가지로 의논하다가 할 일 없이 평양 성안으로 막벌이로 들어왔다. 그러곤 게으른 그에게는 막벌이나마 역시 되지 않았다. 하루 종일 지게를 지고 연광정에 가서 대동강만 내려다보고 있으니 어찌 막벌이인들 될까. 한 서너 달 막벌이를 하다가 그들은 요행 어떤 집 막간(행랑)살이로 들어가게 되었다.

그러나 그 집에서도 얼마 안 하여 쫓겨 나왔다. 복녀는 부지런히 주인집 일을 보았지만, 남편의 게으름은 어찌할 수가 없었다. 매일 복녀는 눈에 칼을 세워 가지고 남편을 채근하였지만, 그의 게으른 버릇은 개를 줄 수는 없었다.

"볏섬 좀 치워 달라우요."

"남 졸음 오는데 님자 치우시관."

"내가 치우나요?"

"이십 년이나 밥 처먹구 그걸 못 치워?"

"에이구, 칵 죽구나 말디."

"이년, 뭘!"

이러한 싸움이 그치지 않다가 마침내 그 집에서도 쫓겨 나왔다.

이젠 어디로 가나? 그들은 할 일 없이 칠성문 밖 빈민굴로 밀리어 나오게 되었다.

칠성문 밖을 한 부락으로 삼고 그곳에 모여 있는 모든 사람들의 정업은 거러지요, 부업으로는 도둑질과 (자기네끼리의) 매음, 그 밖에 이 세상의 모든 무섭고 더러운 죄악이었었다. 복녀도 그 정업으로 나섰다.

그러나 열아홉 살의 한창 좋은 나이의 여편네에게 밥인들 잘 줄까.

"젊은 거이 거랑질은 왜."

그런 소리를 들을 때마다 그는 여러 가지 말로, 남편이 병으로 죽어 가거니 어쩌거니 핑계는 대었지만, 그런 핑계에는 단련된 평양 시민의 동정은 역시 살 수가 없었다. 그들은 이 칠성문 밖에서도 가장 가난한 사람 가운데 든 편이었다. 그 가운데서 잘 수입되는 사람은 하루에 오 리짜리 돈뿐으로 일 원 칠팔십 전의 현금을 쥐고 돌아오는 사람까지 있었다. 극단으로 나가서는 밤에 돈벌이 나갔던 사람은 그날 밤 사백여 원을 벌어 가지고 와서 그 근처에서 담배 장사를 시작한 사람까지 있었다.

복녀는 열아홉 살이었다. 얼굴도 그만하면 빤빤하였다. 그 동리 여인들의 보통 하는 일을 본받아서 그도 돈벌이 좀 잘 하는 사람의 집에라도 간간 찾아가면 매일 오륙십 전은 벌 수가 있었지만, 선비의 집안에서 자라난 그는 그런 일은 할 수가 없었다.

그들 부처는 역시 가난하게 지냈다. 굶는 일도 흔히 있었다.

기자묘 솔밭에 송충이가 끓었다. 그때 평양 '부'에서는 그 송충이를 잡는 데 (은혜를 베푸는 뜻으로) 칠성문 밖 빈민굴의 여인들을 인부로 쓰게 되었다.

빈민굴 여인들은 모두 지원을 하였다. 그러나 뽑힌 것은 겨우 오십 명쯤이었다. 복녀도 그 뽑힌 사람 가운데 한 사람이었었다.

복녀는 열심으로 송충이를 잡았다. 소나무에 사다리를 놓고 올라가서는, 송충이를 집게로 집어서 약물에 잡아 넣고 잡아 넣고, 그의 통은 잠깐 새에 차고 하였다. 하루에 삼십이 전씩의 품삯이 그의 손에 들어왔다.

그러나 대엿새 하는 동안에 그는 이상한 현상을 하나 발견하였다. 그것은 다른 것이 아니라, 젊은 여인부 한 여남은 사람은 언제나 송충이는 안 잡고, 아래서 지절거리고 웃고 날뛰기만 하고 있는 것이었다. 뿐만 아니라, 그 놀고 있는 인부의 품삯은 일하는 사람의 삯전보다 더 많이 내어주는 것이다. 감독은 한 사람뿐이었는데 감독도 그들의 놀고 있는 것을 묵인할 뿐 아니라, 때때로는 자기까지 섞여서 놀고 있었다.

　어떤 날 송충이를 잡다가 점심때가 되어서, 나무에서 내려와 점심을 먹고 나서 올라가려 할 때에 감독이 그를 찾았다.

　"복네! 애 복네!"

　"왜 그릅네까?"

　그는 약통과 집게를 놓은 뒤에 돌아섰다.

　"좀 오너라."

　그는 말없이 감독 앞에 갔다.

　"애, 너, 음…… 데 뒤 좀 가 보디 않갔니?"

　"뭘 하레요?"

　"글쎄, 가야……."

　"가디요, 형님."

　그는 돌아서면서 인부들 모여 있는 데로 고함쳤다.

　"형님두 갑세다가레."

　"싫다 애, 둘이서 재미나게 가는데 내가 무슨 맛에 가갔니?"

　복녀는 얼굴이 새빨갛게 되면서 감독에게로 돌아섰다.

　"가 보자."

　감독은 저편으로 갔다. 복녀는 머리를 수그리고 따라갔다.

　"복네 좋갔구나."

　뒤에서 이러한 조롱 소리가 들렸다. 복녀의 숙인 얼굴은 더욱 발갛게 되었다.

그날부터 복녀도 '일 안 하고 품삯 많이 받는 인부' 의 한 사람으로 되었다.

복녀의 도덕관 내지 인생관은 그때부터 변하였다.

그는 아직껏 딴 사내와 관계를 한다는 것을 생각하여 본 일도 없었다. 그것은 사람의 일이 아니요, 짐승의 하는 것쯤으로만 알고 있었다. 혹은 그런 일을 하면 탁 죽어지는지도 모를 일로 알았다.

그러나 이런 이상한 일이 어디 다시 있을까. 사람인 자기도 그런 일을 한 것을 보면, 그것은 결코 사람으로 못할 일이 아니었다. 게다가 일 안 하고도 돈 더 받고, 긴장된 유쾌가 있고, 빌어먹는 것보다 점잖고……

일본말로 하자면 '삼박자三拍子' 같은 좋은 일은 이것뿐이었다. 이것이야말로 삶의 비결이 아닐까. 뿐만 아니라, 이 일이 있은 뒤부터 처음으로 한 개 사람이 된 것 같은 자신까지 얻었다.

그 뒤부터는 그의 얼굴에는 조금씩 분도 바르게 되었다.

일 년이 지났다.

그의 처세의 비결은 더욱더 순탄히 진척되었다. 그의 부처는 이제는 궁하게 지내지는 않게 되었다.

그의 남편은 이것이 결국 좋은 일이라는 듯이 아랫목에 누워서 벌신벌신 웃고 있었다.

복녀의 얼굴은 더욱 이뻐졌다.

"여보, 아즈바니, 오늘은 얼마나 벌었소?"

복녀는 돈 좀 많이 번 듯한 거라지를 보면 이렇게 찾는다.

"오늘은 많이 못 벌었쉐다."

"얼마?"

"도무지 열서너 냥."

"많이 벌었쉐다가레. 한 댓 냥 꿰주소고레."

"오늘은 내가……."

어쩌고어쩌고 하면, 복녀는 곧 뛰어가서 그의 팔에 늘어진다.

"나한테 들킨 댐에는 뀌구야 말아요."

"나 원 아즈바니 만나믄 야단이더라. 자 꿰주디. 그 대신 응? 알아 있디?"

"난 몰라요. 해해해해."

"모르믄, 안 줄 테야."

"글쎄, 알았대두 그른다."

그의 성격은 이만큼까지 진보되었다.

가을이 되었다.

칠성문 밖 빈민굴의 여인들은 가을이 되면 칠성문 밖에 있는 중국인의 채마밭에 감자(고구마)며 배추를 도둑질하러 밤에 바구니를 가지고 간다. 복녀도 감자깨나 잘 도둑질하여 왔다.

어떤 날 밤, 그는 고구마를 한 바구니 잘 도둑질하여 가지고 이젠 돌아오려고 일어설 때에 그의 뒤에 시꺼먼 그림자가 서서 그를 꽉 붙들었다. 보니, 그것은 그 밭의 주인인 중국인 왕 서방이었었다. 복녀는 말도 못하고 멀진멀진 밭 아래만 내려다보고 있었다.

"우리 집에 가."

왕 서방은 이렇게 말하였다.

"가재문 가디. 흥, 것두 못 갈까."

복녀는 엉덩이를 한번 홱 두른 뒤에 머리를 젖히고 바구니를 저으면서 왕 서방을 따라갔다.

한 시간쯤 뒤에 그는 왕 서방의 집에서 나왔다. 그가 밭고랑에서 길로 들어서려 할 때에 문득 뒤에서 누가 그를 찾았다.

"복네 아니야?"

복녀는 홱 돌아서 보았다. 거기는 자기 곁집 여편네가 바구니를 끼고 어두운 밭고랑을 더듬더듬 나오고 있었다.

"형님이댔쉐까? 형님두 들어갔댔쉐까?"

"님자두 들어갔댔나?"

"형님은 뉘 집에?"

"나? 눅陸 서방네 집에. 님자는?"

"난 왕 서방네…… 형님 얼마 받았소?"

"눅 서방네…… 그 깍쟁이놈, 배추 세 페기……."

"난 삼 원 받았디."

복녀는 자랑스러운 듯이 대답하였다.

십 분쯤 뒤에 그는 자기 남편과, 그 앞에 돈 삼 원을 내어놓은 뒤에, 아까 그 왕 서방의 이야기를 하면서 웃고 있었다.

그 뒤부터 왕 서방은 무시로 복녀를 찾아왔다.

한참 왕 서방이 눈만 멀진멀진 앉아 있으면, 복녀의 남편은 눈치를 채고 밖으로 나간다. 왕 서방이 돌아간 뒤에는, 그들 부처는 일 원 혹은 이 원을 가운데 놓고 기뻐하고 하였다.

복녀는 차차 동리 거지들한테 애교를 파는 것을 중지하였다. 왕 서방이 분주하여 못 올 때가 있으면 스스로 왕 서방의 집까지 찾아갈 때도 있었다.

복녀의 부처는 이제 이 빈민굴의 한 부자였었다.

그 겨울도 가고 봄이 이르렀다.

그때 왕 서방은 돈 백 원으로 어떤 처녀를 하나 마누라로 사 오게 되었다.

"흥!"

복녀는 다만 코웃음만 쳤다.

"복녀, 강짜하갔구만."

동리 여편네들이 이런 말을 하면 복녀는 흥 하고 코웃음을 웃고 하였다.

내가 강짜를 해? 그는 늘 힘있게 부인하고 하였다. 그러나 그의 마음에 생기는 검은 그림자는 어찌할 수가 없었다.

"이놈 왕 서방, 네 두고 보자."

왕 서방이 색시를 데려오는 날이 가까웠다. 왕 서방은 아직껏 자랑하던 기다란 머리를 깎았다. 동시에 그것은 새색시의 의견이라는 소문이 쫙 퍼졌다.

"흥!"

복녀는 역시 코웃음만 쳤다.

마침내 색시가 오는 날이 이르렀다. 칠보 단장에 사인교를 탄 색시가 칠성문 밖 채마밭 가운데 있는 왕 서방의 집에 이르렀다.

밤이 깊도록 왕 서방의 집에는 중국인들이 모여서 별한 악기를 뜯으며 별한 곡조로 노래하며 야단하였다.

복녀는 집 모퉁이에 숨어 서서 눈에 살기를 띠고 방 안의 동정을 듣고 있었다.

다른 중국인들은 새벽 두시쯤 하여 돌아갔다. 그 돌아가는 것을 보면서 복녀는 왕 서방의 집 안에 들어갔다. 복녀의 얼굴에는 분이 하얗게 발리어 있었다.

신랑 신부는 놀라서 그를 쳐다보았다. 그것을 무서운 눈으로 흘겨보면서, 그는 왕 서방에게 가서 팔을 잡고 늘어졌다. 그의 입에서는 이상한 웃음이 흘렀다.

"자, 우리 집으로 가요."

왕 서방은 아무 말도 못하였다. 눈만 정처없이 두룩두룩하였다. 복녀는 다시 한 번 왕 서방을 흔들었다.

"자, 어서."

"우리, 오늘 밤 일이 있어 못 가."

"일은 밤중에 무슨 일?"

"그래두, 우리 일이……."

복녀의 입에 아직껏 떠돌던 이상한 웃음은 문득 없어졌다.

"이까짓 것."

그는 발을 들어서 치장한 신부의 머리를 찼다.

"자, 가자우 가자우."

왕 서방은 와들와들 떨었다. 왕 서방은 복녀의 손을 뿌리쳤다.

복녀는 쓰러졌다. 그러나 곧 다시 일어섰다. 그가 다시 일어설 때는, 그의 손에는 얼른얼른하는 낫이 한 자루 들리어 있었다.

"이 되놈, 죽어라, 이놈, 나 때렸디! 이놈아, 아이구, 사람 죽이누나."

그는 목을 놓고 처울면서 낫을 휘둘렀다. 칠성문 밖 외딴 밭 가운데 홀로 서 있는 왕 서방의 집에서는 일장의 활극이 일어났다. 그러나 그 활극도 곧 잠잠하게 되었다. 복녀의 손에 들리어 있던 낫은 어느덧 왕 서방의 손으로 넘어가고, 복녀는 목으로 피를 쏟으면서 그 자리에 고꾸라져 있었다.

복녀의 송장은 사흘이 지나도록 무덤으로 못 갔다. 왕 서방은 몇 번을 복녀의 남편을 찾아갔다. 복녀의 남편도 때때로 왕 서방을 찾아갔다. 둘의 새에는 무슨 교섭하는 일이 있었다. 사흘이 지났다.

밤중 복녀의 시체는 왕 서방의 집에서 남편의 집으로 옮겼다.

그리고 그 시체에는 세 사람이 둘러앉았다. 한 사람은 복녀의 남편, 한 사람은 왕 서방, 또 한 사람은 어떤 한방의사. 왕 서방은 말없이 주머니를 꺼내어, 십 원 지폐 석 장을 복녀의 남편에게 주었다. 한방의의 손에도 십 원짜리 두 장이 갔다.

이튿날 복녀는 뇌일혈로 죽었다는 한방의의 진단으로 공동묘지로 가져갔다.

작품 줄거리

복녀는 몰락한 선비의 후예로 가난하지만 비교적 엄한 규율이 있는 농가의 딸로 자라났는데, 막연하나마 도덕이라는 것에 대한 두려움도 가지고 있었다. 그녀는 열다섯 살의 어린 나이에 자신과 스무 살이나 차이가 나는 동네 홀아비에게 팔십 원에 팔려 시집을 가게 된다. 하지만 남편이 너무 무능하고 게을러서, 사느라고 노력도 했지만 행랑살이를 전전긍긍하다가 마침내는 평양 칠성문 밖 빈민굴에까지 이르게 된다.

거기서 복녀는 배고픔을 못 이겨 거지 행각을 시작하게 되고 허드렛일로 생계를 이어가다가 당국에서 빈민 구제를 겸하여 시행한 기자묘 솔밭의 송충이잡이 일에 나가게 된다. 복녀는 열심히 송충이 잡는 일을 하던 중, 어느 날 몇몇 아낙네들이 감독과 더불어 웃고 놀며 소일하면서도 품삯은 자기보다 훨씬 더 많이 받는다는 것을 알게 되었다. 그로부터 얼마 후 복녀도 일 안하고 손쉽게 돈 버는 법을 터득한다. 이제 복녀 역시 다른 아낙네들처럼 놀아날 수가 있게 되었고, 정조를 대수롭게 않게 생각하게 된 것이다.

한번은 칠성문 밖 중국인 채마밭에서 감자를 훔치다가 감자밭 주인인 왕서방에게 붙들리게 되었지만, 복녀는 왕서방을 따라가서 몸을 허락하고 얼마간의 돈을 얻어 가지고 집으로 돌아온다. 이 사건이 있은 뒤로 그녀의 집에 왕서방이 오면 남편은 복녀가 마음놓고 몸을 팔 수 있도록 자리를 피해주곤 하는 등 남편의 묵인 아래 왕서방과 상습적인 매음관계를 맺는다. 그런데 왕서방이 다른 처녀와 혼인하게 되자, 강한 질투심을 느낀 복녀는 결혼식 날 낫을 들고 왕서방을 찾아갔다가 오히려 왕서방에게 살해당하고 만다. 이 날 밤 왕서방은 복녀의 남편과 의사에게 각각 삼십

원과 이십 원을 주어서 이들 사이에 비정한 돈 거래가 이루어진다. 이튿날 복녀는 뇌일혈로 죽었다는 한의사의 진단으로 민첩하게 공동묘지에 묻히게 된다.

작품 해설

1925년 1월 《조선문단》에 발표된 「감자」는 김동인의 대표작으로 평가되는 작품입니다. 작가는 이 작품에서 가난하지만 법도 있게 자란 주인공 복녀가 조금씩 타락하고 몰락해 가는 과정을 보여주고 있습니다. 또한, 주인공이 억울하게 죽임을 당하는 비극적인 장면을 통해 운명(또는 환경)이라는 것이 우리 삶에 얼마나 크게 작용하고 있는지를 생생하게 보여주고 있죠. 그래서 이 작품에는 대표적인 자연주의 소설이라는 평가가 뒤따른답니다.

그런데 이 소설을 또 다른 측면에서 이해할 수도 있지요. 즉, 주인공인 복녀는 먹을 것이 없어 도둑질을 하고 몸을 팔죠. 그녀는 감자를 훔치다가 왕 서방과 얽히게 되고, 결국엔 그의 손에 비참하게 죽는 것으로 이야기가 끝납니다. 그래서 복녀의 죽음을 가진 자(왕 서방)와 못 가진 자(복녀) 간의 갈등에서 일어난 사건으로 볼 수도 있다는 거죠.

이런 식으로 본다면, 이 소설은 단순히 환경에 지배받아 타락하고 죽음까지 맞게 되는 복녀라는 한 개인의 이야기가 아니라, 빈민 계급을 대표하는 인물의 죽음을 다룬 이야기라는, 사회주의 계급 문학으로 해석될 수 있습니다. 이야기 속에 담긴 다음과 같은 요소들은 그것을 더욱 설득력 있게 해주죠.

이야기의 무대가 빈민굴이라는 점, 그리고 주인공이 이 빈민굴 안에서도 극빈자라는 점, 또 주인공이 감자밭을 가진 왕 서방에게 비참하게 죽임을 당하고, 그 죽음마저 돈으로 매수당한다는 점이지요. 게다가 이 작품이 발표되던 시기의 문단적 상황까지 고려해 본다면, 그럴 가능성은 더욱 높아집니다. 1920년대 당시는 계급 문제를 다루던 프로문학이 문단을 휩쓸던 시기였으니까요. 이렇게 보면, 복녀의 비극은 빈민 계급 전체의 불행을 대표하는 것으로도 해석할 수 있습니다.

그러나 복녀의 가난 문제에 초점을 두고 좀더 깊이 살펴보면, 그녀의 죽음이 어떤 계급이나 부유한 개인의 횡포에서 생겨난 것이 아니라는 점이 밝혀지죠. 이 점은 이 소설을 이해하는 중요한 단서가 됩니다. 그럼 복녀 부부의 가난 문제에 관해 구체적으로 살펴보지요.

그녀의 남편은 처음부터 빈민굴로 쫓겨올 정도로 가난하지는 않았습니다. 그는 처음엔 부모에게서 전답을 물려받은 여유 있는 농민이었지요. 그래서 아내(복녀)를

 더 알아두기

조선문단朝鮮文壇 1924년 10월에 창간된 문학 전문 잡지. 창간 당시부터 민족주의 문학을 옹호하고, 경향문학을 배제했으며, 자연주의 문학을 성장시켰다. 김동인의 「감자」, 전영택의 「화수분」, 계용묵의 「백치 아다다」 등 신문학 초창기의 문제작들을 많이 게재했다.

환경적 결정론 인간 생활 양식이 필연적으로 환경의 영향을 받아 결정된다고 보는 지리학 이론. 환경 가능론에 대립되는 개념이다. 다양하게 나타나는 인간의 지역적 생활 양식이 인간의 자유로운 선택에 의해 결정되는 것이 아니라, 기후 · 지형 · 식생 · 수계 등 자연 환경의 결정적 작용으로 형성되었다고 보는 것이다.

플롯(plot) 소설 · 희곡 · 설화 따위의 이야기를 형성하는 줄거리, 또는 줄거리에 나오는 여러 가지 사건을 얽어 짜는 그 수법이나 구성을 말한다.

팔십 원이라는 큰돈을 주고 살 수 있었던 거죠. 아주 부자는 아니지만 이 정도의 경제적 여건을 가졌던 남자가 극도로 가난해져서 빈민굴의 주민으로 전락한 것은 왜일까요? 그것은 사회나 정치적 문제라기보다는 그 자신의 책임이라고 할 수 있을 거예요. 그는 너무나 게을렀기 때문에 빈민굴의 거지가 되어 버린 거죠. 그리고 그 결과가 자연스레 그의 아내인 복녀의 가난으로 이어진 것이죠.

둘째로, 복녀는 자기 몸을 팔아 생긴 돈으로 살아가는 여자인데, 자기에게 돈을 주는 왕 서방 앞에서는 언제나 기세 등등한 모습을 보여주고 있어요. 그리고 마지막 장면, 왕 서방이 신부와 잠자리에 든 방에서 낫을 먼저 든 것도 복녀예요. 엄밀히 말하면, 왕 서방은 복녀가 휘두르는 낫을 피하다가 과실로 그녀를 죽인 거죠. 결과적으로 '목으로 피를 쏟으면서 그 자리에 고꾸라진' 것은 복녀지만, 살의는 복녀 쪽에 먼저 있었다는 점입니다. 따라서 복녀의 죽음을 계급 의식과 연결짓는 것은 무리한 해석으로 보입니다.

한편, 복녀가 겪는 찢어지게 가난한 생활은 지극히 개인적인 것이랍니다. 앞서도 말했듯이, 그녀의 남편은 게을러빠져 전혀 일을 안 했고, 따라서 더욱 가난해질 수밖에 없었죠. 결국 굶주린 그녀가 서슴없이 몸을 파는 행위 역시 먹고 살기 위해 선택한 수단이었죠. 모든 일들이 그들의 '가난'한 생활에서 비롯된 겁니다. 복녀 부부의 생활을 보면, 인간이 환경의 지배를 벗어나지 못한다는 걸 알 수 있죠. 즉, 자연주의 작품에서 흔히 드러나는 경향이지요.

이 소설의 기본적인 관점은 '가난'이라는 물질적 조건이 한 여자의 인생에 미치는 '환경 결정론'이라고 할 수 있어요. 자연주의 경향의 작품들이 다루는 주된 주제 중 하나가 환경 결정론이죠. '복녀'라는 이름을 가진 여자가 이름대로 복스럽고 풍족한 생활을 하는 것이 아니라, 오히려 그 반대로 살다가 죽고 마는 것은 그녀를 둘러싼 불우한 환경에서 생겨난 피할 수 없는 숙명이었답니다. 이 작품이 자연주의 경향의 대표적 작품으로 평가되는 것은 바로 이러한 관점에서 해석되었기 때문이죠.

그러면 환경적 요인에 도덕성을 상실한 '복녀'라는 인물을 살펴보도록 하죠. 그녀는 원래 '가난은 하나마 정직한 농가에서 규칙 있게 자라난 처녀'였습니다. 이러한 행실을 지닌 복녀가 환경에 의해 전락해 가는 비극은 그녀가 결혼하는 데서 시작됩니다. 그녀가 시집가게 된 이유는 가난 때문이었죠. 그녀는 팔십 원이라는 돈에 팔려서 스물 살이나 많은 홀아비한테 시집을 가죠. 그러니 그 결혼은 금전으로 거래된 매매혼인데다가, 설상가상으로 남편 되는 사람은 너무나 게으르고 파렴치한 인간이었답니다. 그의 파렴치함과 게으름 속에서 복녀의 비극은 더욱 커지게 되죠.

그들 부부는 농민에서 소작인, 소작인에서 막벌이꾼, 막벌이꾼에서 막간살이(행랑살이)로 계속 몰락의 과정을 밟아가다가 결국엔 칠성문 밖의 빈민굴 주민으로 떨어져 버리고 말죠. 이곳 칠성문 밖 빈민굴의 주민들은 범죄나 매음 등 무섭고 더러운 죄악을 밥먹듯이 저지르며 살아가는 사람들이었어요. 복녀는 이런 무시무시한 곳에서 살게 되었어도 한동안은 '도덕이란 것에 대한 저픔'을 잃지 않습니다.

그런데 이렇게 살아오던 복녀의 운명이 하루아침에 바뀌게 되는 사건이 생깁니다. 그건 바로 기자묘에 송충이 잡이 일꾼으로 동원되었다가 거기서 감독에게 몸을 내준 일이었어요. 그녀는 그 대가로 일을 열심히 하지 않고도 다른 사람들보다 더 많은 돈을 받아 챙기게 된 거죠. 자신의 정조와 금전을 맞바꾼 이 사건은 그야말로 놀라운 사건이었어요. 이 일로 인해 그녀의 내면에는 희한한 변화가 생긴 거예요. 복녀가 정신적 가치(도덕이란 것에 대한 저픔)을 내던지는 대신 받은 것은 물질적 보상(돈)과 생리적 쾌감이었어요. 다음의 인용문은 그녀가 송충이 잡이를 가서 감독에게 매음 행위를 하고 난 뒤에 변화된 생각을 그대로 보여주는 대목입니다.

그날부터 복녀도 '일 안 하고 품삯 많이 받는 인부'의 한 사람으로 되었다.
복녀의 도덕관 내지 인생관은 그때부터 변하였다.
그는 아직껏 딴 사내와 관계를 한다는 것을 생각하여 본 일도 없었다. 그것은 사람의 일이 아니요, 짐승이 하는 짓쯤으로만 알고 있었다. 혹은 그런 일을 하면 탁 죽어지는지도 모를 일로 알았다.
그러나 이런 이상한 일이 어디 다시 있을까. 사람인 자기도 그런 일을 한 것을 보면, 그것은 결코 사람으로 못할 일이 아니었었다. 게다가 일 안 하고도 돈 더 받고, 긴장된 유쾌가 있고, 빌어먹는 것보다 점잖고……
일본말로 하자면 '삼박자' 같은 좋은 일은 이것뿐이었었다. 이것이야말로 삶의 비결이 아닐까. 뿐만 아니라, 이 일이 있은 뒤부터 처음으로 한 개 사람이 된 것 같은 자신까지 얻었다.

이처럼 '일 안 하고, 돈 더 받고, 긴장된 유쾌'가 있는 거래를 통해, 그녀는 뜻밖에도 여자로서의 자신감을 얻습니다. '삼박자 같은 좋은 일'로 이 일을 합리화시켰을 때, 복녀의 정신과 육체는 완전히 타락해 버린 것이지요. 그녀는 매음이 구걸보다는 훨씬 점잖은 노동이라 생각하기에 이릅니다. 몹쓸 짓이라 여겼던 이 행위가 실은 점잖은 노동일 뿐만 아니라, 물질적인 여유까지 안겨 주는 고마운 생계 수단이라고 착각한 것이지요. 이제 그녀는 매춘을 주된 생계 수단으로 삼는 것에 대해 전혀 수치스럽게 여기지 않습니다. 이렇게 수치심마저 사라지자, 그녀의 비도덕적인 행위는 날로 더해 가게 되죠.

여기까지의 이야기를 통해 '복녀' 라는 인물을 살펴보면, 이야기의 첫머리에 소개되었던 것과는 판이하게 다르죠. 그녀는 가난 때문에 도덕적으로 타락하는 모습을 선명하게 보여주고 있어요. 그래서 그녀를 '동적 인물' 이라고 부릅니다. 도덕 관념을 지닌 순진한 아낙네가 매춘을 일삼게 되는 모습은 정신적인 가치의 상실을 충격적으로 보여주죠. 그러나 그녀는 도덕적으로 타락하게 되면서 죽음으로까지 내몰리게 됩니다. 그녀의 도덕적 타락의 한계점이 죽음으로 나타나는 건 당연한 귀결이었죠. 복녀가 새신랑이 된 왕 서방에게 참을 수 없는 질투심을 느껴 낫을 휘두르다가, 도리어 자기가 왕 서방의 손에 죽게 되는 비극의 근본적인 원인은 서두의 배경에서부터 이미 결정되어 있었던 그녀의 운명이었답니다. 결국 이 작품은 물질적 조건이 정신적 가치를 말살하는 과정에 대한 냉정한 보고서인 것이죠.

그러면 이제 어떠한 구성으로 소설이 전개되고 있는지 알아볼까요? 「감자」는 시간의 순서에 따라 이어지는 평면적 구성으로, 그녀의 삶에 대한 이야기가 결말을 향해 아주 빠르게 전개되고 있어요. 그러나 좀 더 세심히 살펴보면, 이야기의 서술 속도가 '빠르게—느리게—빠르게'로 교차되는 변화를 발견할 수 있답니다. 이러한 서술 속도의 변화로 이야기에 긴장감이 생기고, 특히 대화에 의한 장면 제시를 통해서는 허구적 사건이 더욱 생생하고 실제적으로 느껴지게 되죠. 즉 요약(시간 단축)—장면(시간 지연)—요약(시간 단축)의 교차 구조는 이 작품의 현실감을 더해 주고, 간결한 김동인 특유의 구성 기법을 효과적으로 보여주고 있지요.

이 소설은 간결하고 치밀한 구성과 환경 결정론적인 자연주의 색채가 강하다는 점으로 해서 우리나라 근대 단편소설의 훌륭한 본보기가 되고 있어요. 특히, 이 소설의 결말 부분에서 복녀의 죽음을 놓고 왕 서방과 한의사, 그리고 그녀의 남편이 돈을 주고받는 장면의 묘사는 매우 충격적입니다. 이 짧은 장면을 통해서 인간의 죽음마저도 돈으로 거래되는 비정한 세태가 효과적으로 그려지고 있지요.

1 이 작품의 서두에 나온 '칠성문 밖 빈민굴'은 어떤 역할을 하고 있나요?

2 주인공 복녀의 성격이 변화하는 과정과 그 동기는 무엇인가요?

3 이 작품에서 대화는 어떤 기능을 하고 있습니까?

4 이 작품의 기법적 특징은 무엇일까요?

5 이 작품의 시점은 어떤 효과를 나타내는지 작가의 서술 태도와 관련지어 설명하세요.

구성

발단	온갖 죄악의 소굴인 칠성문 밖 빈민굴의 복녀.
전개	복녀에게 닥쳐온 환경의 변화와 점진적인 타락과 '성性'에 눈뜸.
위기	새 장가를 드는 왕 서방에 대한 강한 질투.
절정	복녀가 왕 서방의 신방에 뛰어드나 도리어 자신의 낫에 살해당함.
결말	복녀의 주검을 둘러싼 비정한 돈 거래.

핵심 정리

갈래	단편소설, 순수소설
배경	1930년대 평양 칠성문 밖 빈민굴
주제	환경의 지배를 받는 여인의 운명과 배금 사상 비판, 타락한 현실과 복녀의 비극적인 삶
시점	전지적 작가 시점
구성	순행적 구성
문체	사사적 우유체

작중인물의 성격

복녀	가난하지만 도덕 관념을 지닌 처녀였으나, 돈에 팔려 무능한 남자의 아내가 되면서 커다란 성격의 변화를 보이는 인물. 빈궁한 생활을 하면서 도둑질과 매음으로 생계를 유지해 가는 입체적 인물로, 상습적인 매음 관계에 있던 왕 서방의 혼인을 질투하다가, 그의 손에 처참하게 죽임을 당함.
복녀 남편	매우 게으른 탓에 동네에서 농사를 지을 땅조차 얻지 못할 정도로 인심과 신용을 잃은 인물. 그래서 결국엔 칠성문 밖 빈민굴에까지 들어오게 되는데, 어린 아내의 매음을 암묵적으로 부추기며 거기에서 나온 돈으로 살아가는 파렴치한 인물.
왕 서방	복녀가 자기 채마밭에 감자를 훔치러 온 것을 계기로 그녀와 상습적인 매음 관계를 갖는 인물. 그가 혼인한 날 밤, 질투심에 불타 낫을 들고 쳐들어 온 복녀를 죽이는데, 서둘러 돈을 미끼로 복녀의 남편과 한방의사와 공모해 그녀의 죽음을 병사로 위장하는 비정한 인물.

김동인

문단의 뒷이야기

내 독무대는 지나갔어…….

당대의 탐미주의의 거장인 춘사 김동인에게 아주 놀라운 존재가 출현했습니다. 그는 다름아닌 횡보 염상섭이었습니다. 염상섭은 한국 사회의 어두운 구석을 조명하여, 한국의 문학사(史)상 역사주의적 비평의 문을 연 최초의 사람입니다. 그렇다면 동인의 눈에 비친 염상섭은 얼마나 놀라운 존재였는지 그의 목소리로 한번 들어볼까요?

"상섭이 「표본실의 청개구리」라는 소설을 썼군. 이 사람이 소설을 썼어! 어디 한번 읽어 볼까? ……음, 강적이 나타났군, 강적이 나타났어. 춘원이 이인직의 독무대를 꺾고 나서는 내가 또 그의 뒤를 이었었는데. 이제 내 독무대도 여기까진가 보군……."

가만히 있으면 중간이나 가지…….

김동인의 대표적인 소설 「감자」의 주인공은 감자가 아닙니다. 그의 또 다른 소설 「배따라기」는 해바라기랑 전혀 관계가 없죠. 황석영의 소설 「삼포 가는 길」은 아무리 해도 갈 수가 없습니다. 삼포는 지도상에 등장하지 않는 허구의 지명이니까요. 황순원의 소설 「독짓는 늙은이」는 그 무서운 독으로 누굴 죽일 수가 없습니다. 여기서의 독은 '毒'이 아니라 항아리거든요. 또 소설 속의 '돈'(돼지)은 현찰과는 상관없습니다. 모르면서 아는 척하다가는 창피만 당한다는 내용을 말하고 싶어서…….

표본실의 청개구리

● 염상섭 廉想涉

내가 중학교 이년 시대에 박물 실험실에서 수염

텁석부리 선생이 청개구리를 해부하여 가지고 더

운 김이 모락모락 나는 오장을 차례차례로 끌어내

서 자는 아기 누이듯이 주정병에 채운 뒤에 옹위

하고 서서 있는 생도들을 돌아다보며…….

기자였던 염상섭은 인텔리층을 휩쓸던 사회주의에 현혹되지도 않았고, 굴욕적인 친일 함정에 빠지지도 않았다
(1897~1963)

횡보橫步 염상섭은 1897년 서울에서 전형적인 중인 가정의 셋째아들로 태어났습니다. 어려서부터 애국심이 남달랐던 그는 1919년 와세다 대학 재학 중에 오사카에서 만세 운동을 주동하다 투옥되기도 했습니다. 이때 「조선은 왜 독립해야 하는가」라는 논문을 발표했으며, 이 논문이 계기가 되어 1920년 《동아일보》 창간 멤버로 참여해 정치부 기자 생활을 했습니다.

《폐허》 동인으로 활동하던 그는 1921년 《개벽》에 단편소설 「표본실의 청개구리」가 실리면서 본격적으로 문단 활동을 시작했습니다. 교사, 잡지 편집자 경력 외 대부분을 《동아일보》·《조선일보》·《매일신보》 등에서 기자로 생활했으며, 인텔리층을 휩쓸던 사회주의에 현혹되지도 않았고, 굴욕적인 친일 함정에 빠지지도 않으면서 중심을 지켰습니다.

그는 서울시문화상(1953), 아시아자유문학상(1955), 대한민국 예술원상(1956), 삼일문화상(1962), 대한민국 문화훈장 은관(1971) 등을 수상했습니다. 유난스레 술을 좋아했던 그는 1963년 직장암으로 사망했습니다. 대표작으로는 「표본실의 청개구리」·「암야」·「제야」·「만세전」·「윤전기」·「삼대」·「임종」·「두 파산」·「취우」 등이 있습니다.

작가보다 논객으로서 먼저 문단 활동을 시작했던 염상섭은 1921년 《개벽》에 「표본실의 청개구리」를 발표하면서 본격적인 창작 활동을 시작합니다. 이 작품은 자연주의 문학의 효시로 문학사에서 중요하게 다루어지지만, 구성이 엉성하며 서술의 구체성이 결여되었다고 해 논란이 되기도 한답니다.

「표본실의 청개구리」와 3부작을 이룬 「암야」·「제야」의 경우에도 당시 한국적 현실과는 거의 관련 없이 추상적인 관념만 나열되어 있다는 점이 특징입니다.

그러나 「만세전」에 이르러서는 비로소 구체적인 현실감을 획득합니다. 식민지의 암울한 현실과 소시민적 지식인의 민족 의식 자각 과정을 사실적으로 형상화함으로써, 작가적 위치를 확고히 하게 됩니다.

장편 「삼대」는 조씨 일가를 중심으로 일제 시대 대지주 계급의 삶과 역사적 운명을 사실적으로 빼어나게 그려냈다 하여 좋은 평가를 받고 있지요. 준열한 현실 통찰, 치밀한 구성, 정확한 묘사로 우리나라 사실주의 문학의 거봉을 이룬 그는 현진건·김동인 등과 함께 우리나라 문학사에 뚜렷한 공적을 남긴 작가입니다.

《개벽》에 실린 「표본실의 청개구리」

염상섭의 처녀작인 「표본실의 청개구리」는 한국 최초의 사실주의적 자연주의 소설로 평가받는 작품입니다. 제목을 다시 한 번 읽어보면, 그 속에 1920년대라는 사회는 물론 인물의 내면까지도 해부하듯 날카롭게 파헤치고 있는 듯이 느껴지지요. 하지만 작품 내용은 여러 가지 상징적 대화와 사건, 그리고 복합 구성 때문에 매우 복잡한 작품이랍니다.

특히 이 작품은 3·1운동이 실패한 직후에 발표되었는데, 당시 지식인들이 겪는 우울증이 드러나 보이는 이유가 여기에 있겠지요. 바로 정신이상자인 김창억이나 권태에 빠진 나와 친구들은 일제 치하의 암울한 시대를 살아가는 지식인의 고뇌를 드러내고 있는 것이죠. 비유하건데 당시의 현실에서 나의 표본이 될 만한 김창억이라는 인물을 해부대 위에 올려놓고 그의 생활과 심리를 실험적인 방법으로 해부하여 표현하고자 하는 암시라고 할 수도 있겠지요.

한편 재미있는 에피소드 한 가지를 이야기한다면, 이 작품에 나오는 해부 장면에서 개구리의 배에서 더운 김이 모락모락 나온다는 표현은 과학적으로 있을 수 없는 것이라 하여 논란의 대상이 되기도 하였답니다.

　　　　무거운 기분의 침체와 한없이 늘어진 생生의 권태는
나가지 않는 나의 발길을 남포南浦까지 끌어 왔다.

　귀성한 후 칠팔 개삭^{개월} 간의 불규칙한 생활은 나의 전신을 해면같이 짓두
들겨 놓았을 뿐 아니라 나의 혼백까지 두식^{좀 먹다}하였다. 나의 몸은 어디를 두
드리든지 알코올과 니코틴의 독취를 내뿜지 않는 곳이 없을 만큼 피로하였다.
더구나 육칠월 성하를 지내고 겹옷 입을 때가 되어서는 절기가 급변하여 갈수
록 몸을 추스르기가 겨워서 동네 산보에도 식은땀을 줄줄 흘리고 친구와 이야
기하려면 두세 마디째부터는 목침을 찾았다.

　그러면서도 무섭게 앙분昻奮한^{예민하고 날카로워진} 신경만은 잠자리에서도 눈을 뜨
고 있었다. 두 홰, 세 홰 울 때까지 엎치락뒤치락거리다가 동이 번히 트는 것
을 보고 겨우 눈을 붙이는 것이 일주일 간이나 넘은 뒤에는 불을 끄고 드러눕

지를 못하였다.

그 중에도 나의 머리에 교착하여 불을 끄고 누웠을 때나 조용히 앉았을 때마다 가혹히 나의 신경을 엄습하여 오는 것은, 해부된 개구리가 사지에 핀을 박고 칠성판 위에 자빠진 형상이다.

내가 중학교 이년 시대에 박물 실험실에서 수염 텁석부리 선생이 청개구리를 해부하여 가지고 더운 김이 모락모락 나는 오장을 차례차례로 끌어내서 자는 아기 누이듯이 주정병酒精瓶^{술병모양의 실험병}에 채운 뒤에 옹위하고 서서 있는 생도들을 돌아다보며 대발견이나 한 듯이,

"자 여러분, 이래도 아직 살아 있는 것을 보시오."
하고 뾰죽한 바늘 끝으로 여기저기를 콕콕 찌르는 대로 오장을 빼앗긴 개구리는 진저리를 치며 사지에 못박힌 채 발딱발딱 고민하는 모양이었다.

8년이나 된 그 인상이 요사이 새삼스럽게 생각이 나서 아무리 잊어버리려고 애를 써도 아니 되었다. 새파란 메스, 달기똥만한 오물오물하는 심장과 폐, 바늘 끝, 조그만 전율…… 차례차례로 생각날 때마다 머리끝이 쭈뼛쭈뼛하고 전신에 냉수를 끼얹는 것 같았다.

남향한 유리창 밑에서 번쩍 쳐드는 메스의 강렬한 반사광이 안공^{눈구멍}을 찌르는 것 같아 컴컴한 방 속에 드러누웠어도 꼭 감은 눈썹 밑이 부시었다. 그러나 그럴 때마다 머리맡에 놓인 책상 서랍 속에 넣어 둔 면도칼이 조심이 되어서 못 견디었다.

내가 남포에 가던 전날 밤에는 그 증症이 더욱 심하였다. 간반間半통밖에 안 되는 방에 높이 매달은 전등불이 부시어서 꺼 버리면 또다시 환영에 괴롭

지나 않을까 하는 염려가 없지 않았으나, 심사가 나서 위통을 벗은 채로 벌떡 일어나서 스위치를 비틀고 누웠다. 그러나 '째응' 하는 소리가 문틈으로 스러져 나가자 또 머리를 엄습하여 오는 것은 수염 텁석부리의 메스, 서랍 속의 면도다. 메스…… 면도, 메스…… 잊으려면 잊으려 할수록 끈적끈적하게도 떨어지지 않고 어느 때까지 꼬리를 물고 머릿속에서 돌아다니었다. 금시로 손이 서랍으로 갈 듯 갈 듯하여 참을 수가 없었다. 괴이한 마력은 억제하려면 할수록 점점 더하여 왔다. 스스로 서랍이 열리는 소리가 나서 소스라쳐 눈을 뜨면 덧문 안 닫은 창이 부옇게 보일 뿐이요, 방 속은 여전히 암흑에 침적하였다. 비상한 공포가 전신에 압도하여 손끝 하나 까딱거릴 수 없으면서도 이상한 매력과 유혹은 절정에 달하였다.

"내가 미쳤나? 아니, 미치려는 징조인가?"

하며 제풀에 겁이 났다.

나는 잠에 취한 놈 모양으로 이불을 와락 차 던지고 일어나서 서랍에 손을 대었다. 그러나 '그래도 손을 대었다가……' 하는 생각이 전뢰電雷 ^{벽락} 와 같이 머릿속에 번쩍할 제 깊은 꿈에서 깬 것같이 정신이 반짝 나서 전등을 켜려다가 성냥통을 더듬어 찾았다. 한 개비를 드윽 켜 들고 창틀 위에 얹어 둔 양초를 집어 내려서 붙여 놓은 후 서랍을 열었다. 쓰다가 몇 달 동안이나 꾸려 둔 원고, 편지, 약갑 들이 휴지통같이 우글우글한 속을 부스럭부스럭하다가 미끈하고 잡히는 자루에 집어넣은 면도를 외면하고 꺼내서 창 밖으로 뜰에 내던졌다. 그러나 역시 잠은 못 들었다.

맥이 확 풀리고 이마에는 식은땀이 비어져 나왔다. 시체 같은 몸을 고민하고 난 병인처럼 사지를 축 늘어뜨려 놓고 누워 생각하였다.

'하여간 이 방을 면하여야 하겠다.'

지긋지긋한 듯이 방 안을 휘익 둘러본 뒤에 이렇게 생각하였다. 어디든지 여행을 하려는 생각은 벌써 수삭 전부터의 계획이었지만 여름에 한 번 놀러 가 본 신흥사新興寺에도 간다는 말뿐이요, 이때껏 실현은 못 되었다.

'어디든지 가야겠다. 세계의 끝까지, 무한無限에 영원히, 발끝 자라는 데까지, 무인도! 시베리아의 황량한 벌판! 몸에서 기름이 부지직부지직 타는 남양……! 아아.'

나는 그림엽서에서 본 울창한 산림, 야자수 밑에 앉은 나체의 만인蠻人^{야만인}을 생각하고 통쾌한 듯이 어깨를 으쓱하여 보았다. 단 일 분의 정거도 아니하고 땀을 뻘뻘 흘리며 힘있는 굳센 숨을 헐떡헐떡 쉬는 풀 스피드의 기차로 영원히 달리고 싶다. 만일 타면 현기가 나리라는 염려만 없었으면 비행기! 비행기! 하며 혼자 좋아하였을지도 몰랐다.

내가 두어 달 동안이나 집을 못 떠나고 들어앉았는 것은 금전의 구애拘碍^{금전이 없다는 것}가 제일 원인이었지마는 사실 대문 밖에 나서려도 좀처럼 하여서는 쉽지 않았다.

그 이튿날 H가 와서 오늘은 꼭 떠날 터이니 동행을 하자고 평양 방문을 원할 때에는 지긋지긋한 경성의 잡답^{북적북적한 상태}을 등지고 떠나서 다른 기분을 얻으려는 욕구와 장단을 불구하고 하여간 기차를 타게 될 호기심에 끌리어서,

"응, 가지, 가지."

하며 덮어놓고 동의는 하였으나 인제 정말 떠날 때가 되어서는 떠나고 싶은지 그만두어야 좋을지 자기의 심중을 몰라서, 어떻게 된 셈도 모르고 H에게 끌려 남대문역까지 하여간 나왔다.

열차는 아직 도착하지 않았으나 승객은 입장하고 있는 중이었다.

나는 급히 표를 사 가지고 재촉하는 H를 따라갔다. 시간이라는 세력이 호불호好不好, 긍불긍肯不肯을 불문하고 모든 것을 불가항력하에서 독단하여 끌고 가게 된 것을 나는 오히려 다행히 알고 되어 가는 대로 되라고 생각하며 하나씩 풀려 나가는 행렬 뒤에 섰다. 그러나 검역증명서檢疫證明書가 없다고 개찰구에서 H와 힐난이 되는 것을 보고 나는 행렬에서 벗어나서 또다시 아니 가겠다고 하였다.

심사가 난 H는 마음대로 하라고 뿌리치며 혼자 출장 주사실로 향하다가 돌쳐와서 같이 끌고 들어갔다.

백 촉이나 되는 전등 밑에서 히스테리컬한 간호부가 주사침을 들고 덤벼들 제 나는 반쯤 걷어올렸던 셔츠를 내리며 돌아서 마주섰다. 그러나 간호부의 핀잔과 재촉에 마지못하여 눈을 딱 감고 한 대 맞은 후 황황히 플랫폼으로 들어가서 차에 올라탔다. 차에 올라앉아서도 공연히 후회를 하고 앉았었으나 강렬한 위스키의 힘과 격심한 전신의 동요, 반발, 차바퀴 달리는 소리, 암흑을 돌파하는 속력, 주사 맞은 어깨의 침통沈痛…… 모든 관능을 일시에 용약踊躍게 하는 자극의 와중에서 모든 것을 잊고 새벽에는 쿨쿨 자리만큼 마음이 가라앉았다. 덕택으로 오늘 밤에는 메스도 번쩍거리지 않고 면도도 뛰어나오지 않았다. 동이 틀락말락하여서 우리들은 평양역에 내렸다.

남포행은 아직 이삼십 분이나 있는 고로 우리들은 세면소에서 세수를 하고 대합실로 나왔다. 나는 부석부석 붉은 눈을 내리깔고 소파 끝에 앉았다가 벌떡 일어나서,

"난 예서 좀 돌아다닐 테니⋯⋯."

내던지듯이 한마디를 불쑥 하고 H를 마주 쳐다보다가,

"혼자 가서 Y군을 만나보고, 오늘이라도 같이 이리 오면 만나보고, 그렇지 않으면 혼자 돌아다니다가 밤차로 갈 테야."

하며 H의 대답도 듣지 않고 돌아서 나왔다.

"응? 뭐야? 그 왜 그래⋯⋯. 또 미친증이 난 게로군."

하며 H는 벗어 들었던 레인코트를 뒤집어쓰면서 쫓아 나와 붙든다.

"사람이 보기 싫어서⋯⋯ 사실 Y군과 만나기로 별로 이야기할 것도 없고."

하며 애원하듯이 힘없는 구조로 한마디하고,

"영원히 흘러가고 싶다. 끝없는 데로⋯⋯."

혼잣말처럼 힘을 주어 말을 맺고 훌쩍 나와 버렸다.

H도 하는 수 없이 테이블에 놓았던 트렁크를 들고 따라나왔다.

우리 양인은 대동강가로 길을 찾아 나와서 부벽루로 훤히 동이 틀까말까한 컴컴한 길을 소리 없이 걸었다.

한바탕 휘돌아서 내려오다가 종로에서 조반을 사 먹고 또다시 부벽루로 향하였다. 개시開市를 하고 문전에 물을 뿌린 뒤에 신문을 펴들고 앉았는 것은 청량하고 행복스럽게 보였다.

아까 내려올 제는 능라도綾羅島서 저편 지평선에서 주홍의 화염을 뿜으며

날름날름하던 아침해가 벌써 수원지水源池 연통 위에 올라서 천변식목川邊植
木 냇가의 나무들 밑으로 걸어가는 우리의 곁뺨을 눈이 부시게 내리쬐었다.

칫솔을 물고 바위 위에 섰는 사람, 수건을 물에 담그고 세수하는 사람들도
간혹 눈에 띄었다. 나는 발을 멈추고 무심히 내려다보다가 자기도 산뜻한 물
에 손을 담가 보고 싶은 생각이 나서 얕은 곳을 골라서 물가로 뛰어내려갔다.

H도 쫓아 내려와서 같이 손을 담그고 앉았다가,

"X군, 오후 차로 가지?"

"되어 가는 대로……."

다소 머리의 안정을 얻은 나는 뭉쳤던 마음이 풀어진 듯하였다. 나는 아침
햇빛에 반짝이며 청량하게 소리 없이 흘러내려가는 수면을 내다보며 이렇게
대답하고 '물은 위대하다'라고 속으로 부르짖었다.

이때에 마침 뒤 동둑에서 누군지 이리로 점점 가까이 내려오는 발소리를
듣고 우리는 무심히 힐끗 돌아다보았다. 마른 곳을 골라 디디느라고 이리저리
뛸 때마다 등에까지 철철 내리덮은 장발長髮을 눈이 옴폭 파인 하얀 얼굴 뒤
에서 펄럭펄럭 날리면서 앞으로 가까이 다가오는 형상은 도쿄 근처에서 보던
미술가가 아닌가 의심하였다. 이 기괴한 머리의 소유자는 너희들의 존재는 나
의 의식에 오르지도 않는다는 교만한 마음으로인지 혹은 일신에 모여드는 모
든 시선을 피하려는 무관심한 태도로인지 모르겠으나, 하여간 오른손에 든 짤
막한 댓개비〔竹箄〕대나무를 잘게 만든 개비를 전후로 흔들면서 발끝만 내려다보며 내 등
뒤를 지나 한 간통쯤 상류로 올라가 자리를 잡고 앉았다.

그도 우리와 같이 손을 물에 성큼 넣고 불쩍불쩍 소리를 내더니 양치를 한

번 하고 벌떡 일어나서 대동문을 향하여 성큼성큼 간다. 모자도 아니 쓴 장발과 돌돌 말린 때문은 철겨운 모시박이 두루마기 자락은 오른편 손가락에 끼우고 교묘히 돌리는 댓가지와 장단을 맞춰서 풀풀풀풀 날리었다.

"오늘은 꽤 이른걸."

"핫하! 조반이나 약조하여 둔 데가 있는 게지."

하며 장발객長髮客을 돌아서 보다가 서로 조소하는 소리를 뒤에 두고 우리는 손을 씻으면서 동쪽으로 올라왔다.

진정한 행복은 저런 생활에 있는 게야, 하며 혼자 생각했다. 우리는 황달黃疸이 들어가는 잡초에 싸인 부벽루 앞 축대 밑까지 다다랐다. 소경회루小慶會樓라 할 만큼 텅 빈 누내樓內에는 뽀얀 가을 햇빛이 가벼운 아침 바람에 안기어 전면에 흘러들어왔다. 좀 피로한 우리는 누내에 놓인 벤치에 걸터앉으면서 여기저기 매달린 현판을 쳐다보다가,

"사람이란 그럴까, 저것 좀 보아."

좌편에 달린 현판 곁에 붙인 찰札을 가리키며 나는 입을 열었다.

자기의 존재를 한 사람에게라도 더 알리려는 본능적 욕구라면 그만이지만 저렇게까지라도 하지 않으면 만족할 수 없다는 것을 보면…… 참 정말 불쌍하다고 생각하였다.

"그는 고사하고 지금 지나온 그 절벽에 역력히 새긴 이모 김모란 성명은 대체 누구더러 보라는 것이야……. 이러구서도 밥이 입으로 들어갔으니 좋은 세상이었지."

나는 금시로 알 수 없는 분노가 치밀어 올라와서 벌떡 일어나와 성벽에 기

대어 아래를 내려다보고 싶었다.

"그것이 소위 유방백세流芳百世 ^{꽃다운 이름이 후세에 길이 전함} 라는 것이지."

H도 일어나 오며,

"그렇게 내려다보고 섰는 것을 보니…… 입포리 ^{이폴리트. 다눈치오의 〈死의 승리〉의 여주인공} 가 없는 게 한이로군……."

"내가 쫄지요 ^{조르지오} 인가."

하고 나는 고소苦笑하였다.

"적어도 쫄지요의 고통은 있을 테지."

"그야…… 현대인 쳐놓고 누구나 일반이지."

우리는 입을 다물고 잠시 섰다가 을밀대로 향하였다.

외외巍巍히 ^{높다높게 혹은 크디크게} 건너다 보이는 대각臺閣은 엎드러지면 코 닿을 듯 하여도 급한 경사는 그리 쉽지 않았다. 우리는 허위단심 겨우 올라갔다. 그러나 대상臺上의 어떤 오복점吳服店 광고의 벤치가 맨 먼저 눈에 띌 때 부벽루에서는 앉기까지 하여도 눈 서투르지 않던 것이 새삼스럽게 불쾌한 생각이 났다. 나는 눈을 찌푸리고 잠시 들여다보다가 발도 들여놓지 않고 돌쳐서서 그늘진 서편 성 밑으로 내려왔다.

높은 성벽에 가리운 일면은 아직 구슬 이슬이 끝만 노릇노릇하게 된 잔디 잎에 매달려서 어디를 밟든지 먼지가 앉은 구두 끝이 까맣게 반짝거렸다. 나는 성에 등을 기대고 앞에 전개된 광야를 맥없이 내려다보고 섰다가 다리가 풀리어서 그대로 털썩 주저앉았다. 엄동에 음산한 냉방에서 끼치는 듯한 쌀쌀한 찬바람이 늘어진 근육에 와 닿을 때 나는 정신이 반짝 들었다.

그러나 다리를 내던지고 벽에 기대어서 두 손으로 이슬방울을 흩뜨리며 앉았는 동안에 사지가 느른하고 졸음이 와서 포켓에 넣어 둔 신문지를 꺼내서 펴고 드러누웠다.

……H에게 두세 번 흔들려서 깬 때는 이렁저렁 삼사십 분이나 지났었다.

깜짝 놀라 벌떡 일어나 앉으니까 H는 단장 끝으로 조약돌을 여기저기 딱딱 치며 장난을 하다가 소리를 내어 깔깔 웃으면서,

"아, 예가 어덴 줄 알고 잠을 자? 그리고 잠꼬댄 무슨 잠꼬대야? 왜 얼굴이 저렇게 뒤틀렸어?"

나는 멀거니 H의 주름 많은 얼굴을 쳐다보고 앉았다가 '으응……' 하며 무엇이라고 입을 벌리려다가 하품에 막히어 말을 끊고, 일어나서 두 손을 바지 포켓에 지르고 이리저리 거닐었다. H가 내 꽁무니의 앉았던 자리가 동그랗게 이슬에 젖은 것을 보고 놀라는 데에는 대꾸도 아니하고 나는 좀 선선한 증이 나서 양지로 나서면서 가자고 H를 끌었다.

"왜 그래 ? 무슨 꿈이야?"

H는 따라오며 물었다.

"죽은 꿈…… 아주 영영 죽어 버렸다면…… 좋았을걸……."

나는 무엇을 보는 것도 없이 앞을 멀거니 내다보며 꿈의 시종을 차례차례로 생각하여 보다가 이같이 내던지듯이 한 마디 하고 궐련을 꺼내 물었다.

"자살?"

H는 웃으면서 나를 쳐다보았다.

"……미인의 손에. 나 같은 놈에게 자살할 용기나 있는 줄 아나? 아아하."

"누구에게? 미인에겔 지경이면 한 두어 번 죽어 보았으면…… 해해해."

"참 정말…… 하여간 아무 고통없이 공포도 없이 죽는 경험만 해 보고 그러고도 여전히 살아 있을 수만 있으면 여남은 번이라도 통쾌해……. 목을 졸라맬 때의 쾌감! 그건 어떤 자극으로도 얻을 수 없는 거야."

나는 무엇이라고 형용할 수 없는 썩어가는 듯한 심사를 이기지 못하여 입을 다물고 올라가던 길로 천천히 내려오다가 H의 묻는 것이 귀찮아서 다점茶店 앞으로 지나오며 꿈 이야기를 들려주었다.

……무슨 일이었던지 분명치는 않으나…… 아마 쌀을 찧어서 떡을 만들었는데 익지를 않았다고 해서 그랬던지…… 하여간 흰 가루가 뒤발을^{뒤범벅이 된} 한 손을 들고 마루 끝에서 어정버정하다가 인제는 죽을 때가 되었다는 것처럼 손에 들었던 수건으로 목을 매고 덧문을 첩첩이 닫은 방 앞 툇마루 위에 반듯이 드러누우니까, 어떤 바짝 말라서 뼈만 남은 흰 손이 머리맡에서 슬그머니 넘어와서 목에 매인 수건의 두 자락을 좌우로 슬금슬금 졸라대었다. 그때에 나는 이것이 당연히 당할 약조가 있었다는 것처럼 어떠한 만족과 안심을 가지고 눈을 감은 채 조용히 드러누웠었다. 그때에…… 차차 목이 매여 올 때의 이상한 자극은 낙지落地^{세상에 태어남} 이후에 처음 경험하는 쾌감이었다. 그러나 무슨 까닭에 이같이 일찍 죽지 않으면 안 되는가……. 참 정말 죽었는가 하는 의문이 나서 몸을 뒤틀며 눈을 번쩍 떠 보았다…….

"깜짝 놀라 일어날 때에 빙그레 웃고 섰는 군은 악마가 아닌가 생각하였어……. H군의 웃음은 늘 조소하는 듯이 보이지만 아까는 참말 화가 나서……."

실상 아까 깨었을 때에 제일 심사가 나는 것은 꿈자리가 사나운 것보다도 H가 조소하듯이 빙그레 하며 웃고 섰는 것이었다.

"그러나 암만 생각하여도 희한한 것은 처음부터 눈을 감고 누웠었는데 어찌하여 그 '손' 의 주인이 여성이었다고 생각되는지, 자기가 생각하여도 알 수가 없어……."

이야기를 마친 후 나는 말할 수 없는 심화가 공연히 가슴에 치미는 것 같아서 올라올 제 앉았던 강물가로 뛰어내려가서 세수를 하였다.

남포에 도착하였을 때는 벌써 오후 두 시가 훨씬 넘었었다. 출입하였던 Y는 방금 들어와서 옷을 벗어던지고 A와 마주앉아서 지금 심방尋訪^{방문}하고 온 사람의 이야기를 하고 있다가, 우리들을 보고 놀란 듯이 뛰어나와 맞아들였다. 우리를 맞은 Y는 웬 셈인지 좌불안석의 태도였다.

"P는 잘 있나? 금명간 올라가려고 하였지. 평양서 전화를 하였더면 내가 평양으로 나갈걸. 곤할 테지. 점심은?"

순서 없는 질문을 대답할 새도 없이 연발하였다. 나는 간단간단히 응대하고 졸리다고 드러누웠다.

Y는 무슨 다른 생각을 하면서도 좌중의 흥을 돋우려고 애를 쓰는 듯이 이 사람 저 사람 쳐다보며 입을 쭝긋쭝긋하다가 나를 건너다보며,

"……웬 셈이야? 당대의 원기는 다 어디 갔나? 그 표단瓢簞은? 하하하."

"글쎄…… 그것도 인제 좀 염증이 나서……."

나도 시든 웃음을 띠며,

"여기까지 가지고 오긴 왔지!"

하고 누운 채 벗어 놓은 외투를 잡아당기어 찻간에서 먹다 남은 위스키 병을 주머니 속에서 꺼내어 내미니까 일동은 하하하 웃으면서 잠자코 누워 있는 나를 내려다본다.

"그러나 그것 큰일났군. 제행무상諸行無常 우주 만물은 늘 돌고 돌며 제자리에 있지 않음 을 감感하였나…… 무표단이면 무인생無人生이라던 것은 취소인가."

Y는 다소 과장한 듯이 홀홀 느끼며 웃었다.

"그런데 표단이란 무엇이야?"

영문을 모르는 A는 Y에게 묻고 나에게로 고개를 돌렸다.

"흥흥흥, 한마디로 쉽게 설명하면 우선 X군 자신인 동시에 X군의 인생관을 심벌한 X군의 술병이랄까."

"응? X군의 인생관……인 동시에 X씨 자신의…… 무엇이야? 어디나 같은 놈은 알아들을 수가 있나?"

하며 A는 손을 꼽다가 웃고 말았다.

"아니랍니다. 내가 일전에 서울서 어떤 상점에 갔던 길에 표단 모양으로 만든 유리 정종병이 마음에 들기에 사 가지고 왔더니 여럿이 놀린답니다."

나도 이같이 설명을 하고 웃어 버렸다.

"그러나 이 술을 선생한테나 갖다 주고 강연이나 들을까?"

H는 병을 들어서 레테르에 쓰인 글자를 들여다보며 웃었다.

"남포에도 표단이 있는 게로군……."

H도 웃었다.

"응! 그러나 병유리가 좀 흐려[曇]…… 닦은 유리 ^{스리가라쓰 : 모래로 간 것}랄까."

일동은 와하하 하며 웃었다. 나는 눈을 감고 드러누워서 이야기를 듣다가 잠이 올 것 같지 않아 다시 일어나 앉으며,

"A씨도 표단당에 한몫은 가겠지요."

하고 위스키 병을 들어서 한잔 따라 권하고 나도 반 배를 받았다.

"그래 여기 표단은 어때?"

하며 H는 나를 처다보는 모양이었으나 나는 술을 마시노라고 못 보았다.

"……별로 표단을 달고 다니지는 않지만 삼 원 오십 전에 삼층집을 지은 대건축가인데……."

"삼 원 오십 전에? 하하하, 미친 사람인 게로군?"

H가 웃었다.

"글쎄 미쳤다면 미쳤을까. 그러나 인생의 최고 행복을 독점하였다고 나는 생각해……."

Y는 천연덕스럽게 대답하였다. Y와 H가 이야기하는 동안에 나는 A와 잡지계에 관한 이삼 문답을 하다가 자기들 이야기를 들으라고 H가 부르는 바람에 나도 말참례를 하였다.

"술 이야기는 아니나 삼 원 오십 전에 삼층집을 지은 대철인大哲人이 있단 말이야……."

Y는 다시 설명을 하고 어느 틈에 빈 병이 된 것을 보고,

"술이 없군. 위스키를 사 올까."

하더니 하인을 불러 명하였다.

"옳은 말이야. 철학자가 땅두더지로 환장을 하였거나 위인이 하늘에서 떨어졌거나 삼 원이 아니라 단 삼 전으로 삼십 층을 지었거나 누가 아나……. 표단 이상의 철학서는 적어도 내 눈에는 보이지를 않으니까."

나는 냉소를 하면서 또다시 A에게로 향하였다.

"그러나 군은 무슨 까닭에 술을 먹는가."

"논리는 없지, 다만 취하려고."

"그러게 말이야……. 군은 아무것에도 붙을 수 없었다. 아무것에도 만족할 수가 없었다. 결국 알코올 이외에 아무것도 없었다. 비통하고 비참은 하나 그 중에서 위안을 얻기에 먹는 게 아닌가. 그러나 결코 행복은 아니다. 그는 고사하고 알코올의 힘을 빌리지 않아도 알코올 이상의 효과가…… 다만 위안뿐 아니라 행복을 얻을 만한 것이 있다 하면 군은 무엇을 취할 터이냐는 말이야. 하하하……."

"알코올 이상의 효과? 광증狂症이냐 신념이냐, 이 두 가지밖에 없을 것이오. 그러나 오관五官이 명확한 이상 피로, 권태, 실망…… 이외에 아무것도 없는 이상, 그것도 광인으로 일생을 마칠 숙명이 있다면 하는 수 없겠지만 ― 할 수 없지 않은가."

주기가 돌수록 나는 더욱더 흥분이 되어 부지불식간에 한마디 한마디씩 힘을 들여 명확한 악센트를 붙여서 말을 맺고,

"하여간 우선 먹고 봅시다, A공. 자……."

하며 잔을 A에게 전하였다.

"그러나 삼 원 오십 전군, 톨스토이즘에다가 윌슨이즘을 가미한 선생의 설

교를 들을 제 나는 부럽던걸."

술에 약한 Y는 벌써 빨개진 얼굴을 A에게 향하고 동의를 구하였다.

"오늘은 좀 신기가 불편한데…… 연일 강연에 목이 쉬어서 이야기를 못하 겠달 제는 사람이 기가 막혀서…… 하하하."

A는 Y와 삼층집에 갔을 때의 일을 꺼내었다.

"듣지 않아도 세계 평화론이나 인류애쯤 떠드는 게로군."

하며 나는 윗목으로 나가 드러누웠다.

아랫목에서는 Y를 중심으로 하고 삼층집의 주인의 이야기가 어느 때까지 끝이 아니 났다. 가다가다 와아 하고 터져 나오는 웃음소리에 나는 소르르 오 는 잠이 깨고깨고 하다가 종내 잠을 잃어서 나도 귀를 기울이게 되었다. Y가 두 발을 쳐들고 엉덩이로 이리저리 맴을 돌면서 삼층집 주인이 자기 집에 문 은 없어도 출입이 자유자재라고 자랑하던 흉내를 내는 것을 보고 여럿이 웃는 통에 나도 눈을 떠보고 일어났다.

약간 취기가 오른 나는 찬바람도 쐬고 싶고 또 어차피 오늘 밤은 평양에 나가 서 묵을 작정인 고로 정거장 가는 길에 삼층집 아래를 가고 싶은 생각이 나서,

"우리 구경 가 볼까?"

하고 Y에게 물었다.

"글쎄 좀 늦지 않을까?"

하며 Y는 시계를 꺼내 보더니,

"아직 다섯 시가 못 되었군. 그러나 강연은 못할걸! 보시다시피 역사役事를 벌여 놓고 매일 강연에 목이 쉬어서……."

하며 흉내를 내고 또 웃었다.

네 청년은 두어 시간 동안의 홍소훤담^{큰 웃음과 시끄러운 담화}에 다소 피로를 느낀 듯이 모두 잠자코 석양판에 갑자기 번잡하여 오는 큰길로 느럭느럭 걸어나왔다.

황해에 잠긴 석양은 백운을 뚫고 흘러 멀리 바라보이는 저편 이층집 지붕에 은빛으로 반짝거렸다.

Y의 집에서 나온 우리 일행은 축동 거리를 일 정町쯤 북으로 가다가 십자로에서 동으로 꼽쳐 새 거리로 들어섰다. 왕래가 좀 조용하게 되었다. 나는 Y의 말이 과연 사실인가, 실없는 풍자나 조롱을 잘하는 Y의 말이라 혹은 나에게 대한 일종의 우의를 품은 농담이 아닌가 하는 제 버릇의 신경과민적 해석을 하며 따라오다가,

"선생은 원래 무엇을 하던 사람인구?"

하며 Y에게 물었다.

"별로 자세히는 모르지만…… 보통학교 훈도라든가…… A군도 아마 배웠다지?"

"응! 일본말도 제법 하는데…… 이전에는 그래도 미남자였었는데. 하하하……"

A의 말끝에 Y도 웃으며,

"미남자이었든 추남자이었든 하여간 금년 봄에 한 서너 달 감옥에 들어갔다가 나온 뒤에 이상하여졌다는데…… 자세한 이유는 몰라."

"처자는 있나?"

"예, 계집은 친정에 가서 있다고도 하고 놀아났다기도 하나 그 역시 자세한 것은 몰라요."

라고 A가 대답을 하였다.

"Y군, 그 계집이 어느 놈의 유혹으로 팔리어서 돌아다니다가 그 유곽에 굴러들어 와 있다면 어떨까?"

나는 잠자코 있다가 말을 걸었다.

"홍…… 그리고 매일 찾아가서 미친 체를 부리면……."

Y는 대꾸를 하였다.

새 거리를 빠져 황엽黃葉 ^{누런 이파리}이 되어가는 잡초에 싸인 벌판 중턱에 나와서 남북으로 통한 길을 북으로 꿉들어 유정柳町 ^{버드나무 숲}을 바라볼 때는 십여 간통이나 떨어져 보이는 유곽 이층에서는 벌써 전등 불빛이 반짝거리며 흘러나왔다.

"응! 저기 보이는군……."

A가 마주 보이는 나직한 산록에 외따로 우뚝 선 참외 원두막 같은 것을 가리켜 주는 대로 희끄무레한 것이 그 위에 서 움질움질하는 것을 바라보며 우리는 발길을 재촉하였다.

십여 보쯤 가다가 나는,

"이것이 유곽이야?"

하며 좌편을 가리켰다. 방금 전기가 들어온 헌등軒燈 ^{처마등}이 일자로 총총 들어박힌 사이로 목욕탕에서 돌아오는 얼굴만 하얀 괴물들이 화장품을 담은 대야를 들고 쓸쓸한 골짜기를 이리저리 돌아다니는 것이 부화浮華 ^{겉보기만 화려하고 실속이 없음}하다 함보다 도리어 처량히 보였다.

"선생이 여기 덕도 꽤 보지…… 강연 한 번에 술 한 병씩 주는 곳은 그래도 여기밖에 없어……"

A는 웃으면서 설명하였다.

삼층집 꼭대기에 퍼더버리고 앉아서 희미한 햇발이 점점 멀어 가는 산등성이를 얼없이 바라보고 있던 주인은 우리들이 우중우중 올라오는 것을 힐끔 돌아보더니 별안간에 돌아앉아서 무엇인지 똑딱똑딱 두드리고 있다. 우리는 싸리로 드문드문 얽어맨 울타리 앞에서 들어갈 곳을 찾노라고 이리저리 주저하다가 그대로 넘어서서 성큼성큼 들어갔다.

앞에 들어간 A는 주인이 돌아앉은 삼층 위에다 손을 걸어 잡고 들여다보며,

"선생님! 또 왔습니다."

라고 인사를 하였다.

"선생님! 안녕하십니까."

A는 소리를 내어 웃으며 잼처 인사를 하였다. 그러나 그는 여전히 농장籠檻 문짝에 못을 박고 있었다. A와 Y는 동시에 H와 나를 돌아보고 눈짓을 하며 소리 없이 웃었다.

"……신기가 그저 불편하신가요? 오늘은 꼭 강연을 들으러 왔는데요."

이번에는 Y가 수작을 건넸다. 그제야 그는 깜짝 놀란 듯이 먼지가 뿌옇게 앉은 더벅머리를 획 돌이키며,

"예? 왔소?"

간단히 대답을 하고 여전히 돌아앉아서 장도리를 들었다. 세 사람은 일시에 깔깔 웃었다. 그러나 귀밑부터 귀알 같은 수염이 까맣게 덮인 주먹만한 하

안 상을 힐끗 볼 제 나는 앗! 하며 깜짝 놀랐다. 감전된 것같이 가슴이 선뜩하며 심한 전율이 전신을 압도하였다. 그리고 그 다음 순간에는 다소 안심된 가슴에 이상한 의혹과 맹렬한 호기심이 일시에 물밀 듯하였다. 중학교 실험실의 박물 선생이 따라온 줄로만 안 것이었다. 그러나 아무 이유 없이 무의식하게 경건한, 혹은 숭엄한 느낌이 머리 뒤를 떼미는 것 같아서 나는 무심중간에 모자를 벗고 인사를 하였다. 여러 사람들이 홍홍 하며 웃는 것을 볼 때 나는 미안하기도 하고, 무슨 큰 불경한 일이나 하는 것 같아서 도리어 괘씸한 듯이도 보이고 혹은 이 사람이 심사가 나서 곧 뛰어내려와 폭행이나 하지 않을까 하는 염려도 생겼다.

"선생님! 정말 신기가 불편하신 모양이외다그려!."

A는 갑갑증이 나서 또 말을 붙였다.

"서울서 일부러 손님이 오셨는데 강연을 하시구려. 하……"

때묻은 옷가지며 빨래 보퉁이 같은 것이 꾸역꾸역 나오는 것을 꾹꾹 눌러 데밀면서 고친 문짝을 열었다 닫았다 하며 앉았던 주인은 서울 손님이란 말에 귀가 띄었는지 우리를 향하여 돌아앉으며 입을 벌렸다.

"예…… 감기도 좀 들었소이다."

하고 영채없는 뿌연 눈으로 나를 유심히 똑바로 내려다보다가,

"……보시듯이 이렇게 역사를 벌여 놓고……"

한번 방을 휘익 둘러다 본 후 또다시 나에게로 시선을 주며,

"요사이 같아서는 눈코 뜰새도 없쇠다. 더군다나 연일 강연에 목이 꽉 쇠서……"

말을 맺고 H를 돌아다보았다.

그러나 별로 목이 쉰 것 같지는 않았다. Y가 H와 나를 소개하니까,

"예, 그러신가요? 서울서 멀리 오셨소이다그래."

반가운 듯이,

"나는 남포 사는 김창억金昌億이외다."

하며 인사하는 그의 얼굴에는 약간 미소까지 나타났다.

"예…… 나는 ×××올시다."

나는 정중히 답례를 하였다. H도 인사를 마쳤다.

"선생님! 그 용하시외다그래……. 이름도 아니 잊으시고…… 하하하."

H가 놀렸다. 창억은 거기에는 대꾸도 아니하고 나를 향하여,

"좀 올라오시소그래. 아직 역사가 끝이 안 나서 응접실도 없쇠다마는……."

하며 올라오라고 재삼 권하다가,

"게다가 차차 스토브도 들여놓고 손님이 오시면 좀 들어앉아서 술잔이나 나누도록 하여야 하겠지마는……."

어긋 매인 선반 같은 소위 이층간을 가리키며 천연덕스럽게 인사치레를 하였다.

세 사람은 깔깔 소리를 내어 웃었다. 그러나 자기의 말에 조금도 부자연한 과장이 없다고 생각한 그는 웃는 것이 도리어 이상하다는 듯이 힘없는 시선으로 물끄러미 웃는 사람을 내려다보다가 힝 하고 코웃음을 치고 외면을 하였다. 나는 이 사람이 미쳤다고 하여야 좋을지 모든 것을 대오大悟하고 모든 것에서 해탈한 대철인이라고 하여야 좋을지 몰랐다.

"너무 황송하여 올라가진 못하겠습니다마는 어떻게 강연이나 좀 하시구려."

하며 이번에는 H가 놀렸다.

"글쎄, 모처럼 오셨는데 술도 한잔 없어서 미안하외다."

그는 딴전을 부렸다. 처음 만나는 사람을 보고 술 이야기만 꺼내는 것이 이상하였다.

"여기 온 손님들은 모두 하나님 아들이기 때문에 술은 아니 먹는답니다."

늘 웃으며 대화를 듣고 섰던 Y가 입을 열었다.

"예? 형공兄公도 예수 믿습니까?"

그는 놀란 듯이 나를 마주 건너다보다가 히히히 웃으며,

"예수꾼도 무식한 놈만 모였나 봅니다. 예수꾼들 기도할 때에 하나님 아버지시여! 나의 죄를 구하소서, 아맹…… 하지 않소? 그러나 아맹이란 무엇이오. 맹자 같은 만고의 웅변가더러 버버리라고 아맹啞孟이라 하니 그런 무식한 말이 아 어디 있단 말이오? 나를…… 나의 죄를 사하여 달라고 할 지경이면 아면我免이라고 해야 옳지 않습니까."

강연의 서론을 꺼낸 그가 득의만면하여 히히 웃는데 따라서 둘러섰던 사람들도 웃었다. 그러나 나는 그가 비상한 공상가라는 것을 직각한 외에 웃는지 어쩐지 알 수가 없었다.

여럿이 따라서 웃는 것을 보고 더욱 신이 나서 강연을 계속하였다.

"그러나 하나님은 참 지공무사至公無私하시외다. 나를…… 이 삼층집을 단 서른닷 냥으로 꼭 한 달 열사흘 만에 짓게 하신 것이외다. 하나님의 은택이외다. 서양놈들이 아무리 문명을 했느니 기계가 발달되었느니 하지만 그래 단

서른닷 냥에 삼층집을 지은 놈이 어디 있습니까. 날마다 하나님이 와 보시고 칭찬을 하십니다."

"칭찬을 하시니까 지공무사한 것 같지요."

H가 한마디 새치기를 하였다.

"천만에, 이것이 모두 하나님 분부가 있어서 된 것이외다……. 인제는 불의 심판이 끝나고 세계가 일대 가정을 이룰 시기가 되었으니 동서친목회를 조직 하라고 하신 고로 우선 이 사무소를 짓고 내가 회장이 되었으나 각국의 분쟁 을 순찰할 감독관이 없어서 큰일이 났소다."

일동은 와 웃었다.

"여기 X군이 어떨까요?"

Y는 나의 어깨를 탁 치며 얼른 추천을 하였다.

"글쎄, 해 주신다면 고맙지만……."

세 사람은,

"야…… 동서친목회 감독 각하!"

하며 한층 더 소리를 높여 웃었다.

아닌게아니라 첨아撞牙 ^{처마}에 줄레줄레 매단 멍석 조각이며 밀감 조각들 사 이에 '동서친목회 본부' 라고 굵직하게 쓰고 그 옆에 '회장 김창억' 이라고 쓴 궐련상자 껍질 같은 마분지 조각이 모로 매달려 있다. 나는 모자를 벗어든 채 양수거지를 하고 서서 그 마분지를 쳐다보던 눈을 돌이켜서 동서친목회 회장 에게로 향하여,

"회의 취지는 무엇인가요?"

라고 물었다.

"아까 말씀한 것같이 성경에 가르치신 바 불의 심판이 끝나지 않았습니까. 구주대전^{제1차 세계대전}의 그 참혹한 포연탄우가 즉 불의 심판이외다그래. 그러나 이번 전쟁이 왜 일어났나요. 이 세상은 물질만능, 금전만능의 시대라 인의예지仁義禮智도 없고, 오륜五倫도 없고, 애愛도 없는 것은 이 물질 때문에 사람의 마음이 욕에 더럽혀진 까닭이 아닙니까……. 부자, 형제가 서로 반목질시하고 부부가 불화하며 이웃과 이웃이, 한 마을과 마을이…… 그리하여 한 나라와 나라가 서로 다투는 것은 결국 물욕에 사람의 마음이 가리웠기 때문에 아니오니까. 그리하여 약육강식의 대원칙에 따라 세계 만국이 간과干戈로써 서로 대하게 된 것이 즉 구주대전이외다그래. 그러나 인제는 불의 심판도 다아 끝났다, 동서가 친목할 시대가 돌아왔다고 하신 하나님의 말씀대로 나는 신종합니다. 그러기 때문에 하나님의 계시대로 세계 각국으로 돌아다니며 경찰을 하여야 하겠쒀다. 나도 여기에는 오래 아니 있겠쒀다. 좀더 연구하여 가지고…… 영미법덕英美法德^{영국, 미국, 프랑스, 독일을 말함}으로 돌아다니며 천하명승도 구경하고 설교도 해야 하겠쒀다."

말을 맺고 그는 꿇어앉아서 선반 위를 부스럭부스럭하더니 먹다가 꺼둔 궐련 토막을 찾아 내서 물고 도로 앉는다.

"선생님, 그러면 금강산에는 언제 들어가실 텐가요?"

A가 놀렸다.

"한번 다아 돌아다닌 후에 들어가야지."

"그러면 나는 어떻게 합니까. 그때까지 어떻게 기다릴 수가 있습니까?"

"응?"

그는 눈을 뚱그렇게 뜨고 A를 바라보았다.

"아, 선생님 망령이 나셨나 보구려. 금강산에 들어가시면 군수나 하나 시켜 주신다더니……."

일동은 박장대소를 하였다.

"응! 가기 전에 시켜 주지!"

그의 하는 말에는 조금도 농담이 없었다. 유창하게 연설 구조로 열변을 토할 때는 의심할 여지없는 어떠한 신념을 가진 것같이 보였다.

"그러나 금강산에 옥좌玉座는 벌써 되었나요?"

Y는 웃으며 물었다.

"예, 이 집이 낙성되던 날 벌써 꾸며 놓았답니다."

하고 여러 사람의 웃음이 끝나기를 기다려서,

"성姓 중에 김씨가 제일 좋은 성이외다. 옥玉은 곤강崑崗에서 나지만도 금은 여수麗水에서 나지 않습니까. 그러기 때문에 하나님께서 말씀이 너는 김가니 산고수려山高水麗한 금강산에 들어가서 옥좌에 올라앉아 세계의 평화를 누리게 하라고 하십디다……."

하고 잠자코 가만히 섰는 나의 동정을 얻으려는 듯이 미소를 띠고 바라본다.

"대단히 좋소이다. 그러나 이 삼층집은 무슨 생각으로 지셨나요?"

나는 이같이 물었다.

"연전 여름방학에 서울에 올라가서 중등학교에 일어日語 강습을 하러 다닐 때에 서양사람의 집을 보니까 위생에도 좋고 사는 것 같기에 우리 조선사람도 팔자 좋게 못 사는 법이 어디 있겠소? 기왕이면 삼층쯤 높직이 지어 볼까 해서……. 우리가 그놈들만 못할 것이 무엇이오. 나도 교회에 좀 다녀 보았지만 그놈들처럼 무식하고 아첨 좋아하는 놈은 없습디……. 헷, 그 중에서도 목산지 하는 것들 한창 때에 대원군이나 뙤신 듯이 서양놈들이 입다 남은 양복 조각들을 떨쳐입고 그 더러운 놈들 밑에서 굽실굽실하며 돌아다니는 것을 보면 이 주먹으로 대구리를…….”

하며 새까만 거칫한 주먹을 쳐들었다. 그때의 그의 눈에는 이상한 광채가 들고 얼굴은 경련적으로 부르르 떨리면서 뒤틀리었다. 나는 무심히 쳐다보다가 깜짝 놀랐다.

“그러나 날은 점점 추워 오고…… 어떻게 하실 작정인가요?”

나는 화제를 이같이 돌렸다.

“춥긴요. 하나님 품속은 사시 봄이야요. 그러나 예다가 스토브를 놓지요.”

하고 이층을 가리켰다.

“그래 스토브는 어디 주문하셨소?”

누구인지 곁에서 말참견을 하였다.

“주문은 무슨 주문…….”

대단히 불쾌한 듯이 한마디하고,

“스토브는 서양놈들만 만들 줄 알고 나는 못 만든답디까. 그놈들이 하루에 하는 일이면 나는 한 반나절이면 만들 수 있소이다. 이 집이 며칠이나 걸린 줄 아슈? 단 한 달하고 열사흘! 서양놈들은 십삼이란 수가 흉하답디다마는 나는 양옥을 지으면서도 꼭 한 달 열사흘에 지었다오.”

"동으로 가래도 서로만 갔으면 고만 아니오."

H가 말대꾸를 하였다.

"글쎄 말이오. 세상놈들이야말로 동으로 가라면 서로만 달아나는 빙퉁그러진 놈뿐이외다. 조선이 있고 조선글이 있어도 한문이나 서양놈들의 혀 꼬부라진 말을 해야 사람의 구실을 하는 이 쌍놈의 세상이 아닙니까."

한마디 한마디씩 나의 동의를 얻으려는 것처럼 나를 똑바로 내려다보며 잠깐씩 말을 멈추다가 나중에는 열중한 변사처럼 쉴새없이 퍼붓는다.

"네, 그렇지 않습니까. 네…… 그것도 바로 읽을 줄이나 알았으면 좋겠지만…… 가령 천지현황天地玄黃하면 하늘 천 이렇게 읽으니 일대一大라 써 놓고 왜 '하늘 대' 하지 않습니까. 창공은 우주간에 유일 최대하기 때문에 창힐蒼頡 ^{한자를 발명한 인물} 이 같은 위인이 일대一大라고 쓴 것이 아니외니까. 또 '흙 야 할 것을 '따 지' 하는 것도 안 될 것이외다. 따란 무엇이외니까? 흙이 아니오? 그러기에 흙토 변에 언재호야焉哉乎也라는 천자문의 맨 끝자인 이끼 야也자를 쓴 것이외다 그래. 다시 말하면 따는 흙이요, 또 우주간에 최말위最末位에 처한 고로 흙 토자에 천자문의 최말자 되는 이끼 야자를 쓴 것이외다."

우리들은 신기히 듣고 섰다가,

"그러면 쇠금자는 어떻게 되었길래 김가를 하나님께서 그처럼 사랑하시나요?"

하고 Y가 물었다.

"옳은 말씀이외다. 네…… 참 잘 물으셨소이다."

깜빡했더면 잊었을 것을 일깨워 주어서 고맙고도 반갑다는 듯이 득의만면

하여 그 일사천리의 구변으로 강연을 계속한다.

"사람 인人 안에 구슬 옥玉을 하고 한편에 점 한 개를 박지 않았소. 하므로 쇠금이 아니라 사람구슬 금…… 이렇게 읽어야 할 것이외다."

일동은 킥킥킥 웃었다.

"아니외다. 웃을 것이 아니외다……. 사람구실을 하려면 성현의 가르치신 것같이 첫째에 인仁하여야 하지 않쇠니까. 하므로 사람 인 하는 것이외다그려. 그 다음에는 구슬이 두 개가 있어야 사람이지 두 다리를 이렇게(人 — 손가락으로 쓰는 흉내를 내며) 벌리고 선 사이에 딱 있어야 할 것이 없으면 도저히 사람 값에 가지 못할 것이외다. 고자는 그것이 없어도 사람이라 하실지 모르나 그러기에 사람 구실을 못하지 않습니까. 히히히…… 그는 하여간 그 두 개가 즉 사람을 사람 값에 가게 하는 보배가 아닙니까. 그런고로 보배에 제일 가는 구슬 옥玉에 한 점을 더 박은 게 아니외니까……."

한마디 한마디마다 허리가 부러지게 웃던 A는,

"그래서 금강산에 옥좌를 만들었습니다그려…… 하하하."

하며 또 웃었다.

"그러면 여인네는 김가가 없구만요?"

이번에는 H가 놀렸다. 그는 무엇을 생각하는 것처럼 눈만 멀뚱멀뚱하며 앉았다가 별안간에,

"옳지! 옳지! 그래서 내 댁내宅內는 안安가로군……. 응! 히히히. 여편네가 관冠을 썼어……. 여인네가 관을 썼어……. 히히 히히히."

잠꼬대하는 사람처럼 이 사람 저 사람을 쳐다보며 고개를 끄덕거리고 나서

는 히히히 웃기를 두세 번이나 뇌었다.

"참, 아씨는 어디 가셨나요?"

나는 '내 댁내가 안가라고' 하는 그의 말에 문득 그의 처자의 소식을 물어보려는 호기심이 나서 이같이 물었다.

"예? 못 보셨쇼? 여보, 여보, 영희 어머니! 영희 어머니!"

몸을 꼬고 엎드려서 아래를 내려다보며 부르다가,

"또 나갔나!"

혼잣말처럼 하며 바로 앉았더니,

"아마 저기 갔나 보외다."

하고 유곽을 가리켰다.

"또 난봉이 난 게로군……. 하하, 큰일났소이다. 비끄러매 두지 않으면……."

A가 말을 가로채서 놀렸다.

"히히히, 저기가 본대 제 집이라오."

"저긴 유곽이 아니오?"

H도 웃으며 물었다.

"여인네가 관을 썼으니까…… 하하하."

이번에는 Y가 입을 열었다.

그는 무슨 생각이 났던지 고개를 비스듬히 숙이고 앉았다가,

"예, 그 안에 있어요…… 그 안에. 오 년이나 나하고 사는 동안에도 역시 그 안에 있었어요. 히히히 히히."

"그 안에…… 그 안에!"

나는 아까 그의 처가 도주를 하였다는 소문도 있다고 하던 A의 말을 생각하며 속으로 뇌어 보았다.

"좀 불러오시구려."

"인제 밤에 와요. 잘 때에……."

"그거 옳은 말이외다. 잘 때밖에 쓸데없지요. 하하하."

H가 농담을 붙이는 것을 나는 미안히 생각하였다.

"히히히, 그러나 너무 뜨거워서 죽을 지경이랍디다. 어제는 문지기에게 죽도록 단련을 받고 울며 왔기에 불을 피우고 침대에서 재워 보냈습니다…… 히히히."

무슨 환상을 쫓듯이 먼 산을 바라보며 누런 이〔齒〕를 내놓고 히히히 웃는 그의 얼굴은 원숭이같이 비열하게 보였다.

산등에서 점점 멀어 가던 햇발은 부지중 소리없이 날아가고 유곽 이층에 마주 보이는 전등 불빛만 따뜻하게 비치었다.

홍소哄笑, 훤담喧談, 조롱 속에서 급격히 피로를 느낀 그는 어슬어슬하여 오는 으슥한 산 밑을 헤매는 쌀쌀한 가을 저녁 바람과 음산하고 적막한 암흑이 검은 이빨을 악물고 획획 한숨을 쉬며 덤벼들어 물고 흔드는 삼층 위에 썩은 밤송이 같은 뿌연 머리를 움켜쥐고 곁에 누가 있는 것도 잊은 듯이 기둥에 기대어 앉았다.

"인제 가 볼까."

하는 소리가 누구의 입에선가 힘없이 나왔다.

동서친목회 회장…… 세계 평화론자. 기이한 운명의 순난자殉難者, 몽현夢現의 세계에서 상상과 환영의 감주에 취한 성신聖神의 총아, 오욕육구五慾六垢, 칠난팔고七難八苦에서 해탈하고 부세浮世의 제연諸緣을 저버린 불타佛陀의 성도聖徒와, 조소에 더러운 입술로 우리는 작별의 인사를 바꾸고 울타리 밖으로 나왔다.

울타리 밑까지 나왔던 나는 다시 돌쳐 서서 그에게로 향하였다. 이층에서 뛰어내려오는 그와 마주칠 때 그는 내 손에 위스키 병이 있는 것을 보고 히히 웃었다. 나는 Y의 집에서 남겨 가지고 나온 술병을 그의 손에 쥐어 준 후 빨간 능금 두 개를 포켓에서 꺼내 주었다.

"이것 참 미안하외다."

그는 만족한 듯이 웃으며 받아서 이층 벽에 기대어 가로세운 병풍 곁에 늘어놓고 따라나와 인사를 하였다.

가련한 동무를 이별하고 나온 나는 무겁고 울적한 기분에 잠기어서 입을 다물고 구두 코를 내려다보며 무심히 걸었다. 역시 잠자코 앞서가던 Y는 잠깐 멈칫하고 돌아다보며,

"X군! 어때?"

"글쎄……."

"……그러나 모자를 벗어 들고 공손히 강연을 듣고 섰는 군의 모양은 지금 생각을 해도 요절을 하겠어……. 하하하."

"흐흥……."

나는 힘없이 웃었다.

저녁 가을 바람은 산듯산듯 목에 닿는 칼라 속을 핥고 달아났다. 일행이 삼 거리에 와서 A와 헤어질 때는 이삼 간 떨어진 사람의 얼굴이 얼쑹얼쑹 보였다.

시시각각으로 솔솔 내려앉는 땅거미에 싸인 황야에, 유곽에서 가늘고 길게 흘러나오는 샤미센[三味線]^{일본의 전통 현악기} 소리, 탁하고 넓게 퍼지는 장구소리는 혹은 급하게, 혹은 느리게 퍼지어서 정거장으로 걸음을 재촉하는 우리의 발뒤꿈치를 어느 때까지 쫓아왔다.

컴컴하고 쓸쓸한 북망北邙 밑 찬바람에 불리며 사지를 오그리고 드러누운 삼층집 주인공은 저 장구 소리를 천당의 왈츠로 듣는지, 지옥의 아비규환으로 깨닫는지, 나는 정거장 문에 들어설 때까지 흘금흘금 돌아다보아야 오직 유곡 幽谷의 요화 같은 유곽의 전등불이 암흑 가운데 반짝거릴 뿐이었다.

평양행 열차에 오를 때에는 일단 헤어졌던 A도 다시 일행과 합동되었다. 커다란 트렁크를 무거운 듯이 두 손으로 떠받쳐서 선반에 얹고 나서 목이 막힐 듯한 한숨을 휘이 쉬며 앉은 A를 Y는 웃으며 건너다보고,

"인젠 영원한가?"

"응! 영원히. 하하하."

A는 간단히 말을 끊고 호젓해하는 듯한 미소를 띠었다.

"그러나 평양이 세계의 끝일지도 모르지…… 하하하."

"하하하."

A도 숙였던 고개를 쳐들며 힘없이 웃었다.

"왜 어디 가시나요?"

A와 마주앉은 나는 물었다.

"글쎄요, 남으로 향할지 북으로 달릴지 모르겠소이다."

A는 말을 맺고 머리를 창에 기대며 눈을 감았다.

"……A군은 오늘 부친께 선언을 하고 영원히 나섰다는 게라오."

Y가 설명을 하였다.

"하하하, 그것 부럽소이다그려……. 영원히 나섰다는…… 그것이 부럽소이다."

나는 이같이 한마디하고 A를 쳐다보았다. 고개를 들고 눈을 뜬 A는 바로 앉으며 빙긋 웃을 뿐이었다.

우리는 엽서를 꺼내 들고 서울에다가 편지를 썼다. 나는 P에게 대하여 이렇게 썼다.

무엇이라고 썼으면 지금 나의 이 심정을 가장 천명闡明이 형에게 전할 수 있을까! 큰 경이가 있은 뒤에는 큰 공포와 큰 침통沈痛과 큰 애수가 있다 할 지경이면 지금 나의 조자調子를 잃은 심장의 간헐적 고동은 반드시 그것이 아니면 아닐 것이오……. 인생의 진실된 일면을 추켜들고 거침없이 육박하여 올 때 전령全靈을 에워싸는 것은 경악의 전율이요, 그리고 한없는 고민이요, 샘솟는 연민의 눈물이요, 가슴이 저린 애수요…… 그 다음에 남는 것은 미치게 기쁜 통쾌요. 삼 원 오십 전으로 삼층집을 짓고 유유자적하는 실신자失神者를—아니오, 아니오, 자유민을 이 눈앞에 놓고 볼 제 나는 놀라지 않을 수가 없었소. 현대의 모든 병적 다크 사이드를 기름가마에 몰아 놓고 전축煎縮하여 최후에 가마 밑에 졸아붙은 오뇌의 환약이 바지직바지직 타는 것 같기도 하고 우리의 욕구를 홀로 구현한 승리자 같기도 하여 보입디다……. 나는 암만 하여도 남의 일같이 생각할 수 없습디다.

나는 엽서 한 장에다가 깨알같이 써서 Y에게 보라고 주고, 다른 엽서 한 장에 다시 계속하였다.

P군!

지금 아무리 자세히 쓴다 하기로 충분한 설명은 못하겠기로 후일에 맡기지마는 그러나 이것만은 추측하여 주시오. 지금 나는 얼마나 소리 없는 눈물을 정거한 화차의 연통같이 가다가다 뛰노는 심장 밑으로 흘리며 앉았는가를…… 지금 나는 울고 있소. 심장을 압축할 만한 엄숙하고 경건한 사실에 하도 놀라고 슬퍼서…… 지금 나는 울고 있소. 모든 세포세포가 환희와 오뇌 사이에서 뛰놀다가 기절할 만큼 기뻐서…….

북국의 철인哲人, 남포의 광인狂人 김창억은 아직 남포 해안에 증기선의 검은 구름이 보이지 않던 삼십여 년 전에 당시 굴지하는 객주客主 김건화金健華의 집 안방에서 고고呱呱의 첫소리를 울리었다. 그의 부친은 소시부터 몸에 녹이 슨 주색잡기를 숨이 넘어갈 때까지 놓지를 못한 서도西道에 소문난 외도객外道客. 남편보다 네 살이나 위인 모친은 그가 십사 세 되던 해에 죽은 누이와 단 남매를 생산한 후에는 남에게 말 못할 수심과 지병으로 일생을 마친 박복한 여성이었다. 이러한 속에서 자라난 그는 잔열포류屛劣蒲柳의 약질일망정, 칠팔 세부터 신동이라 들으리만큼 영리하였다. 영업과 화류 이외에는 가정이라는 것을 모르는 그의 부친도 의외에 자식이 총명한 것은 기뻐할 줄 알았다. 더구나 자기의 무식함을 한탄하니만큼 자식의 교육은 투전장 다음쯤으로 생각하였다. 그 덕에 창억이도 남만큼 한학을 마친 후 십칠 세 되던 해에 경성에 올라가서 한성 고등사범학교에 입학하게 되었다.

그러나 삼년급 되던 해 봄에, 부친이 장중풍腸中風으로 졸사猝死 갑자기 죽음 하기 때문에 유학을 단념하고 내려오지 않으면 아니 되었다. 그때 백부의 손으로 재산 정리를 하고 보니까 남은 것이라고는 몇 두락斗落 마지기의 전답하고 들어 있는 집 한 채뿐이었다. 유산이 있어도 선고先考의 유업을 계속할 수 없는 창억은 연래의 지병으로 나날이 수척하여 가는 모친과 일 년 열두 달 말 한 마디 건네 보지 않는 가속을 데리고 절망에 싸여 쓸쓸한 큰 집 속에 들엎드렸을 수밖에 없었다. 그러나 모친도 그해 겨울을 넘기지 못하였다. 전 생명의 중심으로 믿고 살아가려던 모친을 잃은 그에게는 아직 어린 생각에도 자살 이외에는 아무 희망도 없었다.

백부의 지휘대로 집을 팔고 줄여 간 뒤로는 조석 이외에 자기 아내와 대면도 않고 종일 서재에 들엎드렸었다. 조석 상식上食에 어린 부부가 대성통곡을 하는 것은 차마 눈으로 볼 수 없었으나 그 설움은 각각 의미가 달랐다. 그것이 창억으로 하여금 더욱 불쾌하고 애통하게 하였…… 이 세상에는 자기와 같은 설움을 가지고 울어 줄 사람은 없구나! 이런 생각이 날 때마다 오 년 전에 십오 세를 일기로 하고 간 누이 생각이 새삼스럽게 간절한 동시에 자기 처가 상식마다 따라 우는 것이 미워서 혼자 지내겠다고까지 한 일이 있다. 독서와 애곡哀哭 ^{슬피 울} 이것이 삼 년 전의 그의 한결같은 일과이었다.

그러나 부친의 삼년상을 마치던 해에 소학교가 비로소 설시設施 ^{설립}되어 유지자有志者의 강청으로 교편을 들게 된 뒤로부터는 다소 위안도 얻고 기력도 회복되었으며 가속에 대한 정의도 좀 나아졌다. 그러나 동시에 주연酒宴 ^{술자리}의 맛을 알기 시작하였다. 처음에는 의사의 주의로 반주를 얼굴을 찌푸려 가며 먹던 사람이 점점 양이 늘어갈 뿐 아니라, 학교 동료와 추축追逐 ^{어울림}이 잦아 갈수록 자기 부친의 청년 시대를 생각하게 되었다. 그러나 그의 처는 내심으로 도리어 환영하였다.

그 이듬해에 식구가 하나 더 는 뒤부터는 가정다운 기분도 들게 되었다. 이와 같이 하여 책과 눈물이 인제는 책과 술잔으로 변하였다. 그 동시에 그의 책상 위에는 신구약 전서 대신에 동경 어떠한 대학의 정경과 강의록이 놓이게 되었다.

그러나 기이한 운명은 창역의 일신을 용서치는 않았다. 처참한 검은 그림자는 어느 때까지 쫓아다니며 약한 그에게 휴식을 주지 않았다.

자기가 가르치던 이년생이 졸업하려던 해에 그의 아내는 겨우 젖떨어질 만하게 된 것을 두고 시부모의 뒤를 따라갔다. 부모를 잃었을 때 같지는 않았으나 자기 신세에 대한 비탄은 한층 더하였다. 어미 없는 계집자식을 끼고 어쩔 줄 몰라 방황하였다. 친척들은 재취를 얻어 맡기려고 무수히 권하였으나 종내 듣지 않았다. 오직 술과 방랑만이 자기의 생명이라고 생각한 그는 마침내 서재에서 뛰어나왔다. 학교의 졸업식을 마친 후 그는 표연히 유랑의 몸이 되었다. 그러나 멀리는 못 갔다. 반 년쯤 되어 홀쩍 돌아와서 못 알아볼 만큼 초췌한 몸을 역시 서재에 던졌다. 그리하여 수삭쯤 지나 건강이 다시 회복된 후 권하는 대로 다시 가정을 이루었다. 이번에는 나이도 자기보다 어리거니와 금실도 좋았다.

그러나 애처의 강렬한 사랑은 힘에 겨워서 충분한 만족을 줄 수가 없었다. 혈색 좋은 큼직하고 둥근 상에서 디굴디굴 구는 쌍꺼풀 눈썹 밑의 안광은 곱고 귀여우면서도 부시기도 하며 밉기도 하며 무서워서 바로 볼 수가 없었다. 그는 될 수 있는 대로 피하였다.

이 같은 중에 재미있는 유쾌한 오륙 년 간은 무사히 지냈다. 소학교는 제10회 창립 기념식을 거행하고 그는 십 년 근속 축하를 받게 되었다.

그러나 운명은 역시 그의 호운을 시기하였다. 내월이면 명예로운 축하를 받게 되는 이때에 그는 불의의 사건으로 철창에 매달리어 신음치 않으면 아니되게 되었다. 앞서거니 뒤서거니 하며 그의 일생을 통하여 노려보며 앉았는 비운은 그가 사 개월 만에 무죄 방면되어 사바^{娑婆}에 발을 들여놓을 때까지 하품을 하며 기다리고 있었다.

사 개월 간의 옥중생활은 잔약한 그의 신경을 바늘 끝같이 예민하게 하였다. 그는 파리하고 하얗게 센 얼굴을 들고 감옥 지붕의 이슬이 아직 녹지 않은 새벽 아침에 옥문을 나섰다. 차입하던 집으로 찾아오리라고 생각하였던 자기 처는 그림자도 보이지 않고 육십이 가까운 백부만 왔다.

출옥하기 일 삭 전까지는 일이 있어도 하루가 멀다고 매일 면회하러 오던 아내가 근 일 개월 동안이나 발을 끊은 고로 의심이 없지 않았으나 가끔 백부

가 올 때마다 영희가 앓아서 몸을 빼쳐 나지 못한다기로 염려와 의혹 속에서
도 다소 안심하고 있었다. 그러나 출옥하던 전날 면회하러 오던 인편에 갑갑
증이 나서 내일은 꼭 맞으러 와 달라고 한 것이라서 뜻밖에 보이지 않는 고로
더욱 의심이 날 뿐 아니라 거의 낙심이 되었다. 백부에게 물어 볼까 하다가 이
것이 자기의 신경과민이 아닌가 하는 생각도 나서 갑갑한 마음을 참고 집으로
발길을 재촉하였다. 도중에서 일부러 길을 돌아 백부의 집으로 가자는 데에도
의심이 나지 않는 것은 아니나 잠자코 따라갔다.

　대문에 발을 들여놓자,

　"아, 아버지!"

하며 영희가 앞선 백부와 바꾸어 뛰어나오는 것을 보고 깜짝 놀랐다.

　"너 탈이 났다더니 언제 일어났니?"

　영희의 어깨에 손을 걸며 눈이 휘둥그래서 숨찬 듯이 물었다.

　"예? 누가 탈은 무슨 탈이 났댔나요?"

　하고 영희는 멈칫하며 둘러보았다.

　"어머니는……?"

　그는 자기가 추측하며 무서워하던 사실이 점점 명백하여 오는 것을 깨달으
며 소리를 낮춰서 물었다.

　"어머니 어디 갔어……."

　그에게 대한 이 한 마디가 억만 진리보다 더 명백하였다. 그 동시에 자기의
귀가 의심쩍었다.

　온 식구가 다 뛰어나오며 웃음 속에서 맞으나 그는 얼빠진 사람처럼 인사

도 변변히 하지 못하고 맥없이 얼굴이 새파래서 뜰 한가운데에 섰다가,

"인제 가 보지요. 영희야!"

하며 그대로 뛰쳐나오려 했다.

뜰 아래서 여기저기 섰던 사람들은 그가 얼빠진 사람처럼 뚱그런 눈만 무섭게 뜨고 이 사람 저 사람을 쳐다보며 주저주저하는 것을 보고 아무도 입을 벌리지 못하고 피차에 물끄러미 눈치만 보다가,

"아, 아침이나 먹고…… 천천히……."

백모가 끌어당기듯이 만류하였다.

"아니오. 왜 영희 어미는…… 어디 갔나요?"

그는 입이 뻣뻣하여 말을 어우를 수 없는 것처럼 떠듬떠듬 겨우 입을 열었다.

"으응…… 일전에 평양에…… 어쨌든 올라오려무나."

평양이라는 것은 처가를 말하는 것이다. 그러나 백모가 말을 더듬는 것이 우선 이상히 보였다. 더구나 '어쨌든'이란 말은 웬 소리인가. 평시 같으면 귓가로 들을 말도 일일이 유심히 들리었다.

"흐흥…… 평양! 흐흥…… 평양!"

실성한 사람처럼 흐흥흐흥 코웃음을 치며 평양을 뇌고 섰는 그의 눈앞에 금년 정초에 평양 정거장 문 밖 우체통 뒤에서 누구하고인지 수군거리다가 획 돌쳐서 캄캄한 밤길에 사라져 버리던 양복쟁이의 뒷모양이 환영같이 떠올랐다. 그는 차차 눈이 캄캄하여 오고 귀가 멀어갔다……. 절망의 깊은 연못은 점점 깊고 가깝게 패어들어 갔다.

그는 빈집에라도 가서 형편도 보고 혼자 조용히 드러누워서 정신을 가다듬

을까 하였으나 현기가 나서 금시로 졸도할 듯하여 권하는 대로 올라가서 안방으로 들어가 픽 쓰러졌다.

피로, 앙분, 분노, 낙심, 비탄, 미가지未可知^{알 수 없음}의 운명에 대한 공포, 불안…… 인간의 고통이란 고통은 노도와 같이 일시에 치밀어 와서 껍질만 남은 그를 삶아 죽이려는 듯이 덤벼들었다. 옴폭 팬 눈을 감고 벽을 향하여 드러누운 그의 조막만한 얼굴은 납으로 만든 데드 마스크와 같았다. 죽은 듯이 숨소리도 들리지 않으나, 격렬한 심장의 동기와 가다가 부르르 떠는 근육의 마비는 위에 덮어 준 주의 위로도 분명히 보였다.

한 시간쯤 되어 깨었다. 잔 듯 만 듯한 불쾌한 기분으로 일어나 밥상을 받았다. 무엇이 입에 들어가는지 정신을 차릴 수가 없었다. 그 속에 들어앉았을 때에는 나가면 이것도 먹어 보리라 저것도 하여 보리라고 벼르고 별렀으나 이렇게 되고 보니까 차라리 삼사 년 후에 나오는 것이 좋았겠다고 생각하였다.

밥술을 뜨자마자 그는 허둥지둥 뛰어나왔다.

"아버지!"

하며 쫓아 나오는 영희를 험상스러운 눈으로 노려보며 들어가라고 턱짓을 하고 나섰다. 머리를 비슷이 숙이고 동구까지 기어 나오다가 돌쳐 설 때 백부의 손에 매달려 나오는 딸을 힐끗 보고 별안간 눈물이 앞을 가리며 낳은 어미 없이 길러 낸 딸자식이 불쌍히 생각되어 금시로 돌쳐가서 손을 잡고 오고 싶은 생각이 불쑥 나는 것을 억제하고 "야아 야아" 하며 부르는 백부의 소리도 못 들은 체하고 앞서서 왔다.

……범죄자의 누명을 쓰고 처자까지 잃은 이내 신세일망정 십여 년이나 정

을 들이고 살던 사 개월 전의 내 집조차 나를 배반하고 고리에 쇠를 비스듬히 차고 있는 것을 볼 때 그는 그대로 매달려서 울고 싶었다.

백부는 숨이 찬 듯이 씨근씨근하며 쫓아와서,

"열대 ^{'열쇠' 의 방언}가 예 있다."

하며 자기 손으로 열고 들어갔으나 그는 어느 때까지 우두커니 섰었다.

일 개월 이상이나 손이 가지 않은 마당은 이삿짐을 나른 뒤 모양으로 새끼 부스러기, 종잇조각들이 즐비한 사이에 초하의 잡초가 수채 앞이며 담 밑에 푸릇푸릇하였다. 그의 백부도 역시 그럴 줄이야 몰랐다는 듯이 깜짝 놀라며 한번 획 돌아보고 나서 신을 신은 채 툇마루에 올라섰다. 먼지가 뽀얗게 앉은 퇴 위에는 고양이 발자국이 여기저기 산국화송이같이 박혀 있다. 뒤로 쫓아 들어온 그는 뜰 한가운데에 서서 덧문을 첩첩이 닫은 대청을 멀거니 바라보고 섰다가 자기 서재로 쓰던 아랫방으로 들어가서 먼지 앉은 요 위에 엎드러지듯 이 벌떡 드러누웠다.

"큰할아버지…… 여기…… 농이!"

안방으로 들어온 영희는 깜짝 놀라며 큰 소리를 쳤다.

"옛?"

하며 어름어름하던 백부는 서창 덧문을 열어제치고 안방을 자세히 살펴보더 니 농장이 없어진 것을 보고 혀를 두세 번 차고 나서,

"망할 년의 새끼…… 어느 틈에 집어 갔노……."

하며 밖으로 나왔다.

아닌게아니라 창억이가 첫 장가들 때 서울서 사다가 십칠팔 년 동안이나

놓아두었던 화류농장 두 짝이 없어졌다.

　백부가 간 뒤에 일꾼아이와 계집애년이 와서 대강대강 소제를 한 후 저녁밥은 먹기 싫다는 것을 건네 왔다. 그 이튿날도 꼼짝 아니하고 들어앉았었다.

　백부의 주선으로 소년 과부로 오십이나 넘은 고모가 안방을 점령하기까지 오륙 일 동안은 한 발짝도 방문 밖에 나오지 않았다. 백부가 보제補劑를 복용하라고 돈푼 든 약첩을 지어다가 조석으로 달여다 놓아도 끝끝내 손도 대지 않았다. 하루 이삼 차씩 백부가 동정을 살피러 와서 유리 구멍으로 들여다보면 앉았다가도 별안간 돌아누워서 자는 체도 하고 우릿간에 든 곰 모양으로 빈방 안을 빙빙 돌아다니다가 누가 들여다보는 기척만 있으면 책상을 향하여 앉기도 하였다. 아침에 세수할 때와 간혹 변소 출입 이외에는 더운 줄도 모르는지 창문을 꼭꼭 닫고 큰 기침소리 한번 없이 들어앉았었다. 그가 속에서 무엇을 하고 있는가는 아무도 몰랐다. 사실 그는 아무것도 하는 것이 없었다. 가다가다 몇 해 동안이나 손도 대어 보지 않던 성경책을 꺼내 놓고 들여다보기도 하였으나 결코 한 페이지를 계속하여 보는 법이 없었다.

　이러한 모양으로 일 삭쯤 지내더니 매일 아침에 한 번씩 세수하러 나오던 것도 폐하고 방으로 갖다 주는 조석만 먹으면 자는지 깨어서 누웠는지 하여간 목침을 들어 드러눕기로만 위주하였다. 백부는 병세가 더 위중하여 그렇다고 약을 먹이지 못하여 달래도 보고 꾸짖어도 보았으나 약은 기어코 입에 대지 않았다. 그러나 노인은 하루 삼사 차씩은 궐하지 않고 와서 방문도 열어 보고 위무하듯이 말도 붙여 보나 벙어리처럼 가만히 돌아앉았다가 어서 가 달라고 걸인이나 쫓아 보내듯이 언제든지 창문을 후닥닥 닫았다.

하루는 전과 같이 저녁때쯤 되어 가만가만 들어와서 유리 구멍으로 들여다
보려니까 방 한가운데에 눈을 감고 드러누웠다가 무엇에 놀란 듯이 깎아 세운
기둥처럼 눈을 부릅뜨고 벌떡 일어나더니 창에다 대고,

"이놈의 새끼! 내 댁내를 차 가고 인제는 나까지 죽이러 왔니?"

주먹을 불끈 쥐고 소리를 버럭 질렀으나 감히 창문을 열지 못하고 얼어붙
은 장승같이 섰다. 백부는 기가 막혀서 미닫이를 열며,

"이거 와 이러니!"

하고 소리를 질렀다. 문만 열면 곧 때려죽이겠다는 듯이 딱 버티고 섰던 사람
이 금시로 껄껄 웃으며,

"나는…… 누구라고! 삼촌 올라오시소그래."

하고 이번에는 안방에다 대고,

"여보, 영희 오마니! 삼촌이 왔는데 술 좀 받아 오시소그래."

하고 나서 경련적으로 켕기어 네 귀가 나는 입을 벌리고 히히히 웃었다.

그의 백부는 한참 쳐다보다가,

"야…… 어서, 자거라, 잠이 아직 깨이지 못한 게로구나…… 술은 이따 먹
지, 어서 어서."

"그런데, 여보소 삼촌! 영희 오마니는 지금 어데 갔소? 술 받으러? 히히
히…… 아하, 어젯밤에도 왔어! 그 사진을 살라 달라고…… 그…… 어디 있
던가?"

하며 고개를 쳐들고 방 안을 획 둘러보다가 무슨 생각이 났던지 별안간에 책
상 앞으로 가서 꿇어앉으며 무엇인지 부리나케 찾는다. 노인은 뒷모양을 한참

들여다보다가 방문을 굳게 닫고 안방으로 들어갔다. 그 뒤 방에서는 히히히 웃는 소리가 흘러나왔다. 그의 손에는 두 조각이 난 사진이 있었다.

그 이튿날 아침에 그는 무슨 생각이 났던지 어느 틈에 방을 뛰어나와서 부엌을 들여다보고 요사이는 왜 세숫물도 아니 주느냐고 볼멘소리를 하며 대야를 내밀고 물을 청하였다. 밥솥에 불을 때고 앉았던 고모가 깜짝 놀라 돌아다보니까 근 반 년이나 면도를 아니한 수염에는 먼지가 뿌옇게 앉았고 솟은 듯한 붉은 눈찌에는 이상한 영채가 돌면서도 무시무시하게 보였다. 고모는 무서운 증이 나서 아니 나오는 웃음을 띠고 달래듯이 온유한 목소리로,

"예예, 잘못하였쇠다. 처음 시집살이라 거행이 늦었쇠다. 히히히……."

웃으며 물을 퍼 주었다.

아침상을 차려다 디밀며 차차 좋아지는 듯한 신기를 위로삼아 무엇이든지 먹고 싶은 것이 있으면 말하라고 하니까,

"영희 오마니나 뭐든지 해 주시오."

하며 의논할 것이 있으니 들어오라고 간청을 하였다. 고모는 주저주저하다가 오늘은 맑은 정신이 난 듯하여 안심하고 방을 치워 줄 겸 걸레를 집어들고 들어갔다. 책상 위와 방구석을 엎드려서 훔치며,

"무슨 의논이야?"

하며 말을 꺼냈다.

"……어젯밤에 영희 오마니가 왔더랬는데, 오늘 낮에는 아주 짐을 지워 가지고 오겠다고……."

"무어? 지금은 어드메 있기에?"

고모는 역시 제정신이 아니 들어서 저러나 보다 하면서도 한편으로는 의아하여 눈이 휘둥그레지며 걸레 잡은 손을 멈추고 고개를 들었다.

"……지금? 히히히, 연옥煉獄에서 단련을 받는데 도망하여 올 터이니 전죄前罪를 용서하고 집에 두어 달라고 합니다."

단테의 『신곡神曲』에서 본 것이 생각나서 연옥이란 말을 썼으나 고모는, 물론 무슨 소리인지 몰랐다. 다만 옥이라는 말에 지옥이라는 말인 줄 짐작하고 하도 어이가 없어서,

"냉면이나 한 그릇 받아다 주지."

하고 나오다가 아침에 세수하던 것을 생각하고 혼자 빙긋 웃었다.

날이 더워갈수록 그의 병세는 나날이 더하여 갔다. 팔월 중순이 지나 심한 더위가 다 가고 뜰에 심은 백일홍이 누릇누릇하여 감을 따라 그에게는 없던 증이 또 생겼다. 축대 밑에 나오려던 풀이 폭열暴熱에 못 이기어서 비틀어져버리던 육칠월 삼복에는 겨우 동창으로 바람을 들이면서 불같이 끓는 방 속에 문을 봉하고 있던 사람이 무슨 생각이 났던지 매일 아침만 먹으면 의관도 아니하고 뛰어나가기를 시작하였다. 무슨 짓을 하며 어디로 돌아다니는지 아무도 몰랐다. 대개는 어슬어슬하여 돌아오거나 혹은 자정이 넘어서 돌아올 때도 있었다. 그러나 별로 곤한 빛도 없었다. 안방에서 혹 변소에 가는 길에 들여다보면 그믐 달빛이 건넌방 지붕 끝에서 꼬리를 감추려 할 때에도 빈방 속에 생불처럼 가만히 앉았었다.

너무 심하여서 삼촌이 며칠을 두고 찾으러 다녀보아도 종적을 알 수 없었다. 집에서 나갈 때에 누가 뒤를 밟으려고 쫓아 나가는 기색만 있어도 도로 들

어와서 어떻게 하여서든지 틈을 타서 몰래 빠져 달아났다. 그러나 그는 별로 다른 데를 다니는 것은 아니었다. 다만 자기 집에서 동북으로 향하여 일 마장쯤 떨어져 있는 유곽 뒤에 둘러싸인 조그마한 뫼 위에 종일 드러누웠을 뿐이었다. 무슨 까닭에 그곳이 좋은지는 자기도 몰랐다. 하여간 수풀 위에서 디굴디굴 구는 것이 자기 방 속보다 상쾌하다고 생각하였다. 아침에 햇발이 아직 두텁지 않은 동안에 잠깐 드러누웠다가 오정 전후의 폭양에는 해안가로 방황한 후 다시 돌아와서 석양판에 가만히 누웠는 것이 얼마나 재미스러웠는지 몰랐다. 그것도 처음에는 동네 아이들이 덤벼들어서 괴로워 못 견디었으나 일주, 이주, 지나갈수록 자기의 신경을 침략하는 자도 점점 없어졌다. 그러나 김모가 미쳤다는 소문은 전시에 모르는 사람이 없게 되었다. 그가 매일 어디 가 있다는 것은 삼촌의 귀에 제일 먼저 들어왔다.

그 후부터는 매일 감시를 엄중하게 하여 나가지 못하게 하였다. 그는 하는 수 없이 이삼 일 동안을 근신한 태도로 칩복蟄伏 ^{거처에 들어박혀 있음} 지 않을 수 없었다. 그러나 사오 일 동안 신용을 보여서 감시가 좀 누그러져 가는 기미를 챈 그는 또다시 방문 밖으로 나섰다. 이번에는 땅으로 꺼져 들어간 듯이 감쪽같이 종적을 감추었다.

반 달 동안을 두고 찾다 못하여 경찰서에 수색원을 제출한 지 사흘 되던 날 밤중에 연통 속으로 기어나온 것처럼 대가리부터 발끝까지 새까만 탈을 하고 훌쩍 돌아와서 불문곡직하고 자기 방으로 들어가 코를 골며 잤다. 이튿날 아침에는 조반을 걸신들린 사람처럼 그릇마다 핥듯이 하여 먹고 삼촌이 건너오기 전에 뛰어나갔다. 삼사 시간 뒤에 쫓아간 그의 백부는 유정柳町 유곽 산 뒤에서 용이히 ^{쉽게} 그를 발견하였다.

그가 처음 감시의 비상선을 끊고 나올 때는 맑은 정신이 들어서 그리하였 는지, 하여간 자기의 고향을 영원히 이별할 작정으로 나섰었다. 우선 시가를 떠나 촌리로 나와서 별장 이전의 상지詳地 ^{땅의 위치등을 보고 길흉을 점치는 것}를 복卜하려고 이 산 저 산으로 헤매었다. 가가호호로 돌아다니며 연명을 하여가며 오륙일 만에 평양 부근까지 갔었다. 그러나 평양이 가까워 오는 데에 정신이 난 그는 무슨 생각이 났던지 뒤도 돌아보지 않고 남포로 향하였다. 그 중에 다소 마음에 드 는 곳이 없지는 않았으나 무엇보다도 불만족한 것은 바다가 보이지 않는 것이 었다. 그는 하는 수 없이 자기 서재로 자기를 위하여 영원히 안도하라고 하느 님이 택정하신 바 유정 뒷산 밑으로 기어든 것이었다.

인간에게 허락된 이외의 감각을 하나 더 가지고 인간의 침입을 허락지 않 는 유수미려한 신비의 세계에 들어갈 초대장을 가진 하느님의 총아 김창억은 침식 이외에는 인간계와 모든 연락을 끊고 매일 같은 꿈을 반복하며 대지 위 에 자유롭게 드러누워서 무애무변無涯無變한 창공을 쳐다보며 대자연의 거룩 함과 하느님의 은총 많음을 홀로 찬양하고 있었다.

이러한 상태가 달포나 되어 시월 하순이 가까워 초상初霜 ^{첫 서리}이 누른 풀잎 끝에 엷게 맺을 때가 되었다.

하루는 어두워서야 들어오리라고 생각한 그가 의외로 점심때도 채 아니 되 어서 꼭 닫은 중문을 소리없이 열고 자취를 감추며 들어와서 자기 방으로 들 어갔다. 안방에서 일을 하고 있던 고모는 도적이나 아닌가 하며 두근거리는 가슴을 억제하고 문틈으로 지키고 앉았으려니까 한식경이나 무엇인지 부스럭부스럭하더니 금침인 듯한 보따리를 들고 나온다. 가슴이 덜렁하던 고모는 문을 박차며 내다보고,

"그건 어디로 가져가니?"

소리를 버럭 질렀다. 도망꾼처럼 한숨에 뛰어나가려던 그는 보따리를 진 채 어색한 듯이 히히히 웃으면서,

"새집 들레…… 히히히, 영희 어머니를 데려오려고 저기 한 채 지었어……."

또 히히히 웃고 획 돌아서 나갔다. 고모는 삼촌집에 곧 기별을 하려도 마침 아이가 없어서 걱정만 하고 앉았었다. 조금 있다가 또 발소리가 살금살금 난다. 이번에는 안방으로 향하여 어정어정 들어오더니 부엌간으로 들어가서 시렁 위에 얹어 놓은 병풍을 끌어 내려다가 아랫방 앞에 놓고 퇴로 올라서서,

"아지먼네, 그 농 좀 갖다 놓게 좀 주시소그래."

하고 성큼 뛰어들어와서 윗간에 놓았던 붉은 농짝을 번쩍 들고 나갔다. 다행히 영희의 계모가 갈 때에 그의 의복이며 빨래들을 모아서 농짝 속에 넣어 두었기 때문에 고모는 걱정을 하면서도 안심하였다. 낙지落地 이래로 이때껏 빗자루 한번 들어 보지 못하던 그가 그 무거운 농짝에다가 병풍을 껴서 새끼로 비끄러매어 가지고 나가는 것을 방문에 기대어 보고 섰던 고모는 입을 딱 벌리고 놀랐다.

기지 이전에 실패한 그는 유정에 돌아와서 일이 주간이나 언덕에 드러누워

여러 가지로 생각하였다. 답답한 방을 면하려면 우선 여기다가 집을 한 채 지어야 하는데 단층으로는 좁기도 하거니와 제일 바다가 보이지 않은 것이다.

"……그러면 이층? 삼층? 삼층만 하면 예서도 보이겠지?"

하고 일어나서 발돋움을 하고 남쪽을 바라보았다. 그러나 인가에 가리어서 사오 정이나 상거가 있는 해면이 보일 까닭이 없다.

"삼층이면 그래도 내 키의 삼사 배나 될 터이니까…… 되겠지."

하며 곁에 떨어진 나뭇가지를 들고 차차 햇발이 밀어 가는 산비탈에 앉아서 건축의 설계도를 그리기 시작하였다. 누렇게 된 잔디 위에 정처없이 이리저리 줄을 쓱쓱 그으면서 가다가다 혼자 고개를 끄떡끄떡하며 해가 저물어 가는 것도 모르고 앉았었다.

그날 밤에 돌아와서는 책궤 속에서 학생시대에 쓰던 때묻은 양척洋尺 ^{서양 자}과 사기四機가 물러난 삼각정규를 꺼내 가지고 동이 트도록 책상머리에 앉았었다.

도안을 얻은 그는 동이 트기도 전에 산으로 달아났다. 우선 기지의 검분을 마친 후 그는 그 길로 돌을 주워들이기 시작하였다. 반나절쯤 걸리어서 두세 삼태기나 모아 놓은 후, 허기진 줄도 모르고 제일 가까운 유곽 속으로 헤매며 새끼 오라기, 멍석 조각이며 장작개비, 비루 궤짝, 깨진 사기 그릇 나부랭이…… 손에 걸리는 대로 모아들이기 시작하였다. 돌아다니는 동안에 유곽 속에서 먹다 남은 청요리 부스러기를 좀 얻어먹었으나 해질 무렵쯤 되어서는 맥이 풀려서 하는 수 없이 엉기어 들어와 저녁을 먹고 곧 자빠졌다.

그 이튿날은 건축장에 나가는 길에 헛간에 들어가서 괭이를 몰래 집어 숨겨 가지고 도망하여 나왔다. 오전에 우선 한 간통쯤 터를 닦아서 다져 놓고 산을 내려와 물을 얻어다가 흙을 이겨 놓고 오후부터는 담을 쌓기 시작하였다. 그러나 한모퉁이에서부터 쌓아 나와 기역자로 꼽들일 때에 비로소 기둥이 없는 데에 생각이 나서 일을 중지하고 산등에 올라앉아서 이 궁리 저 궁리 하여 보았다. 자기 집에는 물론 없지마는 삼촌집에 가면 서까래 같은 것이라도 서너 개 있을 터이나 꺼낼 계책이 없었다. 지금의 그로서 무엇보다도 제일 기외忌畏 ^{꺼리고 두려워하여} 하는 것은 자기의 계획이 완성되기 전에 가족의 눈에 띄거나 탄로되는 것인 동시에 이것을 계획하는 것, 더욱이 이 계획을 절대 비밀리에 완성하는 것이 유일의 재미요, 자랑거리이며 또한 생명이었다. 만일 이때에 누가 와서 '너의 계획은 이러저러하고 너의 포부는 약차약차히 고대高大하나 가엾은 일이지만 그것은 한 꿈에 불과하다'고 설파하는 사람이 있다 하면 그는 경악 실망한 나머지 자살을 하거나 살인을 하였을지도 모를 것이다.

'어떻게 하였으면 아무도 모르게, 아무도 모르는 동안에 하루 바삐 이 신식 삼층 양옥을 지어서 세상 사람들을 놀래 보일까!'

침식을 잊고 주소畫宵 ^{밤낮}로 노심초사하는 것이 오직 이것이었다. 그는 삼촌집의 재목을 가져올 궁리를 하였다.

'밤에나 새벽에 가서 집어 와……? 그것도 아니 될 것이다. 그러면 어느 재목상에나 가서? 응응 옳지옳지!' 하며 그는 흙 묻은 손을 비벼 털며 뛰어내려와서 정거장으로 향하여 달아나왔다. 그는 '재목상에나!'라는 생각이 날 제 십여 년 전에 자기가 가르치던 A라는 청년이 재목상을 경영하고 있는 것을 생각하고 뛰어나온 것이었다. 삼거리로 갈리는 데 와서 잠깐 멈칫하다가 서으로 꼽들어서 또다시 뛰었다. 'K 재목상회'라는 기단 간판이 달린 목책木柵으로 돌라막은 문전에 다다라 우뚝 서며 안을 들여다보고 멈칫거리다가 문 안으로 썩 들어섰다. 그는 무엇이나 도적질하러 온 사람처럼 황황히 사방을 돌아보다가 사무실에서 누가 내다보는 것을 눈치채고 곧 그리로 향하였다.

"재목 있소?"

발을 들여놓으며 한마디 부르짖었다.

"그런데 이게 웬일이오? 재목집에 재목이야 있지요. 하하하……."

테이블 앞에 앉아서 사무원들과 잡담을 하고 있던 주인은 바로 앉아서 그를 마주 쳐다보며 웃었다.

그는 얼이 빠진 사람처럼 이 사람 저 사람 사무원들을 차례차례로 쳐다보다가 마치 취한이나 광인이 스스러운 사람과 대할 때에 특별한 주의와 긴장을 가지는 거와 같이 뿌연 눈을 똑바로 뜨고 서서 한마디 한마디씩 애를 써 분명한 어조로,

"아니 좀 자질구례한 기둥 있거든 몇 개 주시소고래. 지금 집을 짓다가……."

"그건 해 무엇 하시랴오? 그러나 돈을 가져 오셔야지요. 하하하."

사소한 대금을 관계하는 것은 아니나 그가 광증이 있다는 소문을 들은 주인은 그대로 내주는 것이 어떨까 하여 물어 보았다.

"응응! 옳지! 돈이 있어야지 응응! 돈이 있어야지……."

돈이란 말에 비로소 깨달은 듯이 연해 고개를 끄덕거리며 멀거니 섰다가 아무 말도 없이 도로 뛰어나갔다. 처음부터 서로 눈짓을 하며 빙긋빙긋 웃고

앉았던 사무원들은 참았던 웃음을 왓하하하 하며 웃었다. 그는 눈을 부릅뜨고 유리창을 흘겨다 보며 급히 달려 나왔다.

그 길로 자기 집으로 뛰어갔다. 방에 뚝 들어서면서 흙이 말라서 뒤발을 한 손으로 책상 위에 놓인 물건을 뒤적거리며 한참 찾더니 돈지갑을 들고서 선 채 열어 보았다. 손에는 일 원짜리 지폐가 석 장하고 은전 백 동전을 합하여 구십여 전쯤 들어 있었다. 옥중에서 차입하여 쓰고 남은 것이었다. 그는 혼자 히이 웃으며 지갑을 단단히 닫아서 바지춤에다 넣고 다시 뜰로 내려섰다. 대문을 막 나서렬 때 삼촌과 마주쳤다. 그는 마치 못된 장난을 하다가 어른에게 들킨 어린아이처럼 깜짝 놀라며 꽁무니를 슬슬 빼며 급히 방 안으로 뛰어들어가서 자는 체하고 드러누워 버렸다. 그날 밤에는 종내 나가지 못하게 되었다.

이튿날 아침에는 우선 재목상을 찾아갔다.

마침 나와 앉았던 주인은 아무 말 없이 들어와서 훔척훔척하다는 삼 원 오십 전을 꺼내 놓고,

"얼마든지 좀 주시고래."

하고 벙벙히 섰는 그의 태도를 한참 쳐다보다가,

"얼마나 드리리까?"

하며 웃었다.

"기둥 여섯하고……."

"기둥 여섯만 하여도 본전도 안 됩니다."

주인은 하하 웃으며 그의 말을 자르고 사무원을 돌아다보고 무엇이라고 하

였다. 그는 사무원을 따라 나가서 서까래만한 기둥 여섯 개와 널빤지 두개를 얻어서 짊어지고 나섰다. 재목을 얻은 그는 생기가 더 나서 우선 네 귀에 기둥을 세우고 두 편만은 중간에다 마주 대하여 두 개를 세운 뒤에 삼등분하여 새끼로 두 층을 돌라매어 놓고 담을 쌓기 시작하였다. 담 쌓기는 쉬우나 돌멩이 모아들이기에 날짜가 많이 걸렸다. 약 3주간이나 되어 동편으로 드나들 구멍을 터놓고는 사방으로 삼사 척의 벽을 쌓았다. 우선 하층은 되었는고로 널빤지를 절반하여 한편에 기대어서 걸쳐놓고 나머지 길이를 이등분하여 어긋 매어서 삼층을 꾸렸다. 그 다음에는 이층만 사면에 멍석 조각을 둘러막고 삼층은 그대로 두었다. 이것도 물론 그의 설계에 한 조목 든 것이었다. 그의 이상으로 말하면 지붕까지라도 없어야 할 것이지만 우로雨露 비와 이슬를 피하기 위하여 부득이 역시 멍석을 이어서 덮었다.

이같이 하여 이렁저렁 일 개월 이상이나 걸린 역사가 대강대강 끝이 나서 우선 손을 떼던 날 석양에 그는 삼층 위에 올라앉아서 저물어 가는 산 경치를 내다보고 혼자 기꺼움을 이기지 못하였다. 인생의 모든 행복이 일시에 모여든 것 같았다. 금시에라도 이사를 하려다가 집에 들어가면 또 잡히어서 나오지 못할 것을 생각하고 어둡기까지 그대로 드러누웠었다. 드러누워서도 여러 가지 생각이 많았다. 우선 세계 평화 유지 사업으로 회를 하나 조직하여야 할 터인데…….

"회명은 무어라고 할까? 국제연맹이란 것은 있으니까 국제평화협회? 세계평화회? 그것도 아니 되었어. 동서양이 제일에 친목하여야 할 것인즉 '동서친목회' 라 하지! 옳지! 동서친목회……. 되었어."

그 다음에 그는 삼층 양옥을 어떻게 하면 거처에 편리하게 방세房勢를 정할까 생각하였다. 우선 급한 것은 응접실이다. 그 다음에는 사무실, 침실, 식당, 서재…… 차례차례로 서양사람 집 본새를 생각하여 가며 속으로 정하여 놓고 어슬어슬한 때에 뛰어내려왔다. 일단 집으로 향하였다가 무슨 생각이 났는지 다시 돌쳐서서 유곽으로 들어갔다. 헌등 아래로 슬금슬금 기어가듯 하며 이 집 저 집 기웃기웃하다가 어떤 상점 앞에 서더니 저고리 고름 끝에 매인 매듭을 힘을 들여서 풀고 섰다. 한 사람 두 사람 모여드는 것도 모르는 것같이 시치미를 떼고 풀더니 은전 네 잎을 꺼내서 던지고 일본주 이홉 병을 받았다……. 낙성연을 베풀려는 작정이었다.

공복에 들어간 두 홉 술의 힘은 강렬하였다. 유정의 사람 자취가 그칠 때까지 이 집 저 집 돌아다니며 동서친목회 회장이 너희들을 감독하려고 내일이면 또 나오신다고 도지개[몸을 비비꼬며 움직이다]를 틀며 앉았는 여회원들을 웃기며 비틀거리고 돌아다닌 것도 그날 밤이었다.

　　　　　　세간을 나르노라고 중문 대문을 훨씬 열어제쳐 놓은 것을 지치려고 뒤를 쫓아 나간 고모는 이맛살을 찌푸리고 그의 가는 방향을 한참 건너다보다가 긴 한숨을 쉬고 돌아와서 큰집에 갈 영희만 기다리고 앉았으려니까 십오 분쯤 되어 삐이걱 하는 소리가 나더니 또 들어와서 이번에는 부엌으로 들어가서 한참 동안 훔척훔척하다가 석유통으로 만든 화덕 위의 냄비를 들고 나왔다. 그 속에는 사기 그릇이며 수저 나부랭이를 손에 잡히는 대로 듬뿍 넣었다. 그는 안에서 무엇이라고 소리나 칠까 보아서 힐끗힐끗 돌아다보며 뺑소니를 쳐서 나왔다…… 십수 년 동안 기거하던 자기 집을 영원히 이별하였다.

그날 석양에 고모는 영희를 데리고 동리 사람들이 가르쳐 주는 대로 그의 신 가정을 찾아갔다. 고모에게 대하여는 가장 불행하고 비통한 집알이었다. 엿과 성냥 대신에 저녁밥을 싸 가지고 갔었다. 물론 가자고 하여야 다시 집에 돌아올 그가 아니었다. 영희가 울면서 가자고 하니까 그는 무슨 정신이 났던지 측은해하는 듯한 슬픈 안색으로 목소리를 떨며,

"어서 가거라. 어서 가거라……. 아아, 춥겠다. 눈이 저렇게 왔는데 어서 가거라."

혼잣말처럼 꼭 한마디하고 아랫간에 늘어놓은 부엌 세간을 정돈하며 있었다.

고모는 하는 수 없이 돌아와서 남았던 시량柴糧 ^{땔감과 양식}과 찬을 그에게로 보내 주고 나서 어둑어둑할 때 문을 잠그고 영희와 같이 큰집으로 건너갔다. 근 보름이나 앓아 누운 그의 백부는 눈물을 흘리며 깊은 한숨만 쉬고 아무 말도 없었다…… 소년 과부로 오십이 넘은 그의 고모는 건넌방에 영희를 끼고 누워서 밤이 이슥하도록 훌쩍거렸다. 영희의 흑흑 느끼는 소리도 간간이 안방에까지 들렸다.

아랫목에 누웠던 영감이,

"여보 마누라, 좀 가보시구려."

하는 소리에 잠이 들려던 노마님이 건너갔다. 조금 있다가 이 마누라까지 훌쩍훌쩍하며 안방으로 건너왔다. 미선尾扇 ^{부채의 종류}을 가슴에 대고 반듯이 드러누

운 노인의 눈에도 눈물이 글썽글썽하였다.

십칠야의 교교한 가을 달빛은 앞창 유리 구멍으로 소리 없이 고요히 흘러 들어와서 할머니의 가슴에 안기어 누운 영희의 젖은 베개 밑을 들여다보고 있었다.

평양으로 나온 우리 일행은 그 이튿날 아침에 남북으로 뿔뿔이 헤어졌다. 그 후 이 개월쯤 되어 나는 백설이 애애한 북국 어떠한 한촌 진흙방 속에서 이러한 Y의 편지를 받았다.

형식에 빠진 모든 것은 우리에게 있어 벌써 아무 의미도 없는 것이 아니오? 어느 때든지 자기의 생활에 새로운 그림자(그것은 보다 더 선한 것이거나 혹은 보다 더 악한 것이거나 하여간)가 비쳐 올 때나 혹은 잠든 나의 영靈이 뛰놀 만한 무슨 위대한 힘이 강렬히 자극하여 오거나 그렇지 않으면 군에게 무엇이든지 기별하고 싶은 사건이 있기 전에는 같은 공기 속에서 같은 타임 속에서 동면상태로 겨우 서식하는 지금의 나로는 절絶하고 대적對的으로 누구에게든지 또는 무엇에든지 붓을 들지 않으려고 결심하였소. 자기의 침체한 처분, 꿈꾸는 감정을 아무리 과장한들 그것이 결국 무엇이오…….

그러나 지금 펜을 들어 이 페이퍼를 더럽히는 것이 현재의 내가 무슨 새로운 의의를 발견하고 혹은 새로운 공기를 호흡하게 된 까닭은 아니오. 다만 내가 오래간만에 집을 방문하였다는 것과 그 외에 군이 어떠한 호기심을 가지고 심방하였던 삼 원 오십 전에 삼층 양옥을 건축한 철인의 철저한 예술적 또한 신비적 최후를 군에게 알리려는 까닭이오.

여기까지 읽은 나는 깜짝 놀랐다. 손에 들었던 편지를 책상 위에 놓고 바로 앉아서 한 자 한 자 세듯이 하여 가며 계속하여 보았다.

……사실은 지극히 간단하나, 이 소식은 군에게 비상한 만족을 줄 줄로 믿소. 하느님이 천사를 보내시어 꾸며 놓으신 옥좌에 올라앉아서 자기의 이상을 실현치 않으면 아니 될 시기라고 생각한 그는 신의神意로써 만든 삼원 오십 전짜리 궁전을 이 오탁五濁에 싸인 속계에 두고 가기 어려웠을 것이오. 신의 물物은 신에게 돌리리라. 처치하기 어려운 삼층집을 맡길 곳이 신 이외에 없었을 것도 괴이치 않은 것이겠소……. 유곽 뒤에 지어 놓았던 원두막 한 채가 간밤 바람에 실화하여 먼지가 되어 날아간 뒤에 집주인은 종적을 감추었다……라고 하면 사실은 지극히 간단할 것이오. 그러나 불은 왜 놓았나?

나는 이하를 더 읽을 기운이 없다는 것같이 가만히 지면을 내려다보고 앉았었다. 의외의 사실에 대한 큰 경이도 아니려니와 예측한 사실이 실현됨에 대한 만족의 정도 아닌 일종의 형용할 수 없는 감정이 다대한 호기심과 기대에 긴장하였던 마음을 일시에 느즈러지게 한 상태였다. 나는 또다시 읽기 시작하였다.

추위에 못 견디어서……라고 세상 사람들은 웃고 말 것이오. 그리고 군더러 말하라면 예의 현실 폭로라는 넉 자로 설명할 것이오. 그러나 그가 삼층집에서 내려와 자기 집 서재로 들어가기 전에는 불을 놓았다고도 못할 것이오. 또 현실폭로의 비애를 감하여 그리 하였다 하면 방화까지 할 필요는 없었을 것이오. 신의에 따라서만 살 수 있다는 신념을 확집確執한 그는 인제는 금강산으로 들어갈 때가 되었다고 삼층 위에서 뛰어 내려온 것이오. 그리고 그 건축물은 신에게 돌린 것이오……

아아, 그 위대한 건물이 홍염의 광란 속에서 구름 탄 선인같이 찬란히 떠오를 제 그의 환희는 어떠하였을까. 그의 입에서는 반드시 할렐루야가 연발되었을 것이오. 그리고 일 편의 시가 흘러 나왔을 것이오. 마치 네로가 홍염 가운데의 로마 대도를 바라보며 하프에 맞춰서 시를 읊듯이. 아아, 그는 얼마나 위대한 철인이며 얼마나 행복스러운가……. 반열반온의 자기를 돌아볼 제 진심으로 자기 자신을 매도罵倒치 않을 수 없소…….

기뻐하리라고 한 Y의 편지는 오직 잿빛의 납덩어리를 내 가슴에 던져 주었을 따름이었다. 나는 여기저기 골라 가며 또 한 번 읽은 뒤에 편지장을 책상 위에 펼쳐 놓은 채 드러누웠었다. 음산한 방 속은 무겁고 울적한 나의 가슴을 더욱더욱 질식하게 하는 것 같았다. 까닭 없이 울고 싶은 증이 나서 가만히 누웠을 수가 없었다……. 나는 뛰어 일어나서 방 밖으로 나섰다.

아침부터 햇발을 조금도 보이지 않던 하늘에 뽀얀 구름이 건너다 보이는 앞산 위까지 처져서 방금 눈이 퍼불 것 같았다. 나는 얼어붙은 눈 위를 짚신발로

바삭바삭 소리를 내며 R동 고개로 나서서 항상 소요하던 절벽 위로 향하였다.

사람 하나나 간신히 통행할 만한 길 오른편 언덕에 거무스름하게 썩어서 문정문정하는 짚으로 에워싼 한 칸 집이 있고, 그 아래에는 비스듬하게 짓다가 둔 헛간 같은 것이 있다. 나는 늘 보았건만 그것의 본체가 무엇인지 아직껏 물어도 보지 않았다. 그러나 삼층 양옥의 실화사건의 통지를 받고는 새삼스럽게 눈여겨보았다. 나는 두세 걸음 지나가다가 다시 돌쳐서서 언덕으로 내려와서 사면팔방을 멍석으로 꼭 틀어막은 괴물 앞에 섰다.

나는 무슨 무서운 물건이나 만지듯이 입구에 드리운 멍석 조각을 가만히 쳐들고 컴컴한 속을 들여다보았다. 광선 한 줄기 들어오지 않는 속에서는 쌀쌀한 바람이 획 끼칠 뿐이요, 아무것도 보이지 않았다. 공연히 마음이 선뜩하여 손에 쥐었던 거적문을 놓으려다가 다시 자세자세히 검사를 하여 보았다. 그러나 무엇인지는 알 수가 없었다. 기둥 두 개를 나란히 늘어놓은 위에 나무관 같은 것을 놓고 그 위에는 언젠지 대동강변에서 본 봉황선 대가리 같은 단청한 목판짝이 얹혀 있었다. 나는 보지 못할 것을 본 것같이 께름하여 마른침을 탁 뱉고 돌아서 동둑 위로 올라왔다. 나는 눈에 묻힌 절벽 위에 와서 고총古塚 앞에 놓인 석대에 걸터앉으려다가 곁에 새로 붉은 흙을 수북이 모아 논 것을 보고 외면을 하며 일어 나왔다. 이것은 일전에 절골寺洞에선가 귀신이 씌어서 죽었다고 무녀巫女가 온 식전 굿을 하던, 때도 안 입힌 새 무덤이다.

저녁 밥상을 받고 앉아서 주인더러 등 너머의 일간두옥―間斗屋은 무엇이냐고 물으니까,

"그것이 이 촌에서 천당에 올라가는 정거장이라우……."

하고 웃으며 동리에서 조직한 상계喪契의 소유자라고 설명하였다. 이 촌에서 난 사람은 누구나 조만간 그곳을 거쳐야만 한다는 묵계가 있다는 그의 말에는 무슨 엄숙한 의미가 있는 것같이 들리었다. 나는 밥을 씹으며 저를 손에 든 채로 그 내력을 설명하는 젊은 주인의 생기 있는 얼굴을 물끄러미 쳐다보고 앉았었다. 그 순간에 나는 인생의 전 국면을 평면적으로 부감俯瞰한 것 같은 생각이 머리에 떠오르는 동시에 무거운 공포가 머리를 누르는 것 같았다.

그날 밤에 나는 아무것도 할 용기가 없어서 몇몇 청년이 몰려와서 떠드는 속에 가만히 드러누웠었다. 어쩐지 공연히 울고 싶었다. 별로 김창억을 측은히 생각하여 그의 운명을 추측하여 보거나 삼층집 소화燒火한 후의 행동을 알려는 호기심은 없었으나 지금쯤은 어디로 돌아다니나 하는 생각이 나는 동시에, 작년 가을에 대동강가에서 잠깐 본 장발객長髮客의 하얀 신경질적 얼굴이 머리에 떠올랐다.

과연 그가 그 후에 어디로 간 것은 아무도 몰랐다. 더구나 뱀보다도 더 두려워하고 꺼리는 평양에 나와 있으리라고는 아무도 몽상 외였다. 그러나 그는 결국 평양에 왔다. 평양은 그의 후취의 본가가 있는 곳이다.

……일 년 열두 달 열어 보는 일이 없이 꼭 닫은 보통문普通門 밖에 보금자리 같은 짚더미 속에서 우물우물하기도 하고 혹은 그 앞 보통강가로 돌아다니는 걸인은 오직 대동강가의 장발객과 형제거나 다만 걸인으로 알 뿐이요 동리에서도 누구인지는 아무도 몰랐다.

'나'는 불규칙한 생활과 삶의 권태로 고통과 갈등의 세월을 보내고 있다. 중학시절 해부한 개구리의 형상이 떠오르고 해부할 때의 메스가 생각나 책상 속에 넣어둔 면도칼에 대한 두려움 때문에 잠을 이루지 못하는 등 신경 과민에 불면증까지 겹쳐 죽음의 유혹까지 느낀다. 이런 상황에서 H가 평양 방문에 동행할 것을 권해오자 '나'는 밀실에서 벗어나고 싶은 심정에 그를 따라 기차를 탄다. '나'는 대동강가에서 기괴한 차림의 장발객을 보고 동질성을 느낀다.

'나'는 H와 남포로 Y를 방문하여 김창억에 대한 이야기를 듣고, 일행들과 함께 그를 방문한다. 김창억은 삼 원 오십 전으로 삼층집을 짓고 산다는 정신 이상자이다. 김창억은 굴지의 객주집에서 태어났으며 신동으로 불렸으나 부친이 주색잡기로 재산을 날리고 죽자 공부를 중단하게 된 인물이다. 이후 모친마저 죽은 후 교편을 잡았으나 첫 부인이 죽게 되고 후처를 얻은 후 불의의 사건으로 감옥에 갇히게 된다. 하지만 곧 무죄로 방면은 되었지만 이미 부인은 도망가 버린 후였다. 이후 집안에만 있던 그는 정신이 이상해지며 괴이한 행동을 하게 되는데, '나'의 눈에는 철학자인 것처럼 유유자적하는 자유인과 같은 느낌을 받는다.

남포를 다녀온 지 두 달쯤 되는 어느 날 '나'는 Y로부터 편지를 받는다. 김창억이 집에 불을 지르고 어디론가 떠나 버렸다는 내용이다. 나는 우울한 심정이 되어 늘 거닐던 절벽 길을 걷는다. 그날 밤 김창억에 대한 생각과 대동강가에서 본 장발객의 신경질적인 얼굴을 동시에 떠올린다. 그 후 김창억의 행방을 아는 사람은 아무도 없었다. 다만 평양에서 대동강가를 거닐며 걸식하는 거지를 아무도 알아보지 못한다는 말이 사족처럼 끝부분에 명시되어 설명되어 있을 뿐이다.

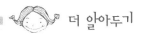 더 알아두기

에피소드 중심 플롯이나 중심적 갈등 구조에서 벗어나 있는 짧은 이야기 혹은 사건을 지칭하는 말이다. 중심적 이야기와 직접적으로 연결되어 있지 않고 다소 주변적이거나 엉뚱한 것이기 때문에 서사의 중심 기능을 담당하지는 않는다. 하지만 다른 측면에서 본다면 한 작품의 미학적 구조를 풍부하게 해줄 수 있는 다양한 정보의 도입, 플롯이 가지는 긴장감의 완급 조절, 분위기 전환 등과 같은 면에서 중요한 문학적 의미를 지니고 있다고 볼 수도 있다.

「표본실의 청개구리」는 1921년 《개벽》에 3회에 걸쳐 연재된 단편소설입니다. 염상섭의 처녀작인 이 작품은 한국 현대문학사상 최초의 자연주의 계열의 작품으로 평가되고 있습니다. 제목만 보아도 그다지 낭만적이거나 감상적인 이야기 같지는 않죠? 그 반대로 실험 기구들이 가득 들어찬 실험실이 먼저 떠오르면서, 이야기가 아주 건조하고 딱딱하고, 사실적일 것 같은 느낌을 갖게 할 겁니다. 약품 냄새를 풍기는 실험실을 떠올리는 제목이 암시하듯이 이 작품은 1920년대 사회는 물론, 인간의 내면까지 해부하듯 날카롭게 묘사되는 게 특징이라고 할 수 있습니다.

그러나 작중 인물들이 서로 주고받는 대화들이나 사건들이 매우 관념적으로 그려지고 있어서 그 속에 담긴 의미를 이해하기가 꽤 까다롭답니다. 게다가 이야기의 구성이 액자식으로 짜여진 복합 구성이라 더욱 이해하기 힘들지요. 이 작품은 권태와 불면증에 시달리던 '나'가 '김창억'이라는 미친 사람을 만나 겪는 내용입니다.

그러면서 무기력증에 빠진 식민지 지식인들의 우울한 내면 풍경을 그리고 있지요. 그래서 작품의 전체 분위기가 굉장히 무겁게 가라앉아 있습니다.

이 작품을 이해하기 위해서 우리는 우선 작품이 발표되었던 시기를 주목해 볼 필요가 있습니다. 이 소설이 발표된 1921년은 우리나라가 일제의 식민지로 있었던 시기로, 3·1운동이 실패로 돌아감에 따라 온 국민들은 아주 깊은 좌절감과 패배감에 빠져 있었습니다. 자연히 이 무렵 작가들은 대부분 3·1운동의 실패로 인한 실의와 좌절을 주로 감상적이고 퇴폐적인 낭만주의로 풀어낸 소설을 쓰게 됩니다.

특히, 소설에서 이런 경향은 더 뚜렷하게 나타나는데, 희망을 잃은 지식인 주인공의 무기력한 정신과 궁핍한 생활상을 보여주는 작품들이 많이 나왔지요. 「표본실의 청개구리」에 등장하는 인물들에게서도 이런 현상은 그대로 적용되고 있습니다. 이 작품에 나오는 주인공 '나'와 '김창억' 또한 지식인이며, 뭐라 말할 수 없는 번민과 권태에 휩싸여 목적 없이 헤매는 모습을 보여줍니다.

'나'는 권태로운 생활 속에서 지쳐 있는데, 신경만 더욱 날카로워져서 밤에 잠

 더 알아두기

자연주의 자연주의란 사실주의를 이어받아 내용의 특별한 선택을 보여주는 문학 양식이다. 또한 특별한 철학적 명제에 따라 일군의 작가들에 의해서 개발된 소설양식이라고 볼 수 있다. 사람은 전적으로 자연 질서의 일부이기 때문에 인간은 단지 그의 성격과 운명이라는 두 종류의 자연력, 즉 유전과 환경에 의해 결정된다는 것이다. 한국에서 자연주의 문학을 처음으로 받아들인 사람은 염상섭이라고 할 수 있다. 그는 자연주의 문학의 이론과 실제를 겸한 자연주의 문학의 포고자로서의 역할을 담당하였다.

을 자지 못합니다. 신경이 극도로 날카로워진 '나'는 '사지에 핀을 박고 칠성판 위에 자빠'져 해부되던 청개구리처럼 날카로운 메스에 찔려 죽을지도 모른다는 불안감으로 불면증이 더욱 심해지고, 그 상황에서 벗어나기 위해서는 무언가 해야 한다는 절박한 심정을 가지고 있습니다.

그러면 '김창억'은 이 소설에서 어떤 의미를 가진 인물일까요? 이 인물의 참 의미는 그 당시의 시대적·사회적 배경과의 밀접한 관계 속에서 찾을 수 있지요. 그는 이 소설의 주제를 드러내는 진짜 주인공이라 할 수 있을 정도로 중요한 인물이랍니다. 즉, 바른 정신을 지니고 살 수 없는 당대 사회(일제 치하의 사회)를 역설적인 방법으로 고발하는 희화화된 인물이죠. 이런 점에서 우리는 그의 운명이 당시 사회의 어두운 분위기와 매우 비슷하다는 것을 쉽게 발견할 수 있어요. 결국 권태와 불면증에 시달리는 '나'와 불행한 운명으로 미쳐 버린 김창억이란 인물은 당시 지식인의 절망하고 고뇌하는 모습들을 보여주고 있습니다.

특히, 1920년대라는 시대적 상황 속에서 '나'와 같은 지식인 계층이 겪는 정신적 고통은 이루 말할 수 없을 정도로 컸겠지요. 그것은 이야기 속에서 '나'가 보여주고 있듯이 정상적으로 살아가는 삶에 대해 권태로움을 느끼면서도 무엇에 억눌린 듯한 답답함과 초조함 등, 아주 복잡 미묘한 감정으로 드러납니다. 오히려 김창억이란 인물처럼 미쳐야만 살아갈 수 있을 정도로 힘든 시대였지요.

이런 점에서 본다면, 김창억이라는 광인과 '나'는 칠성판에 꼼짝할 수 없이 사지를 묶여 잔인하게 해부당하는 '청개구리'의 절박한 운명과 다를 바가 없죠. 이처럼 「표본실의 청개구리」에서는 1920년대 초반, 당대 사회에서 지식 계층이 지녔던 현실에 대한 울분과 고뇌의 모습이 잔인하게 해부당하는 표본실의 청개구리에 빗대어 우울하게 그려져 있습니다.

이제 작품의 구성에 대해서도 한번 알아봅시다. 이 소설은 이야기를 끌어가는 화자가 동일하지 않아요. 먼저 앞부분에는 1인칭 주인공 시점으로 '나'의 이야기가 '나'를 통해 서술되고 있어요. 그러다가 중간에는 전지적 작가 시점으로 바뀌어 이야기되고 있죠. 이 부분은 전적으로 김창억이라는 사람에 대한 이야기랍니다. 이 사람의 출생에서부터 현재 '미친 사람'이 되기까지 전지적 작가 시점에서 이야기되고 있지요. 그리고 마지막 부분은 다시 '나'가 말하는 1인칭 주인공 시점으로 이야기되고 있답니다.

이야기를 하는 화자가 자주 바뀌는 복잡한 구성이지요. 즉, 이 소설은 '나'의 이야기 속에 김창억의 이야기가 들어 있는 액자적 형식을 갖고 있어요. 그리고 시간적으로 보면, 역행적인 구성을 하고 있지요. 결국 이 소설의 주인공은 '나'와 '그'(김창억)인 셈이며, 이 둘은 그 당시를 고통스럽게 살아가는 지식인들이란 점에서 동질적이라 볼 수 있겠죠.

또한, 이 소설에서 재미있게 볼 수 있는 것이 하나 있는데 그것은 문체랍니다. 이 소설의 한 대목을 다시 한 번 자세히 읽어보세요. 문장이 굉장히 길죠? 이런 문체를 만연체라고 하는데, 염상섭은 그의 소설에서 주로 이 문체를 많이 사용했답니다.

인간에게 허락된 이외의 감각을 하나 더 가지고 인간의 침입을 허락지 않는 유수미려한 신비의 세계에 들어갈 초대장을 가진 하느님의 총아 김창억은 침식 이외에는 인간계와 모든 연락을 끊고 매일 같은 꿈을 반복하며 대지 위에 자유롭게 드러누워서 무애무변無涯無變한 창공을 쳐다보며 대자연의 거룩함과 하느님의 은총 많음을 홀로 찬양하고 있었다.

　이렇게 한 문장이 4, 5줄이 될 정도로 길이가 길어지는 만연체는 자칫 잘못 쓰이면 굉장히 지루하게 느껴지기도 해요. 그러나 작가는 이것을 효과적으로 잘 사용할 뿐만 아니라 소설의 한 특징으로 살려내고 있습니다.
　그런데 이 작품은 일제 치하의 암담한 시대상과 지식인의 고뇌를 작품 안에서 인물들의 사건을 통해 구체적으로 그려 보이고 있다기보다는 관념적으로 제시해 주는 식으로 이야기가 전개되고 있어요. 이 작품의 약점으로 지적되고 있는 부분이지요. 다음의 인용문들을 보면, 사건 전개가 관념적으로 처리되고 있는 것이 선명하게 드러나고 있음을 알 수 있답니다.

 더 알아두기

　상상력　상상력이란 이미지를 획득하거나 그것을 창조하는 능력, 또는 그러한 이미지를 고안하는 과정을 주관하는 힘을 가리킨다. 서양의 경우 상상력에 대한 최초의 문학적 개념 정립은 코울리지에게서 시도되었는데, 그는 상상력을 사상과 사물의 만남, 곧 정신과 자연 두 세계를 연결하게 해 주는 힘으로 보고 상상력을 1차적 상상력과 2차적 상상력으로 구분하여 설명하였다. 동양의 경우 문학적 표현에 있어서 상상력의 개념은 육화된 대상이나 혹은 세계에 대한 인식 속에 잠재되어 있는 것으로 보고 간접적 사고가 상상력의 중심축을 이룬다고 하였다. 소설에서 상상력은 인물에 대해서는 그 상상력을 통해서 현실세계를 뛰어넘는 상징성을 획득하게 되고, 작품 안에 나타나는 이미지, 상징, 배경, 사건 등 소설을 구성하는 시간적 요소와 사물적 요소들은 상상력에 의해 통합되면서 하나의 경험적 체계를 형성하게 되는 것이다.

형식에 빠진 모든 것은 우리에게 있어 벌써 아무 의미도 없는 것이 아니오? 어느 때든지 자기의 생활에 새로운 그림자(그것은 보다 더 선한 것이거나 혹은 보다 더 악한 것이거나 하여간)가 비쳐 올 때나 혹은 잠든 나의 영靈이 뛰놀 만한 무슨 위대한 힘이 강렬히 자극하여 오거나 그렇지 않으면 군에게 무엇이든지 기별하고 싶은 사건이 있기 전에는 같은 공기 속에서 같은 타임 속에서 동면상태로 겨우 서식하는 지금의 나로는 절絕하고 대적對的으로 누구에게든지 또는 무엇에든지 붓을 들지 않으려고 결심하였소.

인용문은 '나'가 김창억을 만나고 다시 집으로 돌아온 두 달쯤 뒤에 Y로부터 받은 편지 내용의 일부입니다. 여기에도 역시 '잠든 나의 영'이나 '자기의 침체한 처분', '꿈꾸는 감정' 등과 같이 단어들이 구체적이지 않고 굉장히 관념적이죠. 소설에서는 독자에게 이야기를 원활하게 전달하기 위해 인물이나 사건을 묘사나 서사의 방법으로 좀더 구체적으로 보여주는 게 아주 중요하답니다.

그런데 이 작품은 사건이 관념적으로 전달된다는 점에서 큰 약점이라 할 수 있겠죠. 여기에 덧붙여, 이 작품을 평가할 때 논란이 되는 것은 개구리 해부 장면에 관한 거예요. 해부 장면에서 보면 개구리의 배에서 더운 김이 모락모락 나온다는 표현이 있는데, 이것은 과학적으로 틀린 내용이라는 거죠. 그래서 사실주의 작품으로서 중요한 오점으로 얘기되기도 합니다.

염상섭의 중요한 소설의 출발점은 대체로 3·1운동과 밀접하게 관계되어 있어요. 그의 유명한 대표작인 「만세전」이 그렇고, 「표본실의 청개구리」가 또 그렇죠. 그러나 이 작가의 소설이 3·1운동과 관계되어 있다고 하는 것은 그 시대적 배경과 작자의 시대 인식이 그렇다는 것이지, 3 · 1운동을 직접적으로 묘사한 것은 없습니다. 즉, 작가는 우리나라의 무력하고 어두운 식민지 현실을 그리고 있지만, 이 작품에서는 그러한 직접적인 묘사가 없어요.

그런데 우리는 어떻게 이 작품이 당대의 어두운 현실을 그리고 있다고 생각할 수 있는 걸까요? 그것은 바로 이 작품에서 느껴지는 전체적인 분위기 때문이죠. 3 · 1운동의 실패로 가지게 된 절망감이 주로 허무감 · 허탈감으로 작품 전체에 깔려 있어요. 이와 더불어 세기말적인 사상이 엿보이고 있는데요, 김창억의 경우에 만세 운동이 실패해서 더욱 암담해진 사회 상황을 광신도의 자세로 받아들이고 있습니다. 불의 심판도 다 끝났고, 이제는 하나님의 말씀대로 신종하며 살아야겠다는 그의 신앙심은 올바른 종교 의식에서 나온 것이 아니라, 사회에 만연해 있는 절망감에서 비롯된 세기말적인 사고의 소산이라고 할 수 있겠지요.

① 이 소설의 제목이 암시하는 인물은 누구인지 알아봅시다. 또 어떤 점에서 그렇게 여길 수 있는지 생각해 봅시다.

② 이 소설에 나타난 자연주의 특성은 무엇일까요?

③ 평양은 김창억의 처가가 있는 곳이죠. 또 이 소설의 끝 부분에는 김창억이 집에 불을 지르고 자취를 감춘 뒤 다시 평양에 나타났다는 사족과 같은 에필로그가 실려 있습니다. 이 소설에서 평양이 지닌 의미는 무엇일까요?

④ '나' 가 권태롭고 무기력하게 지내는 이유는 무엇일까요?

⑤ 소설이 발표된 시기의 시대적 상황은 어떻게 묘사되고 있습니까?

구성

발단	남포로 떠나기 전까지의 '나'의 정신적 고뇌와 심리적 갈등.
전개	평양 도착까지의 과정과 대동강 가에서 여러 가지 일로 갈등과 분노를 겪음.
위기	남포에 도착해 Y와 함께 김창억을 만나고, 그의 인생 역정을 알게 됨.
절정	김창억이 자신의 삼층집에 불을 지르고 종적을 감춤.
결말	'나'의 침울한 심정과 김창억의 뒷소식.

핵심 정리

갈래	단편소설, 자연주의 소설
배경	3·1운동 실패 후 1920년대 전반기의 서울, 평양, 남포(좌절감과 절망감이 팽배한 식민지 조선의 경성과 평양, 그리고 진남포)
주제	3·1운동 직후, 패배주의적 경향과 우울 속에서 침체되어 있는 지식인의 고뇌. 일제 치하의 암담한 시대상과 지식인의 고뇌, 젊은 지식인의 이상과 절망적인 현실
시점	1인칭 주인공 시점→전지적 작가 시점→1인칭 주인공 시점
구성	액자적 구성, 역행적 구성
문체	만연체

작중인물의 성격

나	3·1운동의 실패 후에 심한 좌절감과 절망을 겪으며, 신경과민으로 불면증에 시달리는 젊은이다.
김창억	어려서 신동으로 불리던 부잣집 아들인 그는 아버지가 돌아가시자, 생활을 꾸려 가기 위해 학업을 중단하고 보통학교 훈도가 된다. 어머니와 아내가 죽고 재혼하지만, 억울한 감옥살이를 하다가, 출옥 후 자신의 아내가 가출해 창녀가 된 사실을 알고는, 정신이상자가 되어 몽환의 세계에서 괴이한 행동으로 이상을 펼치려 하는 불행한 인물이다.

국어 공부를 위한 제안

국어 공부를 잘하는 방법 Best11

1 교과서를 읽을 때는 혼신을 다해 정성껏 읽는다.

2 어려운 낱말이 나왔을 때는 반드시 그 뜻을 체크한다. 참고서나 국어사전, 요즘은 인터넷 사전까지 있으니 얼마 좋은가!

3 본문의 요지를 파악하고, 주제가 어떤 식으로 형상화되는 지 눈에 쌍심지를 켜고 살핀다.

4 참고서든, 인터넷 국어 사이트든, 문제란 문제는 죄다 풀어 본다.

5 왜 틀렸을까? 틀린 문제를 점검한다. 또 틀리면 꼴통 아닌가!

6 지겹게 듣는 말이겠지만, 수업 시간에 딴짓 하지 말고 집중한다. 국어는 다른 어떤 과목보다도 교과서 의존도가 높으므로 선생님의 설명이 아주 중요하다.

7 교과서 내용도 중요하지만 독서 범위를 넓혀 나가는 것도 아주 중요하다.

8 어학, 문학, 문법, 작문 영역을 모두 연관지어 공부한다.

9 우리가 늘상 사용하는 언어라고 얕보지 마라! 오히려 국어를 외국어 공부하듯이 꾸준히 한다.

10 우리말을 올바르게 사용한다. 정확하게 이해하고 표현한다.

11 국어는 생각하는 힘을 기르는 과목임을 명심한다.

독 짓는 늙은이

● 황순원 黃順元

송 영감이, 이제 조금만 더, 하고 속을 죄고 있을

때였다. 가마 속에서 갑자기 뚜왕! 뚜왕! 하고 독

뒤는 소리가 울려 나왔다. 송 영감은 처음에 벌떡

반쯤 일어나다가 도로 주저앉으며 이상스레 빛나

는 눈을 한 곳에 머물린 채 귀를 기울였다.

황순원

황순원은 1915년 평안남도 대동에서 태어나 2000년 서울에서 사망했습니다. 숭실중학 시절 《동광》에 시 「나의 꿈」을 발표하면서 등단, 그 후 와세다 대학 재학 중에 시집 『방가』와 『골동품』을 발간했습니다.

시로써 작품 활동을 시작한 그는 첫 단편집 『늪』을 계기로 소설로 전향했습니다. 1947년에는 첫 장편 「별과 같이 살다」의 일부를 발표했고, 1948년에는 단편집 『목넘이 마을의 개』를 발간하는 등 왕성한 창작 활동을 했습니다. 1950년에는 장편 「별과 같이 살다」를 완성했고, 이후로 수많은 단편, 단편집, 장편, 신문 연재 소설 등을 발표하고 책으로 펴냈습니다.

1977년에는 다시 「돌」·「늙는다는 것」 등의 시를 발표했으며, 1980년부터 1985년까지 『황순원 전집』(전12권)이 간행되었습니다. 이 밖에도 황순원은 극예술 연구 단체인 '학생 예술좌'를 결성했으며 「삼사문학」·「창작」의 동인으로 활동했습니다.

오랫동안 문필 활동을 통해 그는 100여 편이 넘는 단편과 1편의 중편, 7편의 장편을 썼으며, 자유문학상, 예술원상, 3·1 문화상, 대한민국문학상 본상을 수상했습니다. 1985년에는 고희 기념 작품집 『말과 삶과 자유』를 간행하기도 했습니다.

황순원의 작품 속에는 한국인의 전통적인 삶에 대한 애정이 담겨 있다 (1915~2000)

황순원의 작품 세계는 시적인 감수성을 바탕으로 한 치밀한 문체와 스토리의 조직적인 전개를 그 특징으로 하고 있습니다. 그의 문체는 설화성說話性을 바탕으로 하고 있어서 인간의 본연적인 심리를 미세하게 묘사하고, 비극적인 현실을 깊이 있는 사상이나 종교로써 감싸고 이해하려는 주제 의식의 확대를 보여줍니다.

그의 초기 작품 경향은 「별」·「그늘」·「소나기」 등에서 알 수 있듯이, 현실적 삶의 모습보다는 주로 동화적인 낙원이나 유년기의 순진한 세계를 담은 환상적이고 심리적 경향이 농후했습니다. 하지만 후기로 오면서 전쟁과 이데올로기의 분열이 남긴 비극적 상황과 비인간화 경향을 폭로하는 경향을 보여주고 있지요.

특히 그의 소설들에서 느낄 수 있는 아름다운 서정성은 소설 문학이라는 예술이 다다를 수 있는 한 경지를 보여 준다고 평가되고 있습니다. 물론 소설 문학이 단지 서정적인 아름다움만을 추구한다면 자칫 시대와 역사에 대한 철저한 의식이 부족해질 수 있지만 황순원의 소설은 이러한 위험도 잘 극복하고 있습니다. 그의 여러 장편소설들은 특유의 서정적인

●

황순원의 작품 세계는 시적인 감수성을 바탕으로 한 치밀한 문체와 스토리의 조직적인 전개를 그 특징으로 하고 있다

아름다움이 훼손되지 않으면서도 일제 시대에서부터 근대화까지의 우리 민족이 겪은 고통과 슬픔, 희망과 용기를 적절하게 그려내고 있습니다. 말하자면 황순원의 소설에는 우리의 시대와 역사에 대한 진지한 고민이 아름다운 문체로 서정적으로 그려져 있기에 이처럼 높은 평가를 받고 있는 것이지요.

「독 짓는 늙은이」는 1947년에 발표된 황순원의 단편 소설로서, 급변하는 현대 사회에서 소외되어 가는 전통적이고 한국적인 인간상에 주목해 읽어야 할 것입니다.

이 소설이 보여주는 것은 아름다운 문체에서 빚어지는 아늑하고 서정적인 세계라고 할 수 있는데요. 소설을 쓰기 전, 이미 시집을 두 권 낸 바 있는 그는 이 작품에서 등장 인물의 행동 동기와 갈등, 내면 심리를 탁월하게 묘사해 내고 있습니다.

「독 짓는 늙은이」에 나타난 미감은 비장미인데, 송 영감의 현실적 고뇌를 해소하려는 집념은 아들의 떠나감과 독 가마의 깨어짐으로 귀결되고, 뒤이어 모든 것을 포기한 송 영감의 죽음으로 비장미가 완성됩니다.

이년! 이 백번 쥑에두 쌀 년! 앓는 남편두 남편이디만, 어린 자식을 놔두구 그래 도망을 가? 것두 아들놈 같은 조수놈하구서……. 그래 지금 한창 나이란 말이디? 그렇다구 이년, 내가 아무리 늙구 병들었기루서니 거랑질이야 할 줄 아니? 이녀언! 하는데, 옆에 누웠던 어린 아들이, 아바지, 아바지이! 하였으나 송 영감은 꿈속에서 자기 품에 안은 아들이 아버지, 아바지이! 하고 부르는 것으로 알며, 오냐 데건 네 에미가 아니다! 하고 꼭 품에 껴안는 것을, 옆에 누운 어린 아들이 그냥 울먹울먹한 목소리로 아버지를 불러, 잠꼬대에서 송 영감을 깨워 놓았다.

송 영감은 잠들기 전보다 더 머리가 무겁고 언짢았다. 애가 종내 훌쩍훌쩍 울기 시작했다. 오, 오, 하며 송 영감은 잠꼬대 속에서처럼 애를 끌어안았다. 자기의 더운 몸에 별나게 애의 몸이 찼다. 벌써부터 이렇게 얼리어서 될 말이냐고, 송 영감은 더 바싹 애를 껴안았다. 그리고 훌쩍이는 이제 일곱 살 난 애를 그렇게 안고 있는 동안 송 영감은 다시 이 어린것을 두고 도망 간 아내가 새롭게 괘씸했다. 아내와 함께 여드름 많던 조수가 떠올랐다. 그러자 그 아들 같은 조수에게 동년배의 사내가 느끼는 어떤 적수감이 불길처럼 송 영감의 괴로운 몸을 휩쌌다.

송 영감 자신이 어느 하나에도 집중할 수 없는 병이 걸려 앓아누웠기 때문에 조수가 이 가을로 마지막 가마에 넣으려고 거의 혼자서 지어 놓다시피 한 중옹 통옹 반옹 머쎄기 같은 크고 작은 독들이 구월 보름 가까운 달빛에 마치 하나하나 도망 간 조수의 그림자같이 느껴졌을 때, 송 영감은 벌떡 일어나 부채방망이를 들어 모조리 깨부수고 싶은 충동을 받았으나, 다음 순간 내일부터라도 자기가 독을 지어 한 가마 채워 가지고 구워 내야 당장 자기네 부자가 살아갈 것이라는 생각이 미치면서는, 정말 그러는 수밖에 다른 도리가 없다고 지그시 무거운 눈을 감아 버렸다.

날이 밝자 송 영감은 열에 뜬 머리를 수건으로 동이고 일어나 앉아, 애더러는 흙 이길 왱손이를 부르러 보내 놓고, 왱손이 올 새가 바빠서 자기 손으로 흙을 이겨 틀 위에 올려놓았다. 송 영감의 손은 자꾸 떨리었다. 그러나 반쯤 독을 지어 올려, 안은 조마구 밖은 부채마치로 맞두드리며 일변 발로는 틀을 돌리는 익은 솜씨만은 앓아눕기 전과 다를 바 없는 듯했다.

왱손이가 흙을 이겨 주는 대로 중옹 몇 개를 지어 냈다.

그러나 차차 송 영감의 솜씨에는 틈이 생기기 시작했다. 더구나 조마구와 부채마치로 두드려 올릴 때, 퍼뜩 눈앞에 아내와 조수의 환영이 떠오르면 짓던 독을 때리는지 아내와 조수를 때리는지 분간 못 하는 새, 독이 그만 얇게 못나게 지어지곤 했다. 그리고 전을 잡는 손이 떨려, 가뜩이나 제일 힘든 마무리의 전이 잘 잡히지를 않았다. 열 때문도 있었다. 송 영감은 쓰러지듯이 짓던 독 옆에 눕고 말았다.

송 영감이 정신이 들었을 때는 저녁때가 기울어서였다. 왱손이도 흙 몇 덩이를 이겨 놓고 가고 없었다. 언제부터인가 바깥 저녁 그늘 속에 애가 남쪽 장길을 향해 쪼그리고 앉아 있었다. 어머니를 기다리는 거리라. 언제나처럼 장 보러 간 어머니가 언제나처럼 저녁때면 조수에게 장감을 지워 가지고 돌아올 줄로만 아직 아는가 보다.

밖을 내다보던 송 영감은 제 힘만이 아닌 어떤 힘으로 벌떡 일어나 다시 독 짓기를 시작하는 것이었으나, 이번에는 겨우 한 개를 짓고는 다시 쓰러지듯이 눕고 말았다.

다음에 송 영감이 정신이 든 것은 아주 어두운 속에서 애가 흔들어 깨워서였다. 울먹이던 애가 깨나는 아버지를 보고 그제야 안심된 듯이 저쪽에서 밥그릇을 가져다 아버지 앞에 놓았다. 웬 거냐고 하니까 애가, 앵두나뭇집 할머니가 주더라고 한다. 송 영감은 확 분노가 치밀어, 누가 거랑질해 오라더냐고 밥그릇을 밀쳐 놓자 애가 훌쩍훌쩍 울기 시작했다. 송 영감은 아침에 어제의 저녁밥 남은 것을 조금 뜨는 것처럼 하고는 하루 종일 아무것도 입에 대지 않은 것을 생각하고는, 애도 아직 저녁을 못 먹었을지 모른다고 밥그릇을 도로 끌어다 한 술 입에 떠넣으며 이번에는 애 보고, 맛있으니 너도 먹으라는 것이었으나, 자신은 입맛을 잃은 탓만도 아닌 무엇이 밥 넘기려는 목에서 치밀어 올라오곤 해, 좀처럼 밥을 넘길 수가 없었다.

　　　　다음날 아침에는 송 영감이 죽인지 밥인지 모를 것을 끓였다. 여전히 입맛은 없었으나 어젯저녁처럼 목이 메어 오르는 것은 없었다.

　오늘도 또 지어 올리는 독을 말리느라고 처음에는 독 밖에 피워 놓았다가 독이 한 반쯤 지어지면 독 안에 매달아 놓은 숯불의 숯내까지가 머리를 더 무겁게 했다. 사십 년래 없이 숯내를 다 먹는 듯했다.

　송 영감은 어제보다 더 쓰러져 넘어지는 도수가 많았다. 흙 이기던 왱손이가 이래서는 도무지 한 가마 채우지 못하리라고 송 영감에게 내년에 마저 지어 첫 가마에 넣도록 하는 게 어떠냐고 몇 번이고 권해 보았으나 송 영감은 일어났다가는 쓰러지고, 일어났다가는 쓰러지고 하면서도 독 짓기를 그만두려고 하지는 않았다.

　송 영감이 한번 쓰러져 있는데 방물장수 여자들이 사용하는 화장품, 바느질, 거울 등을 팔러 다니는 사람 앵두나뭇집 할머니가 와서, 앓는 몸을 돌봐야 하지 않느냐고 하며, 조미음 사발을 송 영감 입 가까이 내려놓았다. 송 영감은 어제 어린 아들에게 거랑질해 왔다고 고함을 쳤던 일을 생각하며, 이 아무에게나 친절한 앵두나뭇집 할머니에게 미안한 생각이 들어, 어제만 해도 애한테 밥이랑 그렇게 많이 줘 보내서 잘 먹었는데 또 이렇게 미음까지 쑤어 오면 어떡하느냐고 했다. 앵두나뭇집 할머니는 그저, 어서 식기 전에 한 모금 마셔 보라고만 했다. 그리고 송 영감이 미음을 몇 모금 못 마시고 사발에서 힘없이 입을 떼는 것을 보고 앵두나 뭇집 할머니는, 정말 이 영감이 이번 병으로 죽으려는가 보다는 생각이라도 든 듯, 당손이를 어디 좋은 자리가 있으면 주어 버리는 게 어떠냐고 했다. 송 영감은 쓰러져 있던 사람 같지 않게 눈을 홉떠 앵두나뭇집 할머니를 쏘아보 았다. 그리고 어느새 송 영감의 손은 앞에 놓인 미음사발을 앵두나뭇집 할머 니에게로 떼밀치고 있었다. 그런 말 하러 이런 것을 가져 왔느냐고, 썩썩 눈 앞에서 없어지라고, 송 영감은 또 쓰러져 있던 사람 같지 않게 고함쳤다. 앵 두나뭇집 할머니는 송 영감의 고집을 아는 터라 더 무슨 말을 하지 않았다.

앵두나뭇집 할머니가 가자, 송 영감은 지금 밖에서 자기의 어린 아들이 어 디로 업혀 가기나 하는 듯이 밖을 향해 목청껏, 당손아! 하고 애를 불러 대기 시작했다. 그러다가 애가 뜸막 문에 나타나는 것을 이번에는 애의 얼굴을 잊 지나 않으려는 듯이 한참 쳐다보다가 그만 기운이 지쳐 눈을 감아 버리고 말 았다. 애는 또 전에 없이 자기를 쳐다보는 아버지가 무서워 아버지에게 더 가 까이 가지 못하고 섰다가, 아버지가 눈을 감자 더럭 더 겁이 나 훌쩍이기 시작 했다.

날이 갈수록 송 영감은 독 짓기보다 자리에 쓰러져 있 는 때가 많았다. 백 개가 못 차니 아직 이십여 개를 더 지어야 한 가마 충수가 되는 것이다. 한 가마를 채우게 짓자 하고 마음만은 급해지는 것이었으나, 몸 을 일으키다가 도로 쓰러지며 흰 털 섞인 노랑수염의 입을 벌리고 어깨숨을 쉬곤 했다.

그러한 어느 날, 물감이며 바늘을 가지고 한돌림 돌고 온 앵두나뭇집 할머니가 찾아와서는 마침 좋은 자리가 있으니 당손이를 주어 버리고 말자는 말로, 말이 난 자리는 재물도 넉넉하지만 무엇보다도 사람들 마음씨가 무던하다는 말이며, 그 집에서 전에 어떤 젊은 내외가 살림을 엎어치우고 내버린 애를 하나 얻어다 길렀는데 얼마 전에 그 친아버지 되는 사람이 여남은 살이나 된 그애를 찾아갔다는 말이며, 그때 한 재물 주어 보내고서는 영감 내외가 마주 앉아 얼마 동안을 친자식 잃은 듯이 울었는지 모른다는 말이며, 그래 이번에는 아버지 없는 애를 하나 얻어다 기르겠다더라는 말을 하면서, 꼭 그 자리에 당손이를 주어 버리고 말자고 했다. 송 영감은 앵두나뭇집 할머니와 일전의 일이 있은 뒤에도 앵두나뭇집 할머니가 애를 통해서 먹을 것 같은 것을 보내는 것이, 흔히 이런 노파에게 있기 쉬운 이런 주선이라도 해 주면 나중에 자기에게 돌아오는 것이 있어 그걸 탐내서 그러는 건 아니라고, 그저 인정 많은 늙은 이라 이편을 위해 주는 마음에서 그런다는 것만은 아는 터이지만, 송 영감은 오늘도 저도 모를 힘으로, 그런 소리 하려거든 아예 다시는 오지도 말라고, 자기 눈에 흙 들기 전에는 내놓지 못한다고 했다. 앵두나뭇집 할머니는, 그렇게 고집만 부리지 말고 영감이 살아서 좋은 자리로 가는 걸 보아야 마음이 놓이지 않겠느냐는 말로, 사실 말이지 성한 사람도 언제 무슨 변을 당하는지 모르는데 앓는 사람의 일을 내일 어떻게 될는지 누가 아느냐고 하며, 더구나 겨울도 닥쳐오고 하니 잘 생각해 보라고 했다. 송 영감은 그저 자기가 거랑질을 해서라도 애를 굶기지는 않을 테니 염려 말라고 했다.
　앵두나뭇집 할머니가 돌아간 뒤, 송 영감은 지금 자기가 거랑질을 해서라도 애를 굶기지는 않겠다고 했지만, 그리고 사실 아내가 무엇보다도 자기와 같이 살다가는 거랑질을 할 게 무서워 도망 갔음에 틀림없지만, 자기가 병만 나아 일어나는 날이면 아직 일등 호주라는 칭호 아래 얼마든지 독을 지을 수 있다는 생각과 함께, 이제 한 가마 독만 채워 전처럼 잘만 구워 내면 거기서 겨울 양식과 내년에 할 밑천까지도 나올 수 있다는 희망으로, 어서 한 가마를 채우자고 다시 마음이 조급해지는 것이었다.

하루는 송 영감이 날씨를 가려 종시 한 가마가 차지 못하는 독들을 왱손이의 도움을 받아 밖으로 내고야 말았다. 지어진 독만으로라도 한 가마 구워 내리라는 생각이었다.

독 말리기. 말리기라기보다도 바람쐬기다. 햇볕도 있어야 하지만 바람이 있어야 한다. 안개 같은 것이 낀 날은 좋지 못하다. 안개가 걷히며 바람 한 점 없이 해가 갑자기 쨍쨍 내리쬐면 그야말로 걷잡을 새 없이 독들이 세로 가로 터져 나간다. 그런데 오늘은 바람이 좀 치는 게 독 말리기에 아주 좋은 날씨였다.

독들을 마당에 내이자 독가마 속에서 거지들이, 무슨 독을 지금 굽느냐고 중얼거리며 제가끔의 넝마 살림들을 안고 나왔다. 이 거지들은 가을철이 되면 이렇게 독가마를 찾아들어 초가을에는 가마 초입에서 살다, 겨울이 되면서 차차 가마가 식어감에 따라 온기를 찾아 가마 속 깊이로 들어가며 한겨울을 나는 것이다.

송 영감은 거지들에게, 지금 뜸막이 비었으니 독 구워 내는 동안 거기에들 가 있으라고 하려다가 그만두었다. 전에 없이 거지들을 자기 있는 집에 들인다는 것이 마치 자기가 거지나 되는 것처럼 느껴졌던 것이다.

가마에서 나온 거지들은 혹 더러는 인가를 찾아 동냥을 하고, 혹 한 패는 양지바른 데를 골라 드러누웠고, 몇이는 아무 데고 앉아서 이 사냥 같은 것을 하기 시작했다.

송 영감도 양지에 앉아서 독이 하얗게 마르는 정도를 지키고 있었다.

독들을 가마에 넣을 때가 되었다. 송 영감 자신이 가마 속까지 들어가, 전에는 되도록 독이 여러 개 들어가도록만 힘쓰던 것을 이번에는 도망 간 조수와 자기의 크기 같은 독이 되도록 아궁이에서 같은 거리에 나란히 놓이게만 힘썼다. 마치 누구의 독이 잘 지어졌나 내기라도 해 보려는 듯이.

늦저녁때쯤 해서 불질이 시작됐다. 불질. 결국은 이 불질이 독을 쓰게도 못쓰게도 만드는 것이다. 지은 독에 따라서 세게 때야 할 때 약하게 때도, 약하게 때야 할 때 지나치게 세게 때도, 또는 불을 더 때도 덜 때도 안 된다.

처음에 슬슬 때다가 점점 세게 때기 시작하여 서너 시간 지나면 하얗던 독들이 흑색으로 변한다. 거기서 또 너더댓 시간 때면 독들은 다시 처음의 하얗던 대로 되고, 다음에 적색으로 됐다가 이번에는 아주 샛말갛게 되는데, 그것은 마치 쇠가 녹는 듯, 하늘의 햇빛을 쳐다보는 듯이 된다. 정말 다음날 하늘에는 맑은 햇빛이 빛나고 있었다.

곁불놓기를 시작했다. 독가마 양옆으로 뚫은 곁창 구멍으로 나무를 넣는 것이다.

이제는 소나무를 단으로 넣기 시작했다. 아궁이와 곁창의 불길이 길을 잃고 확확 내쏜다. 이 불길이 그대로 어제 늦저녁부터 아궁이에서 좀 떨어진 한 곳에 일어나 앉았다 누웠다 하며 한결같이 불질하는 것을 지키고 있는 송 영감의 두 눈 속에서도 타고 있었다.

이렇게 이날 해도 다 저물었다. 그러는데 한편 곁창에서 불질하던 왱손이가 곁창 속을 들여다보는 듯하더니 분주히 이리로 달려오는 것이었다. 송 영감은 벌써 왱손이가 불질하던 곁창의 위치로써 그것이 자기의 독이 들어 있는 자리라는 것을 알고 왱손이가 뭐라기 전에 먼저, 무너앉았느냐고 했다. 왱손이는 그렇다고 하면서, 이젠 독이 좀 덜 익더라도 곁불질을 그만두고 아궁이를 막아 버리자고 했다. 그러나 송 영감은 그저, 그만두라고 할 때까지 그냥 불질을 하라고 했다.

거지들이 날이 저물었다고 독가마 부근으로 모여들었다.

송 영감이, 이제 조금만 더, 하고 속을 죄고 있을 때였다. 가마 속에서 갑자기 뚜왕! 뚜왕! 하고 독 튀는 소리가 울려 나왔다. 송 영감은 처음에 벌떡 반쯤 일어나다가 도로 주저앉으며 이상스레 빛나는 눈을 한 곳에 머물린 채 귀를 기울였다. 송 영감은 가마에 넣은 독의 위치로, 지금 것은 자기가 지은 독, 지금 것도 자기가 지은 독, 하고 있었다. 이렇게 튀는 것은 거의 송 영감의 것뿐이었다. 그리고 송 영감은 또 그 튀는 소리로 해서 그것이 자기가 앓다가 일어나 처음에 지은 몇 개의 독만이 튀지 않고 남은 것을 알며, 왱손이의 거치적거린다고 거지들을 꾸짖는 소리를 멀리 들으면서 어둠 속에 그만 쓰러지고 말았다.

다음날 송 영감이 정신이 들었을 때에는 자기네 뜸막 안에 뉘어 있었다. 옆에서 작은 몸을 오그리고 훌쩍거리던 애가 아버지가 정신 든 것을 보고 더 크게 훌쩍거리기 시작했다. 송 영감이 저도 모르게 애보고, 안 죽는다, 안 죽는다, 했다. 그러나 송 영감은 또 속으로는, 지금 자기는 죽어가고 있다고 부르짖고 있었다.

　　　　　이튿날 송 영감은 애를 시켜 앵두나뭇집 할머니를 오게 했다. 앵두나뭇집 할머니가 오자 송 영감은 애더러 놀러 나가라고 하며 유심히 애의 얼굴을 쳐다보는 것이었다. 마치 애의 얼굴을 잊지 않으려는 듯이.

　앵두나뭇집 할머니와 단둘이 되자 송 영감은 눈을 감으며, 요전에 말하던 자리에 아직 애를 보낼 수 있겠느냐고 물었다. 앵두나뭇집 할머니는 된다고 했다. 얼마나 먼 곳이냐고 했다. 여기서 한 이삼십 리 잘 된다는 대답이었다. 그러면 지금이라도 보낼 수 있느냐고 했다. 당장이라도 데려가기만 하면 된다고 하면서 앵두나뭇집 할머니는 치마 속에서 지전 몇 장을 꺼내어 그냥 눈을 감고 있는 송 영감의 손에 쥐어 주며, 아무 때나 애를 데려오게 되면 주라고 해서 맡아 두었던 것이라고 했다.

　송 영감이 갑자기 눈을 뜨면서 앵두나뭇집 할머니에게 돈을 도로 내밀었다. 자기에게는 아무 소용 없으니 애 업고 가는 사람에게나 주어 달라는 것이었다. 그리고는 다시 눈을 감았다. 앵두나뭇집 할머니는 애 업고 가는 사람 줄 것은 따로 있다고 했다. 송 영감은 그래도 그 사람을 주어 애를 잘 업어다 주게 해 달라고 하면서, 어서 애나 불러다 자기가 죽었다고 하라고 했다. 앵두나뭇집 할머니가 무슨 말을 하려는 듯하다가 저고릿고름으로 눈을 닦으며 밖으로 나갔다.

송 영감은 눈을 감은 채 가쁜 숨을 죽이고 있었다. 그리고 무슨 일이 있더라도 눈물일랑 흘리지 않으리라 했다.

그러나 앵두나뭇집 할머니가 애를 데리고 와, 저렇게 너의 아버지가 죽었다고 했을 때, 감은 송 영감의 눈에서는 절로 눈물이 흘러내림을 어찌 할 수 없었다. 앵두나뭇집 할머니는 억해 오는 목소리를 겨우 참고, 저것 보라고 벌써 눈에서 썩은 물이 나온다고 하고는, 그러지 않아도 앵두나뭇집 할머니의 손을 잡은 채 더 아버지에게 가까이 갈 생각을 않는 애의 손을 끌고 그곳을 나왔다.

그냥 감은 송 영감의 눈에서 다시 썩은 물 같은, 그러나 뜨거운 새 눈물 줄기가 흘러내렸다. 그러는데 어디선가 애의 훌쩍훌쩍 우는 소리가 들리는 듯했다. 눈을 떴다. 아무도 있을 리 없었다. 지어 놓은 독이라도 한 개 있었으면 싶었다. 순간 뜸막 속 전체만한 공허가 송 영감의 파리한 가슴을 억눌렀다. 온몸이 오므라들고 차 옴을 송 영감은 느꼈다.

그러는 송 영감의 눈앞에 독가마가 떠올랐다. 그러자 송 영감은 그리로 가리라는 생각이 불현듯 일었다. 거기에만 가면 몸이 녹여지리라. 송 영감은 기는 걸음으로 뜸막을 나섰다.

거지들이 초입에 누워 있다가 지금 기어 들어오는 게 누구라는 것도 알려 하지 않고, 구무럭거려 자리를 내주었다. 송 영감은 한옆에 몸을 쓰러뜨렸다. 우선 몸이 녹는 듯해 좋았다.

그러나 송 영감은 다시 일어나 가마 안쪽으로 기기 시작했다. 무언가 지금의 온기로써는 부족이라도 한 듯이. 곧 예삿사람으로는 더 견딜 수 없는 뜨거운 데까지 이르렀다. 그런데도 송 영감은 기기를 멈추지 않았다. 그렇다고 그냥 덮어놓고 기는 것은 아니었다. 지금 마지막으로 남은 생명이 발산하는 듯 어둑한 속에서도 이상스레 빛나는 송 영감의 눈은 무엇을 찾고 있는 것이었다. 그러다가 열어젖힌 곁창으로 새어 들어오는 늦가을 맑은 햇빛 속에서 송 영감은 기던 걸음을 멈추었다. 자기가 찾던 것이 예 있다는 듯이. 거기에는 터져 나간 송 영감 자신의 독 조각들이 흩어져 있었다.

송 영감은 조용히 몸을 일으켜 단정히, 무릎을 꿇고 앉았다. 이렇게 해서 그 자신이 터져 나간 자기의 독 대신이라도 하려는 것처럼.

독 짓는 송 영감은 늙은 몸에 알 수 없는 병으로 쇠약해져 가는 노인이다. 그런데 아내는 조수와 눈이 맞아 어린 아들 당손이를 남겨 둔 채 도망쳐 버리고 만다. 송 영감은 그런 아내를 욕하면서 어린 아들을 가여워한다.

송 영감은 자신이 앓는 동안 조수가 지어 놓은 독을 보자 끓어오르는 심사에 당장이라도 때려부수고 싶었지만 그걸 팔아야 부자父子가 연명할 수 있다는 생각을 하며 이를 악물고 참아 낸다. 그리고 한 가마를 채워 독을 굽기 위해서 독 짓기를 다시 시작한다.

그러나 손놀림이 예전처럼 잘되지 않고 신열 때문에 짓다가 쓰러지고, 쓰러지면 또다시 일어나 짓고 하는 동안 옆에 있는 어린 아들은 배고픔에 칭얼댄다. 그러던 어느 날, 이들 부자父子를 곁에서 따뜻하게 돌보아 주던 앵두나뭇집 방물장수 할머니가 찾아와서 당손이를 양자들이기에 좋은 집이 나왔다고 하며 은근히 권유한다.

그러나 송 영감은 절대로 그럴 수 없다며 독 짓는 일에 더욱 열중하지만, 기력이 쇠하고 자꾸 정신을 잃어 독을 짓는 날보다 누워 있는 날이 더 많아진다.

그 와중에, 완성한 독들을 가마 안에 조수의 것과 경쟁하듯 쌓아 놓고는 가마에 불을 지핀 송 영감은 불길을 지켜보던 중 마지막 단계에서 독이 튀는 소리를 듣는다. 자신이 만든 독들이 깨어지는 소리를 들으며 송 영감은 그 자리에 쓰러지고 만다.

다음날, 아들 당손이를 방물장수 할머니에게 딸려 보내는 송 영감의 눈에는 눈물이 흐른다. 이윽고 그는 이글거리는 불 가마 속으로 기어 들어간다. 그리고 터져 나간 독을 자기가 대신이라도 하려는 듯 독 조각 위에 무릎을 꿇고 앉는다.

더 알아두기

 작품 해설

「독 짓는 늙은이」는 1950년 《백민白民》에 발표된 단편소설로, 한 장인의 집념과 고뇌를 그리고 있습니다. 한 장인이 젊은 아내의 배신과 독 굽기 실패로 인해 자신의 전 생애를 바쳐 온 일터에서 비장하게 최후를 마친다는 내용입니다. 이 소설의 갈등은 배신한 아내와 송 영감의 좌절, 아들에 대한 사랑, 장인으로서의 집념 사이에서 전개되고 있습니다.

작가 특유의 시적인 문체와 서술 기법을 통해, 붕괴되어 가는 전통적 가치관 속에서 갈등하고 고뇌하는 우리의 전통적 인간상을 보여주고 있지요. 아내의 배신에 대해 송 영감이 토로하는 말, 즉 "이년! 이 백번 죽에두 쌀 년! 앓는 남편두 남편이다만, 어린 자식을 놔두구 그래 도망을 가?"라는 부분이나 조수가 거의 혼자 지어 놓은 독들을 보면서 모조리 깨부수고 싶은 충동을 일으키는 장면에서 한 인간이 갈등하고 고뇌하는 모습들을 여실히 볼 수 있습니다. 특히, 조수가 지어 놓은 독들이 잘 구워지고 자신이 만든 독들은 깨어지는 모습을 보며 평생을 바쳐 해온 독 짓는 일에

서조차 패배감을 느끼고 있는 장면은 자못 비장하기까지 합니다.

가마 속에서 갑자기 뚜왕! 뚜왕! 하고 독 튀는 소리가 울려 나왔다. 송 영감은 처음에 벌떡 반쯤 일어나다가 도로 주저앉으며 이상스레 빛나는 눈을 한 곳에 머물린 채 귀를 기울였다. 송 영감은 가마에 넣은 독의 위치로, 지금 것은 자기가 지은 독, 지금 것도 자기가 지은 독, 하고 있었다. 이렇게 튀는 것은 거의 송 영감의 것뿐이었다. 그리고 송 영감은 또 그 튀는 소리로 해서 그것이 자기가 앓다가 일어나 처음에 지은 몇 개의 독만이 튀지 않고 남은 것을 알며, 왱손이의 거치적거린다고 거지들을 꾸짖는 소리를 멀리 들으면서 어둠 속에 그만 쓰러지고 말았다.

더 이상 설자리를 잃은 전통적 가치를 상징하는 송 영감은, 결국 자신의 패배를 확인하면서 자신이 독을 짓고 의지를 다지도록 만들어 준 아들 당손이를 양자로 보낼 것을 결심하게 됩니다. 이처럼 이 소설에서는 구성 단계상 결말에서 갈등이 완전히 해소되지 못함으로써 비극적인 암시와 여운을 남기고 있지요.

한편 이 소설은 서사적 전달 방식에 있어서 가장 전통적인 기법이라 할 수 있는 전지적 작가 시점을 사용해 '송 영감'의 정신적 갈등을 서술할 뿐만 아니라, 인물의 행동에 대한 해설을 적절히 구사하고 있습니다.

그러나 앵두나뭇집 할머니가 애를 데리고 와, 저렇게 너의 아버지가 죽었다고 했을 때, 감은 송 영감의 눈에서는 절로 눈물이 흘러내림을 어찌 할 수 없었다. 앵두나뭇집 할머니는 억해 오는 목소리를 겨우 참고, 저것 보라고 벌써 눈에서 썩은 물이 나온다고 하고는, 그러지 않아도 앵두나뭇집 할머니의 손을 잡은 채 더 아버지에게 가까이 갈 생각을 않는 애의 손을 끌고 그곳을 나왔다.

그냥 감은 송 영감의 눈에서 다시 썩은 물 같은, 그러나 뜨거운 새 눈물 줄기가 흘러내렸다. (중략) 거기에는 터져 나간 송 영감 자신의 독 조각들이 흩어져 있었다.

송 영감은 조용히 몸을 일으켜 단정히, 무릎을 꿇고 앉았다. 이렇게 해서 그 자신이 터져 나간 자기의 독 대신이라도 하려는 것처럼.

이 내용은 이 작품의 마지막 부분인데, 주인공인 송 영감이 아들 당손이와 헤어지는 장면이라든지 스스로 독으로 화신化身하려는 듯 가마 속으로 들어가는 장면은 비장미와 더불어 깊은 감동을 줍니다.

 더 알아두기

삼사문학 1934년 9월 1일에 창간된 순문예 동인지. 1934년에 창간되었다고 해서 '3 · 4문학'이라는 이름을 얻었다. 최초의 동인은 신백수 · 이시우 · 정현웅 · 조풍연 등 네 사람으로, 등사판으로 200부를 찍어 창간호를 냈으며, 2호는 1934년 12월 1일에 60면 내외의 인쇄본으로 발행되었다. 장서언 · 최영해 · 홍이섭 등이 이어서 동인으로 가담했고, 이 중에서 조풍연을 제외하고는 모두 시를 썼다. 1935년까지는 조풍연과 정현웅이 편집을 맡았고, 6호는 도쿄에서 신백수가 발행했다. 그리고 이때 황순원 · 한적선 등이 새로이 참여했다. 스무 살 안팎의 신인들이 모여 참신한 문학을 부르짖고 나왔으나, 1935년 12월에 결국 종간되었다. 주요 필진은 위의 사람들 외에 김영기 · 한상직 · 김해강 · 유치환 · 장응두 등이 있다.

이와 함께 이 작품은 대상을 사실적으로 그리기보다는, 어느 하나의 단적인 인상을 집어내는 데 주력하면서 절제된 문장을 구사하고 있습니다. 또한, 대화에 의한 장면의 제시가 없이 설명적 진술과 서사적 묘사로 이루어져 있는 것도 특징 중의 하나입니다. 간결한 문장으로서 독자의 상상력을 유발시키고 서정적 분위기를 연출하고 있다는 말이지요.

결론적으로 말해서 「독 짓는 늙은이」의 바탕에는, 문명 이전의 순수한 삶을 다음 세대로 이어 주지 못하는 한 자연인의 비극적 종말이 어느 특정 개인의 문제만이 아니라 이 시대를 살아가는 우리 모두의 문제라는 작가 정신이 내포되어 있다는 사실을 주지해야겠습니다.

Open Book Test

① 아내가 송 영감을 버리고 조수와 도망간 이유는 무엇이라고 생각하나요?

② 송 영감이 아들 앞에서 죽은 척 눈을 감고 있었던 이유는 무엇일까요?

③ 송 영감은 왜 앵두나뭇집 할머니가 주는 돈을 거절했을까요? 그 이유를 생각해 봅시다.

④ 조수가 만든 독은 멀쩡하지만 스승인 송 영감이 만든 독은 거의 터져 버렸지요. 왜 그랬을까요?

⑤ 송 영감이 가마 안에 들어간 이유를 무엇이라고 생각하나요?

구성	발단	아내가 조수와 함께 달아남.
	전개	몸과 기력이 쇠약해진 송 영감이 자꾸 쓰러지자, 앵두나뭇집 할머니가 당손이를 다른 집에 입양시키자고 제의함.
	위기	송 영감이 병석에 눕는 횟수가 많아지자 당손이에 대한 앵두나뭇집 할머니의 채근이 심해짐.
	절정	송 영감이 독을 굽다가 쓰러짐.
	결말	송 영감은 앵두나뭇집 할머니에게 당손이를 데려가게 하고, 터져 버린 자신의 독 조각 위에 자신이 독을 대신하기라도 하듯이 꿇어앉아 죽음을 맞이함.

핵심 정리	갈래	단편소설
	배경	어느 시골의 가을
	주제	사라져 가는 것을 일으켜 세우려는 한 노인의 집념과 좌절
	시점	3인칭 전지적 작가 시점
	구성	직선적 구성
	문체	간결체
	표현	① 대화에 의한 장면 제시가 거의 없음
		② 서술자가 직접 인물과 사건의 정황을 해설(편집자적 논평)
		③ 내면 심리의 분석적 제시

작중인물의 성격	송 영감	독을 지으며 살아가는 노인. 조수와 함께 달아난 아내를 원망하면서도 어린 아들을 위해 독 짓는 일에 전념하는, 강인한 의지와 집념의 소유자이며 동시에 따뜻한 부성애를 지닌 인물.
	당손이	송 영감의 아들로, 송 영감이 독 짓는 일에 매달리도록 만드는 인물.
	앵두나뭇집 할머니	방물장수이며 인정 많은 할머니로서 당손이를 양자로 보낼 집을 소개시켜 줌.

흰 종이 수염

하근찬 河瑾燦

사람이 가슴 앞에 큼직한 광고판을 매달고 걸어오

고 있는 것이었다. 등에도 똑같은 광고판을 짊어

지고 있는 듯했다. 머리에는 알롱달롱하고 쭈뼛한

고깔을 쓰고 있었고, 얼굴에는 밀가룬지 뭔지 모

를 뿌연 분이 덕지덕지 칠해져 있었다.

하근찬은 1931년 경북 영천에서 태어났습니다. 1945년에 전주사범학교에 입학했으나 재학 중 교원 시험에 합격하면서 학교를 그만두고 1954년까지 초등학교 교사로 재직했습니다. 1954년 다시 부산 동아대학교 토목학과에 입학, 1957년에 중퇴했습니다.

그는 1955년 신태양사 주최 학생 문예 작품 모집에 소설 「혈육」이 당선되면서 문단 활동을 시작했습니다. 그리고 이듬해에 《교육주보》가 주최한 교육소설 모집에 「메뚜기」가 당선되었으며, 1957년에는 《한국일보》 신춘문예에 일제 징용으로 끌려가 팔을 하나 잃은 아버지가 한국전쟁으로 다리 하나를 잃은 아들을 맞이하는 내용의 「수난 이대」가 당선되면서 활발한 창작 활동을 하게 됩니다.

대부분 가난한 농촌을 배경으로 서민들의 애환과 민족적 비극을 그려낸 그는 여러 직장을 전전하며 작품 활동을 벌이던 중 1969년에 「낙발」을 《신동아》에 발표한 후 전업 작가의 길로 들어섰습니다.

소설집으로는 『흰종이 수염』·『월례소전』·『화가 남궁씨의 수염』이 있고, 한국문학상(1970), 조연현문학상(1983)·요산문학상(1984)·유주현문학상(1988) 등을 받았습니다.

하근찬은 역사적 상황에 관련된 수난의 아픔과 인간적 진실을 그렸다는 평가를 받고 있다
(1931~)

하근찬은 전쟁 등 역사적 상황에 관련된 수난의 아픔과 인간적 진실을 그려냈다는 평가를 받아 왔습니다. 특히 「수난 이대」는 한국전쟁과 태평양전쟁을 연결시켜 함께 다루었다는 점에서 그 독창성을 인정받고 있습니다.

그의 초기 작품들을 보면, 역사적 상황과 연계해 가난한 농촌을 비극적인 현실로 인식하고 그 아픔을 이겨내려는 강한 의지를 보여주고 있습니다. 즉, 열악한 농촌 현실을 굳건히 극복해 내려는 농민들에게 관심을 보인 것입니다. 이후 그의 시선은 농촌이라는 제한적인 공간을 넘어 소시민을 비롯한 사회적 약자층으로 옮겨갔습니다. 단편 「삼각의 집」에서는 도회지 서민의 생활상에서 발견되는 부조리를 살폈으며, 단편 「왕릉과 주둔군」에서는 외국 군대의 주둔과 타락한 윤리를 다루었습니다. 특히 그는 당대 현실의 어두운 측면을 보여주면서도 해학미를 잃지 않고 있는데, 그것은 농촌을 배경으로 이루어지고 있는 농민들의 삶과 그 애환을 다루고 있기 때문이 아닌가 여겨집니다.

불교에서 제정한 녹원문학상 시상식장 (1986)

1957년에 발표된 단편 「흰 종이 수염」은 어떻게든 가족의 생계를 책임지려는 아버지의 눈물겨운 노력과 함께 시골 초등학교에 다니는 아들 동길이의 눈을 통해서 전쟁이 몰고 온 비극적 상황을 적나라하게 보여주는 작품입니다.

전쟁은 그 원인이 어떠하든 그것이 인간과 인간성을 철저히 파괴하고 말살하려 한다는 점에서 본질적으로 비극이 아닐 수 없습니다. 따라서 전통적으로 인간과 인간성을 옹호하는 데 주력하는 소설가가, 그의 문학을 통해 전쟁의 참상을 고발, 비판하는 것은 지극히 당연한 일이겠지요.

하근찬은 「수난 이대」에서 전쟁이 빚어낸 참상의 단면을 불구가 된 아버지와 아들을 통해 보여주는데, 생활 속의 절실한 인정人情과 역사적 수난의 아픔, 그리고 그 아픔을 이기고 일어서는 삶에의 강한 집념을 즐겨 그려내고 있습니다.

이 소설 「흰 종이 수염」 역시 하근찬의 이러한 문제의식이 잘 드러난 소설입니다. 특히 이 작품은 주인공을 소년으로 설정해 전쟁으로 인해 무너지는 삶과 현실에 대한 비극을 순박한 어린아이의 시선으로 보여주고 있다는 점이 이채롭습니다.

아버지가 돌아오던 날 동길東吉이는 학교에서 공부를 하지 못하고 교실을 쫓겨났다. 다른 다섯 명의 아이와 함께였다.

아이들은 모두 풀이 죽어 있었다. 어떤 아이는 시퍼런 코가 입으로 흘러드는 것도 아랑곳없이 눈만 대고 깜작거렸고, 입술이 파랗게 질린 아이도 있었다. 여생도 둘은 찔끔찔끔 눈물을 짜내고 있었다. 축 처진 조그마한 어깨들이 볼수록 측은했다.

그러나 동길이만은 그렇지가 않았다. 그는 두 주먹을 발끈 쥐고 있었다. 양쪽 볼에는 발칵 불만을 빼물고 있었고, 수박씨만한 두 눈은 차갑게 반짝거렸다.

'치! 울엄마 일하는데 어떻게 학교에 오는공. 울아부지 인제 돈 많이 벌어 갖고 돌아오면 다 줄 낀데 자꾸 지랄같이…….'

동길이는 담임선생의 처사가 도무지 못마땅하여 속으로 또 한번 눈을 흘졌다.

쫓겨 나온 교실이 마음에 있다거나 선생님의 교탁 안으로 들어간 책보가 걱정이 된다거나 해서가 아니었다. 그런 알량한 몇 권의 헌책 나부랭이, 혹은 사친회비 ^{교사와 학부모들의 협력 단체인 사친회를 위한 비용} 를 못 내고 덤으로 앉아서 얻어 배우는 치사스러운 공부 같은 것, 차라리 시원했다. 집으로 돌아가서 돈을 가져오라는 호령 따위도 이미 면역이 된 지 오래여서 시들했다. 그러나 돈을 못 가지고 오겠거든 아버지나 어머니를 학교에 데려오라는 데는 딱 질색이었다. 전에 없던 일이었다.

"사람이면 염치가 좀 있어야지. 한두 달도 아니고. 이놈아! 너는 사, 오, 육, 칠, 넉 달치나 밀렸잖아. 이학년 올라와서 어디 한 번이나 낸 일 있나? 지금 당장 가서 가져오든지 그러잖음 아버질 데려와!"

냅다 고함을 지르는 바람에 간이 덜렁했으나 동길이는 또렷한 목소리로,

"아부지 집에 없심더."

했다.

"어디 가고 없노?"

"노무자 나갔심더."

"……"

징용에 나갔다는 말을 듣자 선생은 잠시 말이 없다가,

"그럼 어머니라도 데려와."

했다. 목소리가 꽤 누그러졌으나, 매정스럽기는 매양 한가지였다.

"안 데려옴 넌 여름방학 없다. 알겠나?"

"……."

동길이는 대꾸를 하지 않았다. 입을 꼭 다물고 양쪽 볼에 발칵 힘을 주었다. 그리하여 다른 다섯 아이와 함께 책보는, 말하자면 차압을 당하고 교실을 쫓겨났던 것이다.

아이들은 땅바닥을 내려다보며 힘없이 운동장을 걸어나갔다. 여생도 둘은 유난히 단발머리를 떨어뜨리고 걸었다. 목덜미가 따갑도록 햇볕이 쏟아져 내렸다. 맨 앞장을 서서 가던 동길이는 발끝에 돌맹이 하나가 부딪히자 그만 그것을 사정없이 걷어차 버렸다. 마치 무슨 분풀이라도 하는 듯이…… 발가락 끝에 불이 화끈 했으나 그는 어금니를 꽉 지르물고 아무렇지도 않은 체했다.

킥! 하고 한 아이가 웃음을 터뜨리자 다른 아이들도 따라서 낄낄 웃었다. 어쩐지 모두 속이 시원했던 것이다.

그러나 누가 먼저 뒤를 돌아보았는지 모른다. 웃음은 일제히 뚝 그치고 말았다. 그들을 쫓아낸 얼굴이 창문 밖으로 이쪽을 내다보고 있었던 것이다. 여섯 개의 가느다란 모가지가 도로 움츠러들지 않을 수 없었다.

교문을 나서자 아이들은 움츠렸던 목을 쑥 뽑아 들고 다시 교실 쪽을 돌아보았다. 이제 선생님의 얼굴은 보이지 않고, 장단을 맞추어 구구를 외는 소리만이 우렁우렁 창 밖으로 울려 나왔다.

사 — 이는 팔, 사 — 삼 십이, 사 — 사 십육…….

동길이는 별안간 무슨 생각이 났는지 오른쪽 주먹을 왼쪽 손아귀로 가져가더니 그만 힘껏 안으로 밀어내며,

"요놈 먹어라!"

하는 것이었다. 감자를 한 개 내질러 준 것이다. 그리고 후닥닥 몸을 날렸다. 뺑소니를 치면서도 냅다,

"사오 이십, 사륙은 이십사. 사칠은 이십팔……."

하고, 고함을 질러댔다.

다른 아이들도 와아 환호성을 올리며 덩달아 사방으로 흩어져 갔다. 군용 트럭이 한 대 뿌연 먼지를 날리며 달려오고 있었다.

"오―이는 십, 오―삼 십오, 오―사 이십…….

동길이는 중얼중얼 구구를 외면서 신작로를 걸었다. 이마에 맺힌 땀이 뺨을 타고 까만 목줄기로 흘러내렸다.

"아아, 덥다."

동길이는 손등으로 아무렇게나 땀줄기를 훔쳤다.

읍 들머리에 냇물이 흐르고 있었다. 물 밑에 깔린 자갈들이 손에 잡힐 듯 귀물스럽게 떠올라 보이는 맑은 시내였다. 그 위로 인도교와 철교가 나란히 지나가고 있었다.

다리에 이르자 동길이는 아래를 내려다보았다.

"히야, 용돌이 짜식, 벌써 멱감고 있대이. 학교는 그만두고 짜식 참 좋겠다."

그리고 쪼르르 강둑을 굴러 내려갔다.

동길이를 보자 용돌이는 물 속에서 배꼽을 내밀며,

"동길아! 임마 니 핵교는 안 가고, 히히히……."

웃어 댄다.

"갔다 왔다, 짜식아."

"무슨 놈의 핵교를 그렇게 빨리 갔다 오노?"

"돈 안 가져왔다고 안 쫓아내나."

"뭐 돈?"

"그래, 사친회비 안 냈다고 집에 가서 어무이를 데려오라 안 카나."

"지랄이다 지랄. 그런 놈의 핵교 뭐 할라꼬 댕기노. 나같이 때리챠 버리라구마."

"그렇지만 임마 학교 안 댕기면 높은 사람 못 된다. 아나?"

"개똥이다 캐라. <u>흐흐흐……</u>"

그리고 용돌이는 개구리처럼 가볍게 물 속으로 잠겨 버린다 동길이는 물 기슭에 서서 때에 절은 러닝 셔츠와 삼베 바지를 홀랑 벗어 던졌다.

이때,

"꽤애액!"

기적 소리도 요란하게 철교 위로 기차가 달려들었다. 북쪽에서 내려오는 기차였다. 동길이는 까만 고추를 달랑거리며 후닥닥 철교 쪽으로 뛰었다. 용돌이란 놈도 물에서 뿔뿔 기어 나왔다.

커더덩커더덩…… 철교가 요란하게 울리고, 그 위로 시커먼 기차가 바람을 일으키며 신나게 달려간다. 차창마다 사람들이 이쪽을 내려다보고 있다. 어떤 창구에는 철모를 쓴 국군 아저씨가 담배 연기를 푸우 내뿜고 있는 것이 보인다. 동길이는 저도 모르게 두 손을 번쩍 쳐들었다.

"만세이!"

그리고 용돌이를 돌아보았다. 용돌이란 놈은 까닭도 없이 대고 주먹으로 감자를 내지르고 있다. 고약한 놈이다.

동길이는 웬일인지 기차만 보면 좋았다.

'울아부지도 저런 차를 타고 척 돌아올 끼라. 울아부지 빨리 돌아왔으면 좋겠다.'

사라져 가는 기차 꽁무니를 바라보며 동길이는 잠시 노무자로 나간 아버지 생각에 가슴이 뻐근했다. 그러나 얼른,

"용돌아 임마, 내기할래?"

고함을 지르면서 후닥닥 몸을 날렸다. 풍덩! 물소리와 함께 까만 몸뚱어리가 미끄러이 물 속으로 자맥질해 들어갔다. 용돌이도 뒤따라 풍덩! 물 밑으로 잠긴다.

물고기들 부럽잖게 얼마를 놀았는지 모른다. 뚜우 하고 정오를 알리는 사이렌 소리가 울려왔을 때에야 동길이는 물에서 나왔다. 배가 홀쭉했다. 주섬주섬 옷가지를 주워 걸치며,

"짜식아, 그만 안 갈래?"

용돌이를 돌아보았다. 용돌이란 놈은 무슨 물고기 삼신인 듯 아직도 나올 생각을 않고 풍덩거리며 벌쭉벌쭉 웃고만 있다.

"배 안 고프나?"

"배사 고프다. 그렇지만 임마, 집에 가야 밥이 있어야지. 너거 집엔 오늘 점심 있나?"

"몰라. 있을 끼다."

"정말이가?"

"짜식아, 있으면 니 줄까 봐."

그리고 동길이는 타박타박 자갈밭을 걸었다.

다리를 지날 때 후끈한 바람결에 난데없이 노랫소리가 흘러왔다. 극장에서 울려 나오는 스피커 소리였다. 이 무더운 대낮에 누가 극장엘 가는지 모르지만 그래도 사람을 끌어 모으려고, 아리랑 시리랑…… 하고 악을 써쌌는다.

그러나 동길이는 배가 고파서 그런 건 도무지 흥이 나질 않았다. 오늘따라 왜 이렇게 시장기가 치미는지 알 수 없었다. 너무 오래 먹을 감은 탓일까? 타박타박 옮기는 걸음이 자꾸 무거워만 갔다.

집 사립문 앞에 이르자 동길이는 흠칫 그 자리에 멈추어 섰다. 마루에 벌렁 드러누워 있는 사람이 있었던 것이다.

어머니도 아니었다. 남자였다.

동길이는 조심조심 사립 안으로 걸어 들어갔다. 어머니는 부엌문 앞에서 무엇을 북북 치대고 있었다. 인기척에 후딱 뒤를 돌아본 어머니는 마루에 누워 있는 사람을 눈으로 가리켰다. 어머니의 두 눈에는 슬픈 빛이 서려 있었다.

동길이는 어찌된 영문인지 알 수가 없었다. 그러나 마루에 누워 있는 사람이 누구라는 것을 알아챘다.

"아부지!"

동길이는 얼른 누워 있는 아버지 곁으로 가까이 갔다. 아버지는 자고 있었다. 그러나 동길이는 아버지를 향해 꾸뻑 절을 했다.

'아까 그 기차를 타고 오신 모양이지. 헤 참, 그런 줄 알았으면 얼른 집에 올 걸 갖다가야······.'

꼬박 2년 만에 돌아온 아버지······ 동길이는 조심히 아버지의 얼굴을 들여다보았다. 꺼멓게 탄 얼굴에 움푹 꺼져 들어간 두 눈자위, 그리고 코밑이랑 턱에는 수염이 지저분했다. 목덜미로 식은땀이 흐르고 있었고, 입 언저리에는 파리떼가 바글바글 엉켜 붙어 있었다. 그러나 아버지는 그런 줄도 모르고 푸 푸 코를 불면서 자고만 있다. 동길이는 파리란 놈들을 쫓았다.

어머니가 조심스러운 눈길로 동길이를 힐끗 돌아본다. 집에 와서 갈아입었는지 아버지의 입성은 깨끗했다. 징용에 나가기 전, 목공소에 다닐 때 입던 누런 작업복 하의에 삼베 셔츠······. 그런데,

"예!"

이게 웬일일까?

동길이는 눈이 휘둥그레지고, 입이 딱 벌어졌다. 그러나 어머니는 동길이의 놀라는 모습을 돌아보지 않고 후유 한숨을 쉴 따름이었다. 동길이는 떨리는 손으로 한쪽 소맷부리를 들추어보았다.

없다. 분명히 없다.

동길이는 어머니를 향해 소리쳤다.

"어무이, 아부지 팔 하나 없다."

"······."

"팔 하나 없어. 팔!"

"······."

"잉?"

"……"

말없이 돌아보는 어머니의 두 눈에는 눈물이 흥건히 괴어 있었다.

동길이는 아버지가 슬그머니 무서워지는 것이었다.

어머니 곁으로 가서 부엌문에 붙어 서서도 곧장 아버지의 한쪽 소맷자락을 힐끗힐끗 건너다보았다.

어머니는 또 한번 후유 한숨을 쉬면서 함지박을 들고 부엌으로 들어갔다. 밀가루 수제비를 뜨는 것이었다. 어머니의 손끝에서 뚝뚝 떨어져서 부글부글 끓어오르는 물 속으로 들어가는 수제비를 바라보자 동길이는 배에서 꼬르르 소리가 났다. 꿀꺽 침을 삼켰다. 아버지의 팔뚝 생각 같은 것은 이미 없었다.

수제비를 떠서 두 그릇 상에 받쳐 들고 어머니가 부엌을 나오자 동길이는 앞질러 마루로 올라갔다. 아버지는 아직 쿨쿨 자고 있었다. 아버지의 한쪽 소맷자락이 눈에 띄자 동길이는 다시 흠칫했다.

"보이소 예! 그만 일어나이소. 점심 가져왔구마."

어머니가 흔들어 깨우는 바람에 아버지는,

"으으윽."

한 개밖에 없는 팔을 내뻗어 기지개를 켜며 부스스 일어났다. 동길이는 저도 모르게 뒤로 한 걸음 물러섰다. 그리고 얼른 아버지를 향해 절을 하기는 했으나, 겁을 집어먹은 듯이 눈이 둥그레졌다. 아버지는 동길이를 보더니,

"으으…… 핵교 잘 댕기나? 어무이 말 잘 듣고?"

그리고 아아윽! 커다랗게 하품이었다.

점심상을 가운데 놓고 아버지와 동길이가 마주 앉았다. 그 곁에 어머니는 뚝배기를 마룻바닥에 놓고 앉았다.

몰씬몰씬 김이 오르는 수제비죽…… 동길이는 목젖이 튀어나오는 것 같았다. 후딱 숟가락을 들었다. 그리고 그 뜨끈뜨끈한 놈을 푹 한 숟갈 떠올리기가 무섭게 아가리를 짝 벌렸다. 아버지도 숟가락을 들었다. 왼쪽 손이었다. 없어진 팔이 하필이면 오른쪽이었던 것이다. 어머니는 그것을 보자 이마에 슬픈 주름을 잡으며 얼른 외면을 했다. 그러나 동길이는 수제비를 퍼 올리기에 바빠서 아버지의 남은 손이 왼손인지 오른손인지 그런 덴 도무지 관심이 없는 듯했다.

돼지 새끼처럼 한참을 그렇게 퍼먹고 나서야 좀 숨이 도는 듯 동길이는 힐끗 아버지를 거들떠보았다. 아버지의 숟가락질은 도무지 서툴기만 했다.

'아버지 팔이 하나 없어져서 참 큰일났제. 저런! 오른쪽 팔이 없어졌구나. 우짜다가 저랬는고이?'

그리고 동길이는 남은 국물을 훌훌 마저 들이마셨다. 콧등에 맺힌 땀방울이 또르르 굴러 내린다.

"아아."

이제 좀 살겠다는 것이다.

이튿날 아침,

"동길아, 학교 가자아!"

사립문 밖에서 부르는 소리가 났다. 이웃에 사는 창식昌植이었다.

"동길아, 학교 안 갈래?"

동길이는 가만히 마루로 나와 신을 찾았다.

이때 뒷간에서 나온 동길이 아버지가 한 손으로 을씨년스럽게 고의춤을 여미면서,

"누구냐! 이리 들어와서 같이 가거라."

했다.

창식이가 들어섰다. 창식이는 동길이 아버지를 보자 냉큼 허리를 꺾었다. 그리고 동길이 아버지의 팔뚝이 없는 소맷자락으로 눈이 가자 희한한 것이라도 발견한 듯 두 눈이 번쩍 빛났다.

동길이는 신을 신고 조심조심 마당으로 내려섰다. 아버지는 동길이를 보고,

"길아, 니 책보 우쨌노?"

"……"

동길이는 얼른 대답이 나오질 않았다. 마치 저에게 무슨 잘못이라도 있는 것처럼…….

"응? 책보 우쨌어?"

그러자 옆에서 창식이란 놈이 가벼운 조동아리를 내밀었다.

"빼앗겼심더."

"빼앗기다니, 누구한테?"

"선생님한테예."

"뭐? 선생님한테?"

"예."

"와?"

"사친회비 안 낸 아이들은 다 빼앗고 집에 쫓았심더. 사친회비 안 가져온 사람은 방학도 없답니더."

"……."

동길이 아버지는 입술이 파랗게 굳어져 갔다.

"아부지!"

동길이가 입을 떼었다.

"아부지, 나 학교 안 댕길랍니더."

"뭐?"

"때리챠 버릴랍니더."

"음……."

아버지의 입에서는 무거운 신음 소리가 새어 나왔다. 그리고 왈칵 성이 복받치는 듯,

"까불지 말고 빨리 갓!"

하고, 고함을 질렀다. 부엌에서 설거지를 하고 있던 어머니가 눈을 휘둥그레 가지고 바라본다.

동길이와 창식이는 어깨를 나란히 하고 걸었다. 다리를 건너면서 창식이가,

"동길아, 느그 아부지 팔 하나 없어졌제?"

했다.

"……."

"노무자로 나가서 그랬제?"

"……."

"팔이 하나 없어져서 어떻게 목수질 하노? 인제 못 하제, 그제?"

"몰라! 이 짜식아."

동길이는 발끈해졌다. 눈꺼풀이 파르르 떨렸다. 곧 한 대 올려붙일 기세였다.

창식이는 겁을 집어먹고 한 걸음 떨어져 섰다. 그리고 두 눈을 대고 껌벅거렸다.

창식이는 내빼듯이 똑바로 학교로 갔으나, 동길이는 다리를 건너자 강둑을 굴러 내려갔다.

용돌이가 아직 보이지 않았으나, 그런 대로 동길이는 옷을 벗었다.

대낮이 가까워졌을 무렵, 동길이는 아이들이 떠들어대는 소리를 듣고 다리 위를 쳐다보았다.

"외팔뚝이……."

"하나, 둘, 셋!"

"외팔뚝이……."

다리 난간에 붙어 서서 이쪽을 내려다보며 소리를 모아 고함을 질러대는 아이들은 틀림없는 자기 학급 아이들이었다. 동길이는 귀뿌리를 한 대 얻어맞은 듯했다. 동길이가 쳐다보자 이번에 한 놈씩 차례차례 고함을 질러 나간다.

"똥길이 즈그 아부지 외팔뚝이……."

"외팔뚝이 새끼 모욕하네……."

"학교는 안 오고 모욕만 하네……."

맨 마지막으로,

"외팔뚝이 오늘 학교 왔더라……."

하는 소리는 어딘지 모르게 속으로 기어 들어가는 소리였다. 그리고 살금 아이들 뒤로 숨어 버리는 것이 아닌가. 창식이란 놈이 틀림없었다.

동길이는 온몸에 쥐가 나는 듯했다. 치가 떨렸다. 부리나케 밖으로 헤엄쳐 나온 그는 후닥닥 돌멩이를 집어들었다. 돌멩이는 다리 난간을 향해서 핑핑 날았다. 그러나 한 개도 거기까지 가서 닿지는 않았다.

다리 위에서는 와아 환호성을 울리며 좋아라 하고 웃어댄다. 그리고 어떤 놈이 뱉었는지 침이 날아왔다.

약이 오를 대로 오른 동길이는 두 손에 돌멩이를 발끈 쥐고 그냥 막 자갈밭을 내달았다. 강둑을 뛰어올라 다리를 향해 마구 달리는 것이었다. 빨간 알몸뚱이가 마치 다람쥐 같았다.

욕지거리를 퍼부어 쌌던 아이들은 큰소리로 웃어대면서 우르르 도망들을 친다. 도저히 따를 만한 거리가 아니었다. 팔매가 가서 닿을 만한 거리도 아니었다. 그러나 동길이는 손에 쥔 돌멩이를 힘껏 내던졌다.

분해서 견딜 수가 없었다.

"짜식들, 어디 두고 보자. 창식이 요놈 새끼, 죽여 버릴 끼다. 요놈 새끼……."

그날 저녁 동길이는 아버지에게 되게 꾸지람을 들었다.

아버지는 어디에서 술을 마셨는지 얼굴이 벌겋게 익어 가지고 비칠비칠 사립문을 들어서더니 대뜸,

"길이 이놈 어디 갔노, 응?"

하고 소리를 질렀다. 손에 웬 책보 하나와 흰 종이를 포개 쥐고 있었다.

마루에서 저녁을 먹고 있던 동길이와 어머니는 눈이 둥그레졌다.

"아, 이놈 여깃구나. 니 오늘 어딜 갔더노? 핵교 안 가고, 어딜 싸돌아 댕기노, 응?"

마루에 올라와 덜커덩 엉덩방아를 찧으며 눈알을 부라렸다.

"아이구, 어디서 저렇게 술을……."

어머니는 혼잣말처럼 중얼거리며 밥상을 가지러 일어선다.

"아, 오늘 김 주사가 한턱 내더라. 우리 목공소 주인 김 주사가 말이지, 징용 나가서 고생 많이 했다고 한턱 내더라니까. 고생 많이 했다고…… 팔뚝을 하나 나라에 바쳤다고…… 으ㅎㅎㅎㅎ……."

그러고는 또,

"이놈! 너 오늘 와 핵교 안 갔노? 응? 돈이 없어서 안 갔나? 응? 응? 이 못난 자식아! 뭐 핵교를 안 댕기겠다고?"

하고 마구 퍼부어댄다.

"이놈아, 오늘 내가 핵교에 갔다, 핵교에 갔어. 너거 선생 만나서 다 얘기했다. 이 봐라, 이놈아! 내 팔이 하나 안 없어졌나. 이것을 내보이면서 다 얘기하니까 너거 선생 오히려 미안해서 죽을라 카더라, 죽을라 캐. 봐라, 이렇게 책보도 안 받아 왔는강."

아버지는 책보를 동길이 앞에 불쑥 내밀었다. 동길이는 책보와 흰 종이를 한꺼번에 받아 안으며 모가지를 움츠렸다.

"이놈아, 아버지가 징용에 나갔다고 선생님한테 와 말을 못 하노. 아부지가 돌아오면 다 갖다 바치겠다고 와 말을 못 하노 말이다. 입은 뒀다가 뭐 할라카는 입이고?"

"아부지 노무자 나갔다고 캤심더."

동길이는 약간 보로통해졌다.

"뭐, 이놈아? 니가 똑똑하게 말을 못 했으니까 그렇지. 병신 자식 같으니……."

어머니가 밥상을 들고 와서 아버지 앞에 놓으며,

"자아, 그만하고 어서 저녁이나 드이소."

했다. 아버지는 숟가락을 들었다. 그러나 밥을 떠올릴 생각은 않고 연방 떠들어댄다.

"내가 비록 이렇게 팔이 하나 없어지긴 했지만, 이놈아 니 사친회비 하나를 못 댈 줄 아나? 지금까지 밀린 것 모두 며칠 안으로 장만해 준다. 방학할 때까진 어떠한 일이 있어도 장만해 준단 말이다. 오늘 너거 선생한테도 그렇게 약속했다. 문제없단 말이다. 애비의 이 맘을 알고 니가 더 열심히 핵교에 댕겨야지, 나 핵교 때리챠 버릴랍니더가 다 뭐고? 이누무 자식, 그게 말이라구 하는 기가?"

동길이는 그만 울먹울먹해졌다. 그러나 한사코 눈물을 흘리지는 않았다.

아버지는 밥을 몇 숟갈 입에 떠넣다가 별안간 또 무슨 생각이 났는지 이번에는 어머니에게,

"이봐, 나 오늘 취직했어. 취직. 손이 하나 없으니까 목수질은 못 하지만 그

래도 다 써먹을 데가 있단 말이여. 써먹을 데가……."

정말인지 거짓부렁인지 알 수 없는 소리를 대고 주워섬긴다.

"아니, 참말로 카능교, 부로 카능교?"

"허, 부로 카긴 와 부로 캐. 내가 언제 거짓말하더나?"

"……."

"극장에 취직이 됐어. 극장에……."

"뭐, 극장에요?"

"그래, 와, 나는 극장에 취직하면 안 될 사람이가? 그것도 다 김 주사, 우리 오야붕 덕택이란 말이여. 팔뚝을 한 개 나라에 바친 그 덕택이란 말이여. 으흐흐…… 내일 나갈 적에 종이로 쉬염을 만들어 갖고 가야 돼. 바로 이 종이가 쉬염 만들 종이 앙이가."

동길이가 책보와 함께 받아 가지고 있는 흰 종이를 숟가락으로 가리켰다. 때마침 저녁 손님을 부르는 극장의 스피커 소리가 우렁우렁 울려왔다.

"을씨구, 저 봐라, 우리 극장 선전이다. 이래봬도 나도 내일부턴 극장 직원이란 말이여, 직원. 으흐흐……."

그러고는 벌떡 일어서서 흘러오는 스피커의 노랫소리에 맞추어 우쭐우쭐 춤을 추기 시작했다. 하나밖에 없는 팔을 대고 내저으며 제법 궁둥이까지 흔들어댄다. 꼴불견이다. 동길이는 낄낄낄 웃었다. 그러나 어머니는 이맛살을 찌푸리며,

"아이구, 무슨 놈의 술을 저렇게도 마셨노. 쯧쯧쯧……."

혀를 찼다.

아리아리랑 시리시리랑······ 하고 돌아쌌던 아버지는 그만 방 아랫목에 가서 벌떡 드러누우며,

"아으흐······."

하고 괴로운 소리를 질렀다.

"밥 그만 잡숫능교?"

어머니가 묻자,

"안 먹을란다."

했다.

그리고 잠시 후 아버지는 훌쭉훌쭉 느끼기 시작하는 것이었다. 두 눈에서 솟구친 눈물이 양쪽 귓전으로 추적추적 걷잡을 수 없이 흘러내렸다.

동길이는 도무지 어찌된 영문인지 알 수가 없었다. 그러면서도 덩달아 코끝이 매워 왔다.

부엌에서 달그락거리는 소리에 동길이는 눈을 떴다. 어느새 아버지는 일어나서 윗목에 쭈그리고 앉아 뭣을 열심히 만지작거리고 있었다.

동길이는 발딱 몸을 일으켰다. 모기에 물려 부르튼 자리를 득득 긁으면서 아버지 곁으로 다가갔다.

아버지는 가위질을 하고 있었다. 두 발로 종이를 밟고, 왼쪽 손에 든 가위로 을씨년스럽게 그것을 오리고 있는 것이었다.

"아부지, 그거 뭐 합니꼬?"

"쉬염 만든다 안 카더나. 어젯밤에 안 카더나."

"쉬염 만들어서 뭐 하는데예?"

"넌 알 끼 아니다."

"……."

"요렇게 좀 삐져나 도고."

동길이는 아버지한테서 가위를 받아 쥐고 종이를 국수처럼 가닥가닥 오려 나갔다. 그리고 아버지가 시키는 대로 그것을 실로 꿰매기 시작했다.

어머니가 밥상을 들고 들어왔을 때는 한 다발의 흰 종이 수염이 제법 그럴듯하게 만들어졌다. 어머니는 밥상을 놓으며,

"그걸로 대체 뭐 하는 게? 광대놀음 하는 게?"

했다.

"광대놀음? <u>ㅎ ㅎ ㅎ</u>……."

아버지는 서글피 웃었다.

창식이란 놈이 부르러 올 리 없었다. 그러나 동길이는 밥숟가락을 놓기가 바쁘게 책보를 들고 일어섰다. 아버지도 방구석에 걸린 낡은 보릿짚 모자를 벗겨서 입으로 푸푸 먼지를 부는 것이었다. 책보를 옆구리에 낀 동길이가 앞 서고, 종이로 만든 수염을 손에 든 아버지가 뒤따라 집을 나섰다.

아버지와 동길이는 삼거리에서 헤어졌다. 헤어질 때, 아버지는 동길이에게,

"걱정 말고 꼭 핵교에 가거래이, 응?"

다짐을 했고 동길이는,

"예!"

또렷한 목소리로 대답을 했다.

동길이는 선생님을 대하기가 매우 거북스러웠다. 그러나 선생님은 별로 못마땅해하는 기색이 없이,

"결석하면 안 된다. 알겠나?"

예사로 한 마디 던질 뿐이었다.

학급 아이들이야 뭐라건 그런 건 조금도 두려울 게 없었다. 감히 동길이 앞에서 뭐라고 빈정거릴 만한 아이도 없기는 했지만⋯⋯. 그만큼 동길이의 수박씨만한 두 눈은 반짝거렸고, 주먹은 야무졌던 것이다.

동길이가 등교를 하자 창식이는 고양이를 피하는 쥐새끼처럼 곧장 눈치를 살피며 아이들 뒤로 살금살금 돌아가는 것이었다. 어제 일을 생각하면 창식이란 놈을 당장 족쳐 버렸으면 싶었으나, 동길이는 웬일인지 오늘은 얼른 그런 용기가 나지 않았다. 사친회비를 못 가져와서 아무래도 선생님의 눈치가 보이는 탓인지, 혹은 어제 팔 하나 없는 아버지가 학교에 왔었다는 그 때문인지, 아무튼 어깨가 벌어지지 않았다.

동길이는 얌전히 앉아서 네 시간을 마쳤다. 동길이네 분단이 청소 당번이었다. 시간이 끝나자 창식이들은 우르르 집으로 돌아갔고, 동길이네는 빗자루를 들었다.

청소가 끝나자 동길이는 책보를 옆구리에 끼고 교실을 뛰쳐나왔다. 운동장에는 뙤약볕이 훅훅 쏟아지고 있었다. 찌는 듯 무더웠다.

'시원한 아이스케이크라도 한 개 먹었으면⋯⋯.'

동길이는 이런 생각을 하며 침을 꿀꺽 삼켰다. 배도 고팠다. 이마에 맺히는

땀을 씻으며 타박타박 신작로를 걸었다. 냇물로 내려갈까 했으나, 아침에 먹다 남겨 놓은 밥사발이 눈앞에 어른거려 그냥 똑바로 다리를 건넜다.

　　삼거리에 이르렀을 때였다. 동길이는 눈이 번쩍 뜨였다. 참 희한한 것을 보았기 때문이다.

　저만큼 먼 거리였으나 얼른 보아 그것이 무슨 광고판이라는 것을 알 수 있었다. 가마니 한 장만이나 한 크기일까? 그런 광고판이 길 한가운데를 이쪽으로 걸어오고 있는 것이었다. 그 움직이는 광고판을 따라 우르르 아이들이 떠들어대며 몰려오고 있었다.

　동길이는 저도 모르게 뛰고 있었다. 차츰 가까워지면서 보니 그것은 틀림없는 광고판이었다. 그러나 그 광고판에는 다리가 두 개 달려 있고, 머리도 하나 붙어 있었다.

　사람이었다. 사람이 가슴 앞에 큼직한 광고판을 매달고 걸어오고 있는 것이었다. 등에도 똑같은 광고판을 짊어지고 있는 듯했다. 머리에는 알롱달롱하고 쭈뼛한 고깔을 쓰고 있었고, 얼굴에는 밀가룬지 뭔지 모를 뿌연 분이 덕지덕지 칠해져 있었다. 그리고 턱에는 수염이 허옇게 나부끼고 있었다. 아주 늙은 노인인 것 같기도 했고, 어찌 보면 그렇지 않은 듯도 했다.

　이 희한한 사람이 간간이 또 메가폰을 입에다 갖다 대고, 뭐라고 빽빽 소리를 질러대는 것이 아닌가. 재미있는 구경거리가 아닐 수 없었다.

　"아아, 오늘 밤의, 아아, 오늘 밤의 활동사진은 쌍권총을 든 사나이, 아아, 쌍권총을 든 사나이. 많이 구경하러 오이소! 많이많이 구경하러 오이소!"

그러고는 쑥스러운 듯 얼른 메가폰을 입에서 떼어버리는 것이었다. 그럴라 치면 이번에는 아이들이 제가끔 목소리를 돋우어,

"아아, 오늘 밤에는 쌍권총을 든 사나이."

"아아, 쌍권총을 든 사나이, 구경하러 오이소."

"아아, 오늘 밤에 많이많이 구경하러 오이소."

하고 떠들어댔다.

동길이는 공연히 즐거웠고, 가슴이 울렁거렸다. 우뚝 멈추어 서서 우선 광고판의 그림부터 바라보았다.

시커먼 안경을 긴 코쟁이가 큼직한 권총을 두 자루 양쪽 손에 쥐고 있는 그림이었다. 노란 머리카락과 새파란 눈깔을 가진 여자도 하나 윗도리를 거의 벗은 것처럼 하고 권총을 든 사나이 등뒤에 납작 붙어 있었다.

괴상한 그림이었다.

"아아, 쌍권총을 든 사나이, 아아, 오늘 밤의 활동사진은 쌍권총을 든 사나이. 많이 구경 오이소! 많이많이 구경 오이소!"

그리고 메가폰을 입에서 뗀 그 희한한 사람의 시선이 동길이의 시선과 마주쳤다.

순간 동길이는 가슴이 철렁 내려앉고 말았다. 뒤통수를 야물게 한 대 얻어맞은 것 같았다. 그리고 눈물이 핑 돌았다. 어처구니가 없었다.

그 희한한 사람이 바로 아버지였던 것이다.

아버지는 동길이와 눈이 마주치자 약간 멋쩍은 듯했다. 그러고는 얼른 시선을 돌려버리는 것이었다. 동길이는 코끝이 매워 오며 뿌옇게 눈앞이 흐려져

갔다.

아이들은 더욱 신명이 나서 떠들어댄다.

"아아, 오늘 밤에는 쌍권총입니다."

"아아, 쌍권총을 든 사나이 재미가 있습니다."

이런 소리에 섞여 분명히,

"동길아! 느그 아부지다. 느그 아부지 참 멋쟁이다."

하는 소리가 동길이의 귓전을 때렸다. 용돌이란 놈의 목소리에 틀림없었다.

동길이는 온몸의 피가 얼굴로 치솟는 듯했다. 주먹으로 아무렇게나 눈물을 뿌리쳤다. 뿌옇던 눈앞이 확 트이며 얼른 눈에 들어온 것은 소리를 지른 용돌이가 아닌 창식이란 놈이었다. 요놈이 나무꼬챙이를 가지고 아버지의 수염을 곧장 건드리면서,

"진짜 앙이다야. 종이로 만든 기다, 종이로."

하고 켈켈 웃어쌌는 것이 아닌가.

동길이는 가슴속에 불이 확 붙는 것 같았다. 순간 동길이의 눈은 매섭게 빛났다. 이미 물불을 가릴 계제가 아니었다.

살쾡이처럼 내달을 따름이었다.

"으악!"

비명 소리와 함께 길바닥에 나가떨어진 것은 물론 창식이었다. 개구리처럼 뻗었다. 그러나 동길이는 그 위에 덮쳐서 사정없이 마구 깔고 문댔다.

"아이크, 아야야야……캥!"

창식이의 얼굴은 떡이 되는 판이었다.

아이들은 덩달아서 와아와아 소리를 지르며 떠들어댔다.

동길이 아버지는 두 눈이 휘둥그레지며 손에서 메가폰을 떨어뜨렸다. 어찌 된 영문인지 알 수가 없었다.

창식이는 이제 소리도 제대로 지르지 못하고 윽! 윽! 넘어가고 있었다.

"와 이카노? 와 이카노? 잉? 와 이캐?"

동길이 아버지는 후닥닥 광고판을 벗어 던졌다. 그리고 하나 남은 손을 대고 내저으며 어쩔 줄을 몰라 했다. 턱에 붙였던 수염의 실밥이 떨어져서 흰 종이 수염이 가슴 앞에 매달려 너풀너풀 춤을 춘다.

"이누무 자식이 미쳤나, 와 이카노, 와 이캐 잉?"

동길이네는 아버지가 징용으로 끌려갔기 때문에 형편이 몹시 어려웠다. 어머니는 일 때문에 학교에 올 수도 없었는데, 사친회비를 몇 달째 내지 못하자 선생님은 부모님을 학교에 모시고 오라면서 책보를 빼앗고 동길이를 매정하게 밖으로 내쫓았다. 다섯 명의 아이들과 함께 학교에서 쫓겨난 동길이는 철교가 있는 개울에서 학교에 다니지 않는 용돌이를 만나 놀다가, 철교 위를 지나가는 기차를 보고는, 아버지도 얼른 기차를 타고 돌아왔으면 좋겠다는 생각을 한다.

한참 멱을 감다가 배가 고파 집으로 돌아온 동길이는 마루 위에서 잠자고 있는 한 사내를 보게 된다. 어머니의 눈짓을 통해 그 사내가 아버지임을 알아챈 동길이는 반갑게 달려가지만, 잠든 아버지의 한쪽이 없어진 것을 발견한다. 동길이는 순간적으로 겁을 먹지만, 곧 아버지를 걱정하는 마음이 앞선다.

다음날, 학교에 같이 가자며 집으로 찾아온 창식이는 동길이의 책보가 어디 있냐고 묻는 아버지에게 사친회비를 내지 못해 동길이가 학교에서 쫓겨난 일을 이야기한다. 아버지는 학교에 가지 않으려는 동길이를 소리쳐 쫓아 보내고, 창식은 학교 가는 길에 아버지가 외팔이라며 동길이를 놀린다. 화가 난 동길이는 학교에 가지 않고, 용돌이도 없는 개울에서 멱을 감는다. 대낮이 되자 하교하던 학교 친구들이 모두들 외팔이 아버지를 가진 동길이를 놀린다. 동길이는 화가 치밀어 올라 팔매도 하고 쫓아도 가보지만 소용이 없다.

그날 집으로 돌아오니, 아버지가 이미 학교에 다녀온 터였다. 아버지는 선생님께 잘 말해 두었으니 학교를 계속 다니라고 한 뒤, 극장에 취직이 되었다는 말과 함께 흐느낀다. 이튿날, 동길은 학교 수업을 마치고 돌아오는 길에 메가폰을 잡고 광고판을 앞뒤로 붙인 희한한 사람을 만났는데, 극장에서 그날 밤에 상영되는 프로그램을 선전하는 그의 턱에는 흰 종이 수염이 나부끼고 있었다.

메가폰을 입에서 뗀 그 사람이 바로 자신의 아버지임을 알아챈 동길이는 가슴이 철렁하면서 코끝이 매워 오고 눈물이 핑 돌았다. 그러나 아이들이 아버지를 놀리는 소리를 듣자 피가 솟구쳤고, 창식이란 놈이 나무 꼬챙이를 가지고 아버지의 수염을 건드리는 것을 보자 가슴속에서 불이 확 일었다. 동길이는 창식이에게 달려들어 마구 때리기 시작했고, 당황한 아버지는 실밥이 떨어져 흰 종이 수염이 가슴에 매달려 나부끼는 상태로 쩔쩔 매기만 할 뿐이었다.

작품 해설

「흰 종이 수염」은 1959년 10월 《사상계》에 발표된 작품으로, 「수난 이대」의 자매편이라고 할 수 있습니다. 이 작품은 소년 주인공을 내세워, 전쟁 직후 한 가정이 겪게 된 불행한 삶을 다루고 있는데요. 주인공 동길이가 통과하는 소년 시절은 아무런 과장 없이 민족 수난의 역사적 상황과 밀착됨으로써, 소년 시절의 체험을 통해 역사의 한 단면을 숨김없이 드러내고 있습니다.

평범한 시골 목수였던 동길이 아버지는 전쟁중에 노무자로 동원되어 팔 하나를 잃고 돌아온 뒤, 그의 아들 '동길'의 밀린 사친회비와 가족의 세 끼 밥을 벌기 위해 얼굴에 흰 종이 수염을 붙이고 극장 광고판을 메는 선전원이 됩니다.

여기서 시대적 상황에 의해 불구가 된 아버지의 처지는 당시 우리나라의 상황을 간접적으로 증언하고 있답니다.

이 작품에서 작가가 문제로 부각하고 있는 것은 사친회비를 독촉하기 위해 아

 **더 알아두기**

> **전쟁소설** 전쟁의 상황과 체험을 집중적으로 재현하며 전쟁이 초래한 가혹하고 참담한 삶의 정황을 이야기의 주된 배경으로 삼는 소설 일반을 지칭한다.
>
> **전향소설** 일반적으로 사상 혹은 신념상의 전향이 이루어지는 과정을 담고 있는 소설을 지칭하는 용어로서 주로 작가 자신의 개인적인 체험에 바탕을 두고 씌어지는 경우가 많다.
>
> **분단소설** 남북분단에 대한 역사적 인식을 바탕으로 해서 씌어진 소설이나 혹은 분단의 상황이 잘 드러나 있는 소설. 즉 남북분단의 원인과 고착화 과정 그리고 이것이 오늘의 삶에 미치는 영향 등을 종합적으로 다룬 소설을 가리킨다.

이들을 야단쳐 집으로 쫓아 보내는 선생도 아니고, 징용에 나갔다가 한쪽 팔을 잃어버린 아버지도 아닙니다. 또한, 전쟁 직후 가장이 없어 더욱 배고파진 살림살이도 아니죠.

작가의 관심은 이 모든 상황을 스스럼없이 받아들이면서, 너무나도 솔직하게 대처하는 소년 주인공 동길이의 행동에 집중되어 있습니다. 그리고 그 행동 속에서 우러나오는 소년 특유의 정직성을 잘 포착해 내고 있답니다. 본문 속에서 그려지고 있는 동길이의 여러 행동들은 이러한 동길이의 성향을 잘 표현하고 있다고 할 수 있겠지요.

동길이는 별안간 무슨 생각이 났는지 오른쪽 주먹을 왼쪽 손아귀로 가져가더니 그만 힘껏 안으로 밀어내며,

"요놈 먹어라!"

하는 것이었다. 감자를 한 개 내질러 준 것이다. 그리고 후닥닥 몸을 날렸다. 뺑소니를 치면서도 냅다,

"사오 이십, 사륙은 이십사. 사칠은 이십팔⋯⋯."

하고, 고함을 질러댔다. (중략)

한 개밖에 없는 팔을 내뻗어 기지개를 켜며 부스스 일어났다. 동길이는 저도 모르게 뒤로 한 걸음 물러섰다. 그리고 얼른 아버지를 향해 절을 하기는 했으나, 겁을 집어먹은 듯이 눈이 둥그레졌다.

책보를 선생님에게 빼앗기고 학교를 쫓겨 나오는 동길이가 학교를 향해 감자를 내질러 주는 행위나, 팔 한쪽이 잘려 나간 아버지를 처음 보고도 슬픔보다는 두려움을 느끼는 순진함, 그리고 외팔뚝이 새끼라는 아이들의 놀림에 분개하면서도 아버지의 지시대로 떳떳하게 학교에 나가는 용기라든가, 광대가 된 아버지를 놀려대는 창식이에게 덤벼들어 주먹을 휘두르는 격한 반발심 등은 모두 주인공 동길이가 소년이기에 지닐 수 있는 사물과 감정에 대한 정직함 바로 그 자체라 할 수 있겠죠. 이러한 장면 묘사로 해서 이 작품은 독자들에게 사실감과 더불어 더욱 절실한 감동을 전해 주고 있습니다.

이처럼 소년의 단편적인 체험을 통해, 삶의 진실을 설득력 있게 전달하고 있는 작가의 소설적 장치 혹은 수법이 이채롭기까지 하군요. 하근찬은 전쟁이 우리의 보금자리를 얼마나 철저하게 파괴하는지를 소설로 보여주려고 한 작가입니다. 전쟁으로 인해 불구가 된 몸으로 세상을 살아내는 것이 얼마나 힘겨운 일인지, 가장의 부재나 실직이 한 집안에 드리우는 그림자가 얼마나 무서운 것인지를 말이죠.

더 알아두기

성장소설(Initiation story) 흔히 '입사소설' 이라고도 하는데, 세상 물정을 잘 모르는 어린아이가 삶의 현실과 마주하게 되면서 겪는 인식의 변화 과정을 짚어 가는 소설을 말한다. 이러한 작품으로는 윤흥길의 「장마」, 김승옥의 「건乾」 등이 있다.

그러나 작가는 전쟁이 남긴 상흔과 거기에서 촉발되는 고통과 불행의 그림자 속에 머무는 것이 아니라, 새벽에 일어나 한 손으로 종이 수염을 만드는 아버지의 모습과 그런 아버지를 놀리는 아이들을 때려눕히는 동길이를 통해, 자신과 가족을 위해서 결코 주저앉아서는 안 되는 삶의 소중함과 극복의 의지까지를 여실히 보여 주고 있습니다.

Open Book Test

1 아버지가 '흰 종이 수염' 을 만드는 이유는 무엇일까요?
2 창식이는 어떤 인물인지 생각해 봅시다.
3 동길이가 학교에서 쫓겨난 이유는 무엇이며, 그 이유는 정당한 것인지 생각해 봅시다.
4 학교에 가기 싫다고 말하는 동길이에게 아버지는 무슨 말을 하고 싶었을까요?
5 이 소설의 제목이자 제재인 '흰 종이 수염' 이 의미하는 것은 무엇일까요?

구성	발단	사친회비를 내지 못한 동길이는 책보를 빼앗기고 학교에서 쫓겨난다.
	전개	징용 갔던 아버지가 한쪽 팔을 잃은 채 돌아온다.
	위기	친구들이 동길이를 놀리고, 동길이는 학교에 다니지 않겠다고 말한다.
	절정	극장 선전원이 된 아버지는 희한한 분장을 하고 흰 종이 수염을 붙인 채 동길이와 길에서 마주치고, 친구들은 동길이를 더욱 놀려댄다.
	결말	화가 치민 동길이는 창식을 때려눕히고, 당황한 아버지는 떨어진 흰 종이 수염을 가슴에 매단 채로 어쩔 줄 몰라한다.

핵심 정리	갈래	성장소설, 전후소설, 단편소설
	배경	해방 전후의 경상도 지방
	주제	전쟁이 가져온 우리 민족의 비극적 상황
	시점	전지적 작가 시점
	구성	직선적 구성
	문체	간결체
	의의	징용으로 불구가 되어 돌아온 가장과 어린 아들을 통해 민족의 수난과 시련을 보여줌

작중인물의 성격	동길이 아버지	전형적인 아버지의 모습을 지녔으며, 가장으로서 책임을 다하려는 인물. 어쩔 수 없는 전쟁으로 불구가 된 자신의 삶을 받아들이려 하지만, 내심 고통스러워하는 한 인간의 모습을 보여준다.
	동길	당차고 자존심이 강한 소년. 어린아이의 천진함을 지녔으며, 불구가 되어 돌아온 아버지를 안타까워하면서, 아이들이 자신의 아버지를 놀리는 것을 참지 못한다.

논술 대비 글쓰기

문학작품을 잘 감상했나요?
이제 논술에 대비하여 글을 써봅시다. 질문의 핵심을
짚어내어 나름대로의 생각을 자유롭게 쓰세요.

주요섭의 「사랑 손님과 어머니」

1 이 작품에 나타난 '어머니'의 심리를 설명해 보세요.

길라잡이☞ 작중인물의 심리상태는 대화나 행동양태에 의해서 두드러지게 드러나는 경우가 많습니다. 작품에서 어른들의 심리는 어린아이(옥희)의 시선을 통해 드러나고 있지요.

2 어린이의 관점으로 씌어지는 이러한 소설의 단점은 어떤 것이 있을까요?

길라잡이☞ 아무래도 살아온 환경이나 세상을 보는 관점에 따른 차이를 배제할 수는 없을 것 같네요. 어린아이의 시선에다가 어른의 시선으로 대체시킬 경우 어떤 차이점이 드러날까요?

3 2와는 반대로 장점은 어떤 것이 있을까요?

길라잡이☞ 세상을 꼭 경륜에 의해서만 바라볼 수 있는 것은 아니겠죠. '어린이는 어른의 아버지다'라는 말이 내포하고 있는 의미를 생각해 봅시다.

이효석의 「메밀꽃 필 무렵」

1 이 작품의 주제를 인물들의 직업과 자연 환경에 대한 묘사들을 참조해 말해 보시오.

길라잡이☞ 장돌뱅이는 새로 열리는 장을 찾아 언제나 밤에 길을 걸어다닐 수밖에 없지요. 그렇다면 밤과 관련된 사항들을 염두에 두고 주변 환경에 대한 묘사를 꼼꼼히 살펴봅시다.

2 이 작품에는 인간의 삶에서 운명적으로 여길 수 있는 사건들을 보여줍니다. 그것들의 상관관계에 대해 말해 보시오.

길라잡이☞ 흔히 운명론적인 삶이란 말을 자주 듣게 되는데요. 어떠한 계기를 통해 확인하게 되는 문제 가운데, 작품 속에서 언급되고 있는 성과 출산이 가족을 전제로 이루어지지 않았을 경우를 생각해 보세요.

3 「메밀꽃 필 무렵」은 시詩 같은 소설이라고 흔히들 말합니다. 이와 관련해 시와 소설의 기본적인 차이들을 비교·서술해 보세요.

길라잡이☞ 일반적으로 운문과 산문으로 구분하고 있는 장르적 특성이 이 작품에서는 어떻게 드러나고 있는지 살펴보는 것도 한 방법이 될 수 있겠지요.

채만식의 「태평천하」

1 한말과 개화기, 일제 강점기라는 역사적 전환기를 배경으로 삼고 있는 이 작품이 유독 경제적인 문제를 다루고 있는 까닭은 무엇일까요?

길라잡이☞ 작가의식 차원에서 이야기될 수도 있겠지만, 당시 일제 강점과 더불어 진행되는 근대화의 출발이 이 시기에 이루어지고 있다는 것을 생각해 보세요.

2 이 작품은 이중의 풍자 구조를 띠고 있습니다. 이런 방식을 쓴 작가의 의도는 무엇일까요?

길라잡이☞ 정치적 현실이나 세상 풍조, 그리고 기타 일반적으로 인간생활의 결함·악폐·불합리·우열·허위 등에 가해지는 기지 넘치는 비판적 또는 조소적 이야기를 풍자라고 합니다. 풍자의 개념을 음미해 보세요.

3 종학 이후 윤직원 가의 삶은 어떻게 바뀌게 될까요? 즉, 해방 이후의 윤직원 가의 운명은 어떻게 바뀌게 될까요?

길라잡이☞ 해방 전후 사회적 환경이나 사상의 문제에 대한 기초지식을 필요로 하겠지요. 해방 직후에는 좌우익의 사상 문제가 첨예하게 제기됐지요.

나도향의 「물레방아」

1 '물레방앗간' 이라는 공간 설정에 따른 상황적 분위기에 대해 살펴봅시다.

길라잡이☞ 소설의 공간은 단순히 배경으로서의 역할만 하는 것은 아니죠. 주인공의 의식 변화라든가 동기 유발 혹은 갈등의 집합체로서의 역할도 한답니다.

2 물질 만능 주의에 대한 자신의 견해를 서술해 봅시다.

길라잡이☞ 인간 욕망의 한 부분이라고 할 수 있는 물질에 대한 집착이 꼭 나쁘다고만은 할 수 없겠지요. 하지만 그것을 획득하는 수단이나 방법에서 기본적인 양심을 지키려는 올바른 가치관이 성립되어야 하지 않을까요.

김유정의 「동백꽃」

1 이 소설에서 배경으로 작용하고 있는 것들에 대해 이야기해 봅시다.

길라잡이☞ 소설의 배경이 가진 장치는 인물이나 사건을 매개시키거나 복선을 형성하기도 합니다. 따라서 배경의 묘사는 소설이 가지고 있는 기본적 요소 중의 하나이지만, 때로는 작가가 의도하고자 하는 바를 배면에 담아 놓을 수 있는 중요한 것이지요.

2 이 소설에 나오는 토속어나 순우리말을 찾아서 이야기해 봅시다.

길라잡이☞ 김유정 소설의 문체적 특징이기도 한 것으로, 본문에서 찾으면 되겠네요.

김동인의 「감자」

1 환경이 인간 정신에 미치는 영향에 대해서 '복녀'의 삶을 이야기해 봅시다.

길라잡이☞ "인간은 환경에 지배를 받는다"라는 말이 있지요. 그만큼 인간은 환경에 민감한 반응을 보인다고 할 수 있습니다. 맹자의 어머니가 아들을 위해 이사를 세 번이나 했다는 이야기 역시 환경이 인간 정신에 얼마만큼 중요한 요소로 작용하는가를 미루어 짐작게 해주지요.

2 도덕과 윤리적 가치관을 「감자」에 등장하는 인물들을 중심으로 해서 이야기해 봅시다.

길라잡이☞ 등장 인물들이 드러내고 있는 가치관을 살펴보고, 각각의 인물들을 대조해 보시기 바랍니다.

염상섭의 「표본실의 청개구리」

1 인간다운 삶과 주권에 대해 생각해 볼까요?

길라잡이☞ 일제 식민 치하에서 우리 국민이 어떻게 살았는지 생각해 볼까요? 인간은 자유로움 속에서만 인간다운 생활을 할 수 있는데, 그것은 또 내가 살고 있는 국가의 법적 보호 아래서 가능한 일이지요.

2 인물의 의식적 상황을 김창억의 예를 들어 서술해 봅시다.

길라잡이☞ 작중 인물의 행동 양식은 해당 인물의 직접적 진술을 통해 알 수 있고, 주변 등장 인물과의 관계 속에서 보이는 간접적 진술을 통해서도 확인할 수 있습니다. 또한 작가의 전지적 시점에 의해서도 묘사될 수 있겠지요.

황순원의 「독 짓는 늙은이」

1 송 영감이 아픈 몸을 이끌고 계속해서 독을 짓는 의미를 생각해 봅시다.

길라잡이☞ 두 가지로 생각해 볼 수 있겠지요. 일단 송 영감과 그 아들이 먹고살기 위해서는 독을 지어 파는 수밖에 없습니다. 말하자면 배를 곯지 않기 위해서는 어떻게든 계속해서 일을 해야 했고, 송 영감의 직업은 독을 짓는 것이라 별다른 도리 없이 독을 지어야 했지요. 하지만 그보다 중요한, 송 영감이 독을 짓는 두 번째 이유는, 무너져 내릴 것 같은 자기 자신을 바로세우려는 노력, 나아가서는 전통적 가치를 보존하고 지켜 내려는 노력에서 찾아낼 수 있습니다.

2 송 영감의 마지막 행위, 즉 가마 안에 들어가 무릎을 꿇는 의미에 대해 생각해 봅시다.

길라잡이☞ 전통적 가치, 더 크게 보아 우리가 간과하고 지나치는 소중한 것들을 지켜 내려는 의지의 표현으로 송 영감은 끝까지 독을 지키고 그 속에서 죽음을 택하는 것이라고 볼 수 있겠지요.

3 송 영감의 독이 거의 전부 터지고 만다는, 이 소설 속의 설정이 갖는 의미는 무엇일까요?

길라잡이☞ 이 글에서 독이 대변하는 것은 전통적 가치이므로, 그 상징인 독이 터진다는 것은 전통적 가치의 붕괴를 의미합니다.

하근찬의 「흰 종이 수염」

1 아버지가 사친회비가 없더라도 동길이에게 학교에 가라고 강요하는 이유는 무엇일까요?

길라잡이☞ 배우지 않으면 평생 사람답게 살 수 없다는 생각을 했기 때문입니다. 우리는 일본의 식민지가 되기도 했고, 한국전쟁으로 나라 안이 온통 폐허가 되는 참상도 겪었습니다. 그럼에도 불과하고 눈부신 경제성장을 이룰 수 있었던 것은 열심히 공부한 사람들이 많았기 때문이지요.

2 '흰 종이 수염'이 유치하게 느껴지는 것은 아들인 동길이보다 아버지에게 더 역력할 것입니다. 그럼에도 불구하고 열심히 '흰 종이 수염'을 오리는 아버지에게서 우리는 무엇을 생각해야 할까요?

길라잡이☞ 유치하거나 하기 싫다고 해도 반드시 해야 할 일이라는 것이 있습니다. 가족을 먹여 살려야 하니까요. '유치하지 않은' 다른 일이 생긴다면, 물론 '흰 종이 수염'을 오리는 일 따위는 하지 않겠지요. 하지만 전쟁 와중에 팔 하나를 잃은 아버지에게 세상은 그리 만만하지 않습니다.

3 이 소설이 말하는 바는 무엇인가요?

길라잡이☞ 팔을 잃은 아버지, 사친회비가 없어서 학교에서 쫓겨난 동길이가 어떤 행동을 보이는지 눈여겨보세요. 아버지는 극장에 취직해 사람 불러모으는 일이라도 하게 된 것을 다행으로 생각하고, 동길이는 학교와 친구를 피하는 대신 당당하게 맞섭니다. 우리는 어려운 환경 속에서도 열심히 살아보려고 애쓰는 아름다운 용기를 볼 수 있습니다.